CW01522935

VERS LES HOMMES

FRANÇOISE REY

Vers les hommes

La Gourgandine, *suite*

ALBIN MICHEL

Rappel

J'aurais pu écrire, moi aussi, un livre appelé « Mes prisons ». J'y aurais raconté comment mes évasions ont toujours été plus tristes que mes enfermements.

Ça a commencé par une histoire passionnelle avec une femme : rencontre de total hasard, accidentelle, même, et neuf mois de corps à corps étouffant, pendant lesquels nous nous sommes haïes lentement, sûrement, sans encore trop le savoir. Alors je l'ai quittée, pour les bras d'un homme qui m'attendait à la sortie. Première fausse route, fausse joie, fausse issue du tunnel. Ma naissance ne me libéra pas, elle me livra aux surveillances, aux espionnages, aux veto, aux tabous, aux silences, aux réprobations, à la morale bégueule et farouche d'un père inquiet de pureté. J'en ai pris pour dix-neuf ans.

Dix-neuf ans à subir les lavements du corps, les lavages de l'âme. Il faut que je sois saine de partout. Mon père veille sur mes orifices comme sur mes fantasmes. Je dois me vider par là, me retenir par ici. Excréter la matière ignoble qui me salit le ventre et menace ma santé, et garder enfermés, claquemurés, mes élans, mes curiosités, mes désirs, mes émois. Si la terreur et la honte de certaines pratiques m'ont définitivement ligotée, l'envie de vivre malgré tout, d'aimer et d'être aimée m'a tout aussi définitivement façonnée : je suis devenue une obsédée de conquête, une rêveuse de sexe, une coureuse, une gourgandine. Une éternelle coupable. Mes parents, geôliers inconscients et terribles, serrent des verrous qui aggravent le mal. Ma mère se montre, au mieux, froide, au pire, violente. Son moyen terme est la moquerie. Elle me tire les cheveux, me claque, me crache dessus, m'affuble de surnoms, dénombre mes disgrâces, fustige mes défauts, se plaint de ma seule présence, me houspille, me rabroue, hurle, tempête, vocifère, me rend responsable de son malheur conjugal et du ratage de sa vie. Mon père, lui, traque seulement mon vice, me défend de m'enfermer au cabinet où il vient me contrôler, soulève prestement la couverture de mon lit à l'heure du bonsoir quotidien... Quand il se rend compte que je m'échappe, comme je peux, du côté des gamins du quartier, c'est le drame. Il m'interdit les garçons.

Nouveaux barreaux, nouvelle tentative de fuite : voilà déjà quelque temps que mes songes nocturnes me suggèrent la suavité troublante des filles. Alors, pour goûter à la tendresse que ma mère me refuse, pour contourner les diktats de mon père, je tombe amoureuse de Marie.

Marie est mon ange blond, ma Sainte Vierge, ma rédemption. Sa douceur adolescente ne s'offusque pas de ma passion, de ma quête affamée d'amour et de pardon. Je l'aime à mourir, et pourtant je la trompe. Un processus irréversible s'est mis en marche. La gourgandine que je suis, en proie à son destin, souffre et se repent de ses trahisons comme de ses colères mais succombe toujours.

Mon amour de Marie, son amour pour moi me portent et m'accablent ensemble quand mon père, ce gourou trop lucide, en réalise l'ampleur et la nature. L'échappée a son revers, son poids de culpabilité écrasante. Car celui que je nommais le Grand Inquisiteur, dont je redoutais les incriminations et les comminations, l'œil suspicieux et le verdict méprisant, meurt brutalement au soir d'une belle journée de mai, que j'ai occupée à réviser, avec Marie, un concours qu'il tenait à me voir passer.

Ce trépas inespéré aurait dû me délivrer, m'affranchir pour toujours de mes multiples jougs. Mais la nuit qui l'a suivi, ma veillée funèbre de petite veuve ébahie d'une tardive découverte, effarée de remords, a scellé un boulet de plus à mes chaînes. Je souffrais d'un chagrin inattendu, énorme, un chagrin triple rachetant, avec mes turpitudes, l'indifférence apparente de mon petit frère, et toutes les imprécations de ma mère qui avait souhaité mille fois la disparition d'un conjoint exécré.

J'avais très mal de mon passé, et plus encore de mon futur, car, je le sentais tragiquement, le pire n'était pas encore advenu. J'étais en route vers l'âge adulte, et la traversée me filait une frousse bleue, une nausée amère.

Sur la houle du désespoir, heureusement, Marie me tenait la main.

1.

21 mai 1970. Je me souviendrai toute ma vie de cette date. Plus que de celle de la veille. Le 21 mai 1970, à six heures du matin, il est arrivé quelque chose d'encore bien plus incroyable, bien plus abasourdissant que ce qui m'est tombé dessus douze heures auparavant. J'ai dit à ma mère : « Je ne veux pas aller à ce concours. Je n'ai pas le courage. » Et elle a répondu : « Si. Vas-y. Ça lui aurait fait plaisir. » Le drame qui a ravagé la maison a métamorphosé la mégère en veuve éplorée, en vestale attendrie !...

Il m'a transformée aussi, vêtue de noir, bouffie de larmes, rougie, enlaidie, défigurée de chagrin et de remords.

Marie m'accompagne, me soutient, me porte presque comme une grande blessée gravement commotionnée. Je marche à pas hésitants dans le hall grouillant de la fac, accrochée à son bras que la sollicitude affermit. Martine vient à notre rencontre, ma mine terriblement défaite lui saute aux yeux, elle se méprend avec une bonne humeur tragique : « Hou là ! C'est le concours qui te met dans cet état ? » J'ai beau ouvrir la bouche, aucun son ne franchit mes lèvres. Je me débats dans un cauchemar absurde, je voudrais expliquer, aligner une simple phrase, mais toute formulation m'est totalement impossible, je n'ai plus de mots, plus de voix, je suis devenue aphasique et muette. J'implore Marie d'un regard, d'un murmure inaudible : « Dis-lui. » « Son père est mort hier soir », dit Marie.

La nouvelle s'est répandue. Les examinateurs m'ont reçue avec beaucoup de gentillesse. L'oral m'a semblé facile. Longtemps j'ai pensé que j'avais dû ma réussite à leur pitié. Ou à une intervention surnaturelle de mon père. Un petit coup de pouce depuis l'au-delà, où il avait dû acquérir des pouvoirs particuliers. L'idée me bouleversait. Tu ne m'en voulais donc pas, papa, quand tu es parti ? Tu m'as donc aidée ? Tu m'aimes donc encore, malgré tout ? Moi aussi, papa, je t'aime ! Tu le sais ! Hein ? Tu le sais !

Ce sont des copines – Annie, Claire... – qui sont venues sonner à notre porte pour nous annoncer la nouvelle : « On est passées à la fac ! Tu es sur la liste ! Tu as réussi ! » Je n'y croyais pas. Elles se trompaient, elles avaient mal lu...

« Vous êtes sûres ? – Archi-sûres. Tu es seconde. Derrière Zani. » Seconde derrière Zani ! Zani, c'était le surdoué de l'université, un instit qui avait repris ses études, tutoyait les profs, complétait leurs cours avec ses notes perso... six cents inscrits, quatorze lauréats. Et moi seconde derrière Zani ! C'est là que j'ai pensé à ce geste de mon père, ce miracle de là-haut, de là-bas, d'ailleurs...

J'ai éclaté en sanglots. Paradoxalement révoltée parce qu'il ne saurait rien de cette réussite. Ma mère me secouait, un peu moins fort que d'habitude, son veuvage de deux semaines la ramollissait encore : « Pourquoi tu pleures ? »

J'ai bramé en me jetant contre elle : « Il aurait été si content ! » Ces effusions ont gêné tout le monde. Mes copines sont parties vite, ma mère a récupéré sa rigidité naturelle pour me repousser : « Allez ! Allez ! » Et moi je me suis trouvée con à chialer dans son tablier, à attendre l'impossible, un mot, un geste tendre qui m'auraient consolée, ces larmes qu'elle aurait mêlées aux miennes... Je me suis calmée toute seule, avec de pauvres formules secrètes et naïves qui, sans m'ôter l'envie de pleurer, apaisaient ma douleur : « Que je suis bête ! Il le sait forcément, puisque c'est lui qui m'a aidée... »

Je ne garde du mois de juin qui a suivi que des souvenirs décousus, des flashes privés mais sans suite logique. La chaleur s'est installée. Marie se met à notre disposition avec sa voiture pour traverser Grenoble, accomplir des formalités, arpenter des magasins. Il nous faut une garde-robe noire, pas question d'y échapper, ma mère a décrété que ça se faisait comme ça, du ton de celle qui connaît la vie. Je pense secrètement qu'elle connaît plutôt la mort, c'est plus dans ses cordes comme expérience, à cette geleuse d'élans, cette jamais contente, jamais souriante, malgré ses fous rires, ses rires fous, cette mauvaise au cœur sec, à la parole aigre, à la critique cinglante.

Ma tante vient nous voir souvent. Nous supporter. Supporter ma mère. A présent que son mari est parti, qui s'en chargerait ? Ma mère soupire et larmoie, et trouve rétrospectivement des qualités superbes au disparu. Ma tante pleure avec elle. Elle se dit sans doute qu'elle aimerait enfin son mari, qu'elle l'adorerait, le vénérerait s'il lui faisait la surprise merveilleuse de caner brutalement. « Tu sais, on ne s'endormait jamais sans se tenir par la main », hoquette la mégère, la même qui déménageait son oreiller plusieurs fois par an, claquait la porte de la chambre conjugale en hurlant : « Tu me dégoûtes ! Je ne supporte plus que tu me touches ! Tu es un porc ! Un vieux porc pelé ! »

Peut-être qu'il lui manque tout de même, dans le secret de son cœur, le tréfonds de sa conscience épaisse et vindicative, dans le désert du lit. Moi, c'est pendant les repas que ma poitrine se serre, que ma gorge se noue. Sa place vide m'est un vertige, un reproche insupportable. Il s'asseyait en face de moi, à la petite table rectangulaire. Eric était à sa gauche, en face de ma mère. Il n'a pas déplacé sa chaise d'un centimètre, n'a pas cherché à combler un tant soit peu l'espace tragique, ce tombeau nu et vibrant de douleur que représente le siège inoccupé de mon père. Désormais, je n'ai plus de vis-à-vis, que ce dossier de Formica glacé, où mes yeux se fixent et se mouillent jusqu'à l'hallucination.

Nous devons aller à la Caisse d'épargne. Ma mère m'explique : « Ton père m'avait bien dit que s'il lui arrivait quelque chose, je m'adresserais à ce type, tu sais, son copain. Il me donnera tout l'argent. Tu es d'accord ? » Je me demande même pourquoi elle me pose la question. « De toute façon, ajoute-t-elle, c'est pour vous. Pour finir de vous élever. »

En ce qui me concerne, elle n'aura pas à finir grand-chose, vu qu'à la rentrée de septembre, grâce à ce concours, je toucherai un honnête salaire d'élève-professeur... Ce détail ne lui a pas échappé, puisqu'elle

14

complète : « Avec ce que tu vas gagner, on ne sera pas malheureux... »

Moi, je le suis tellement, malheureuse, que j'oublie de m'étonner de cette façon de voir les choses...

Mon immense, lumineuse chance en ces jours noirs, c'est Marie. Je ne me rappelle pas du tout si nous avons fait l'amour, si nous avons eu des moments de réelle intimité. Je me rappelle seulement qu'elle était là, à mes côtés, muette et prévenante, disponible. Elle venait dormir avec moi dans ma chambre, sur le matelas de garde-malade installé l'affreuse nuit. Ou je demandais la permission de la retenir à manger, et, tout naturellement, elle s'asseyait à la place de mon père ; alors le repas devenait supportable pour moi, avec son regard tendre dans le mien, sa douceur silencieuse... On se surprenait même à rire quelquefois, à faire rire Eric, que le deuil avait figé dans une gravité circonspecte, exempte de réel chagrin (il me l'a confirmé par la suite) mais respectueuse du mien.

Je n'allais pas chez Marie, pas longtemps. Je ne voulais pas déserter, laisser Eric seul avec ma mère, j'avais peur d'aggraver l'épouvantable désolation qui s'était abattue sur la maison. Mais je ne pouvais guère me passer d'elle, elle était mon confesseur précieux, mon exutoire à regrets, mon médecin de l'âme, et je sanglotais dans ses bras à longueur de nuit, en murmurant interminablement mon amour pour cet homme que j'avais cru haïr et dont la brutale absence me crucifiait.

Vint le jour où, toutes formalités accomplies, ma mère n'eut plus besoin d'un chauffeur. Peu importait que moi, j'aie besoin de Marie. Ou peut-être si, cela importait beaucoup, beaucoup plus que je ne l'ai compris sur le moment. L'antipathie que la mégère avait toujours ressentie et manifestée à l'égard de Marie réapparut de plus en plus évidemment, d'abord déguisée en inquiétude aigre : « Elle ne va pas rester tous les soirs ici, quand même ? Elle ne va pas manger tous les jours à la maison ? », puis nettement encouragée par les conseils de ma tante à qui elle avait dit – devant moi – : « Je t'assure que je ne me sens plus chez moi ! Cette fille, je ne peux pas la piffer ! » et qui avait répondu : « C'est encore toi qui commandes, mets-la à la porte ! »

Ulcérée par leur incompréhension et leur ingratitude, j'éloignai Marie et m'éloignai avec elle. J'eus droit alors à des scènes de jalousie : « C'est maintenant que tu rentres ? Tout l'après-midi en vadrouille ! Et ta mère ? Tu t'en fous, de ta mère ! Elle peut crever. »

Je crois qu'elle aurait pu, franchement, ça m'aurait arrangée. Je me serais occupée de mon petit frère, la vie aurait été triste, au début, chacun de nous orphelin à sa façon, chacun de nous pleurant son disparu préféré, mais quel calme, quelle fraîcheur d'oasis dans le désert aride qu'elle nous faisait traverser ! Chameau, cactus, scorpion... Elle râlait, récriminait, jérémiait, abattue et minable, portrait ridicule et si peu fidèle à la promesse naguère exaltée : « Le jour où il crève, mes enfants, ce jour-là, je prends une cuite à rouler sous la table, et je vous gâte ! Je vous gâte ! » Elle bêlait, harpie de malheur, le poing de la vindicte brandi et l'œil élargi sur la vision de la Terre promise : « Je vous gââââte ! » Oui. J'ai été plus que gâtée...

Car soudain, dans son grand malheur geignard, sa prostration pleurarde, un élan de méchanceté la

16

remettait debout, rallumait sa prunelle noyée d'un éclair de férocité. Elle ne gémissait plus mais vociférait, tonitruait, me postillonnait dessus sa hargne et son fiel, et finissait par me traiter de gouine, sale gouine...

Les semaines s'étiraient dans la chaleur écrasante de ce début d'été. Le spectre des grandes vacances nous réconcilia fugitivement, parce qu'il fallait décommander l'auberge italienne où mon père avait prévu de nous emmener. C'était la première fois de notre vie que nous devions partir à l'étranger, pour deux semaines. Bizarrerie de l'âme paternelle, il avait insisté pour emmener Marie. Ce n'était pas un projet en l'air, il avait envoyé des arrhes conséquentes, que je tâchai de récupérer en écrivant : « *E' morto il signore Rey...* » Ma mère penchait sur ma prose un œil dépassé. L'italien était sa langue maternelle, mais elle ne l'avait pas appris à l'école, se trouvait incapable d'aligner deux phrases grammaticalement correctes ou exemptes de régionalismes. Elle approuva mon courrier d'une moue empreinte de rancune. Je lui volais décidément tout, destinant ailleurs la tendresse qu'elle aurait été en droit d'attendre, usant d'un savoir que seuls, d'après elle, « ses sacrifices de mère au foyer » avaient autorisé. C'était un grand sujet de ressentiment entre nous. « N'oublie pas, répétait-elle, que tu me dois tout. Que si tu as fait des études, c'est grâce à moi. Si tu as réussi le concours aussi... » Je n'ai jamais eu l'habileté de feindre d'en être convaincue, ne lui ai jamais rendu hommage autrement que sur le mode ironique : « Oui, c'est ça. Merci, maman, pour toutes tes intrusions hystériques dans ma chambre quand je bossais. Pour la concentration perdue, l'envie de mordre, et mon Gaffiot jeté par terre mille fois. Merci pour tout ! » Dans le meilleur des cas, au lieu de m'insulter, elle m'expliquait entre deux hoquets révoltés qu'elle ne m'avait jamais demandé de contribuer aux soins du ménage, ce qui était faux, et elle le savait. Alors elle surenchérissait qu'elle s'était toujours occupée de laver et repasser mon linge. Elle avait l'air de tellement le regretter que l'envie de me carapater de la maison me tenaillait de plus en plus fort, l'envie d'assumer seule mon linge, ma subsistance, celle de Marie, mon amour d'elle et le fil désormais paisible de nos jours.

Se profilèrent à l'horizon de mon enfer quotidien de nouveaux projets proposés par ma tante. Forte de l'idée qu'on ne pouvait pas « rester comme ça », qu'il nous fallait changer d'air à tout prix, et pourquoi pas, resonger à l'Italie, elle avait remué ciel et terre pour dégoter, dans une petite station balnéaire de la côte italienne, un hôtel familial qui pouvait nous accueillir tous les six, elle, son mari et leur fils compris. Bien sûr, il n'était plus question d'emmener Marie. Mais il nous fallait deux voitures et quelqu'un pour conduire celle de mon père, et vite, vite, je devais m'inscrire au permis, en formation accélérée, je n'avais que ça à faire, au lieu de me disputer tout le temps avec ma mère, je me gaverais de leçons de conduite qu'elle allait faire l'énorme sacrifice de me payer (avec l'argent de papa) et que je pourrais lui rembourser à la rentrée, quand je gagnerais ma vie. Mon oncle était d'accord, mon cousin était d'accord, ma mère aussi... Tout le monde était d'accord, et s'apprêtait au voyage avec une espèce de résolution grincheuse et fataliste, une maussaderie éloquente : on ne partait pas en vacances, on m'emmenait seulement en cure de désintoxication de Marie, on lui signifiait, à elle, qu'elle ne faisait pas partie de la famille (ça, non, alors ! Elles ne sont pas mariées, que je sache !), elle n'avait plus rien à voir avec nos affaires, la situation regardait ma tante, mon oncle, mon cousin, mais ne la regardait pas, elle. Elle ne me regardait pas non plus. J'étais juste un objet encombrant, dérangeant, dont on disposait et qu'on évoquait, en ma présence même, à la troisième personne. « Et puis, en attendant, tu montes à Vaujany avec ton fils ; tu te reposes, tu "la" laisses se débrouiller. » Ma tante avait chiadé point par point le programme du mois de juillet. Très à l'aise dans la directive, surtout avec sa sœur, et surtout depuis que cette sœur était désorientée par un veuvage pourtant appelé de mille vœux, elle laissait tomber des formules avec une énergique clarté exempte d'hésitation. Toujours correcte, froidement, irréprochablement correcte. Elle disait « se débrouiller » où ma mère aurait dit « se démerder ».

On me laissa donc me démerder, seulement après, cependant, le fameux départ pour Vaujany. On n'en était plus à un paradoxe près. C'est ma tante qui avait tout organisé, avec l'assentiment exceptionnel (circonstances obligeaient) de son mari, mais, comme nous possédions dans notre grand malheur un véhicule, ils ne se chargèrent pas d'emmener la veuve, l'orphelin et leurs bagages vers ce que ma mère avait toujours appelé le « taudis des Sibéries » et qui devenait à présent son havre et son refuge contre mon insupportable présence.

Marie, que la situation ne regardait pas, que ma mère ne pouvait pas piffer, avec laquelle je n'étais pas mariée, que diable, fut pressentie pour s'occuper de la corvée. Elle le fit avec une souriante bonne volonté et une angélique patience. L'acariâtre l'accabla de recommandations parce que c'était la première fois qu'elle conduisait la voiture de mon père. Jusqu'à présent, elle avait trimballé tout le monde dans sa petite Fiat Mouflette, mais la caravane ce coup-ci était trop importante, les valises nécessitaient un char de plus grande envergure...

Nous voilà tous les quatre, ma mère, mon frère, Marie et moi, dans cette voiture que nos noirceurs et nos mines transforment en corbillard. A l'arrière, ma mère crispée, confite dans le vinaigre, et mon pauvre Eric qui subit toutes les bourrasques depuis un mois sans desserrer les dents ; à l'avant, moi, copilote concentrée et amère aux côtés de Marie qui s'applique à ne pas secouer sa cargaison lugubre, à répondre gentiment, à négocier les difficiles virages de la côte...

Nous n'avons pas moisi dans l'étroit deux-pièces qui se souvenait si fort de mon père. D'ailleurs, la mégère n'a pas cherché à nous retenir. Elle m'a juste dit : « Fais attention à la voiture. Tu reviendras nous chercher après ton permis. » Aucun doute que je l'obtiendrais. Aucun doute que je serais seule. Baiser du bout des lèvres sur la joue de la fille ingrate, du bout des dents dans l'espace approximatif qui entoure le visage de sa compagne détestée. Voilà. Il me restait à me démerder. Ce qui signifiait : habiter chez Marie, puisque ma mère n'avait pas voulu me laisser les clefs de l'appartement. Vivre avec les moyens du bord, puisqu'elle n'avait pas daigné non plus imaginer que, pendant ces trois semaines, il allait bien falloir que je mange. Elle venait d'entamer un processus d'inédite osmose avec mon père, par-delà la mort elle héritait, reprenait à son compte cette légendaire, exécrée avarice paternelle qui l'avait tant fait souffrir, se révolter et le haïr, au point de rêver de meurtre : « Je lui casse une bouteille sur la tête pendant qu'il dort !... On sera débarrassés. Et je vous gâte, mes enfants, je vous gââââte ! » On verra qu'elle fut à mon égard non seulement beaucoup, beaucoup plus pingre que lui, mais qu'elle me lésa, me spolia, me vola sans l'ombre d'un scrupule...

Seule avec Marie à Grenoble, dans la maison de ses parents qui sont partis en Italie, eux aussi, avec leurs quatre autres filles, leur caravane et tout le matériel de camping nécessaire à deux mois de vagabondage. Ils n'ont pas vu d'objection à ce que nous occupions leur domicile en leur absence. Je goûte dans ce grand appartement calme et frais une paix depuis longtemps oubliée. Je m'abandonne à ma tristesse, pleure longtemps dans les bras de Marie, ne sors que pour les leçons de conduite quotidiennes. Quand le jour du permis arrive, je me sens prête. Mais j'hésite à passer la quatrième sur une portion d'avenue dégagée, et l'inspecteur me dit gentiment : « Rien de grave, mademoiselle. Seulement vous péchez par excès de prudence. Il vous manque un poil d'assurance, vous reviendrez dans quelque temps... »

Pour essuyer le cyclone de l'accueil maternel, ce n'est pas un poil d'assurance qu'il m'aurait fallu. C'est une armure, une carapace d'inébranlable froideur, de définitif mépris. Lorsque nous arrivons, Eric qui me guettait crie : « Les voilà ! » et ma mère se rue, les yeux hors de la tête, parce qu'elle voit Marie au volant : « C'est une blague ! Tu me fais marcher ! »

Penaude, j'affirme qu'hélas, non, je n'ai imaginé

aucune facétie, j'ai obtenu le code mais raté la conduite. La famille de mon père, cette famille que ma mère honnissait avant le coup du sort qui la mua en piété conjugale, s'exclame : « Toi ! Rater quelque chose, c'est étonnant ! »

La remarque me navre, je baisse la tête, très embêtée, mais autour de moi on finit par sourire, par dire, comme l'inspecteur, que ce n'est pas grave, qu'au mois de juillet on n'accorde pas le permis si facilement, que ce sera pour la prochaine fois. Ma tante Roseline pose une main pacifique sur le bras de sa belle-sœur : « Vous savez, Anna, on ne peut pas toujours tout réussir ! » La formule n'a pas l'air de rasséréner la mégère qui tord la bouche et retient à grand-peine ses invectives.

Ce n'est qu'entre les quatre murs de notre pauvre baraque qu'elle lâche la bonde. La déferlante me sidère par l'injustice, la violence, l'énormité des reproches et des injures. De « Ce que tu es con ! » à « Tu l'as fait exprès ! », de « Tu me fais honte ! » à « Tu ne penses qu'à tes histoires de gouine », elle passe la revue de ses griefs habituels, m'épingle de noms d'oiseaux, me secoue, me houspille, tourne sur elle-même, les bras en l'air, les mains tendues, elle a envie de me battre, de me laminer, de me cracher dessus, de me tirer les cheveux comme quand j'étais petite et qu'elle m'attrapait par la tresse pour me traîner à travers la salle à manger... Marie, abasourdie mais stoïque, tente une timide intervention, à son tour elle se fait apostropher vertement, ma mère marche sur elle avec une détermination mauvaise... « Bon, dis-je en m'efforçant au calme, on aurait mieux fait de ne pas monter. » « Et comment ! rugit la harpie. Je n'avais aucune envie de vous voir ! De vous voir toutes les deux ! » Les yeux d'Eric, vastes et sombres, posés sur moi, ne savent pas me retenir.

« On s'en va !

– C'est ça ! clame-t-elle. Foutez le camp ! Dehors ! Ici, c'est chez moi ! » Eric pleure en nous courant après. Je l'embrasse près de la voiture. « Mon chéri, pardonne-moi, tu vois, on est obligées. C'est invivable... » Il hoche un petit menton raisonnable, agite la main, je vois sa silhouette, bras levé, dans la buée tremblante de mes larmes, qui diminue derrière nous et disparaît au premier virage.

Chassée de la maison de mon père, de ce « taudis » dont elle ne voulait pas, qu'elle dédaignait, qui, selon la loi, m'appartient plus qu'à elle, et qu'elle s'approprie en hurlant ! Voleuse ! Voleuse de souvenirs, belliqueuse traîtresse, harpie féroce et imbécile qui ne connaît que l'inique revendication, et la salissure de tout ce qui ne te convient pas. Tu viens de déclarer entre nous, pour toujours, une guerre épuisante sans espoir aucun de réconciliation.

2.

Revenue à Grenoble avec Marie, un découragement affreux m'accable. Je me sens vide et dépossédée, interdite de séjour dans ma propre demeure, où je ne peux même pas aller chercher du linge de rechange. La maison des parents de Marie soudain m'apparaît trop vide et morne. Notre solitude à deux me pèse, et son issue incertaine, car je ne sais pas quand ma mère va redescendre du « taudis », ni comment, puisque nous avons toujours la 404 de mon père. C'est tout ce que je détiens, pour l'instant, de lui, et de ma vie antérieure, ma vie de quand je n'étais pas orpheline... Avec mon cœur triste, mon âme inquiète, et cette grande envie d'une famille aimante pour me reconnaître et m'accueillir enfin. L'idée me vient, brutale, folle : « Marie, descendons sur la Côte ! Allons voir tes parents ! » Elle se laisse convaincre sans trop tergiverser, désireuse surtout de me faire plaisir, mais objecte que, d'abord, nous ne savons pas si ses parents sont déjà rentrés d'Italie et installés au camp de la Bocca où ils doivent finir l'été, et qu'ensuite ça risque de barder quand Madame Mère s'apercevra qu'on a kidnappé la bagnole... Mais il y a de l'amusement dans son regard, une petite flamme revancharde et tentée, et elle finit par dire : « Après tout, personne ne s'en sert, de cette voiture !... »

Nous deux, nous en avons besoin pour dormir dedans, au cas où les parents ne seraient pas au camping...

Hélas, ils n'y sont pas. Nous nous consolons de notre déconvenue en pensant qu'ils ne sauraient tarder, Marie calcule qu'ils sont partis depuis trois semaines. C'était à peu près la durée du séjour qu'ils envisageaient là-bas. Commence pour nous une vie de bohème qui m'aurait fait rêver quelques années auparavant, mais achève de me démolir. La voiture est garée chaque nuit près de l'entrée du camp, au bord du terrain de hand. Nous pendons des vêtements aux vitres pour l'obscurcir et préserver notre intimité. Les sièges avant se rabattent et offrent un couchage approximatif qui nous endolorit les côtes. Les campeurs nous regardent d'un œil soupçonneux, et, pointilleux sur le règlement de ce camp autogéré par des enseignants et universitaires, ne tolèrent notre présence que parce qu'ils connaissent les parents de Marie, et qu'elle leur a expliqué que nous les attendions pour nous installer avec eux.

Nous profitons du confort modeste de l'endroit – douches et toilettes – mais n'avons ni table, ni chaises, ni parasol. Nous mangeons sur la plage à midi, ici et là le soir, d'une boîte de pâté et d'un peu de pain. Mon estomac me tracasse, j'ai des spasmes, des crises de larmes et d'angoisse. Les jours passent sans ramener la tribu de Marie, dont la chaleur m'aurait tant réconfortée. J'écris à ma mère une lettre modérée pour lui dire : « Tu ne vas pas être contente, on a pris la voiture... Mais on rentrera bientôt. Au moins, tu n'as pas à me supporter... » Je me force pour conclure par une phrase affectueuse, du moins pour englober la mégère dans la formule destinée à mon petit frère. Je me fais un souci épouvantable pour lui, pour la suite des événements, les retrouvailles avec la harpie, la fin de l'été. Et je guette, douloureusement, l'apparition, aux portes du camp, d'une familiale beige tirant la grande caravane blanche du bonheur...

Une ancienne camarade de Marie, en vacances avec ses parents, nous prend en pitié et nous fait inviter à manger par sa mère. C'est notre premier vrai repas depuis huit jours. A table, à l'ombre, en compagnie de gens souriants et gentils, le repas me paraît plus que délicieux, rédempteur. Je bénis encore aujourd'hui cette femme douce et généreuse, son mari charmant, leur miséricorde d'adultes pour notre détresse de petites filles perdues, je bénis le couscous abondant, savoureux, le vin rosé. « Merci, monsieur, mais j'en ai déjà bu un plein verre ! – Ça ne fait pas de mal, voyons ! Ça réconcilie avec l'existence... »

Comment pouvait-il savoir que nous étions fâchées, l'existence et moi ? Je bénis son geste de père, sa main sur mon épaule, et ce deuxième verre servi avec bonhomie. Après, j'ai vomi. Tout. Le repas, le vin, ce plaisir d'un déjeuner de fête, ce bonheur volé, qui ne m'était pas dû, goûté à la table des autres. Ce n'était pas pour moi. J'ai tout rendu. Ça m'a fait mal, je hurlais de douleur, j'appelais Marie qui me tenait la tête. Mon ventre se déchirait dans les contractions, mes larmes se mêlaient au flot âcre, immonde, de mon indigestion, je me tordais dans les affres de l'amertume, celle de ma bile, celle de mon âme. J'ai senti que je tombais vraiment malade.

La tribu de Marie a fini par arriver, nous a découvertes au camp avec surprise, les petites sœurs roulaient des yeux étonnés et contents, la maman hochait une mine douloureusement perplexe, son mari était carrément inquiet. Ils connaissaient tous deux, par nos récits, le caractère spécial de ma mère, et notre coup de tête leur paraissait devoir jeter de l'huile sur le feu. Tout doucement, ils nous ont convaincues de rentrer, de rendre la voiture. De toute façon, cette situation ne pouvait pas s'éterniser. Un ressort invisible me tirait vers là-bas, vers le Tartare où devait s'agiter mon Cerbère enragé d'impuissante impatience, vers un petit garçon solitaire et muet livré à sa vengeance injuste.

Devant la porte, nous nous consultons du regard avant de sonner : « Prête ? Prête ! » La mégère a ouvert avec une brutalité qui nous arrache un sursaut. Le temps de nous reconnaître, de s'assurer que c'est bien nous, qu'elle nous tient là, acculées au mur du couloir, prisonnières de sa rage, qu'elle va pouvoir donner libre cours à son ressentiment, libérer le flot impétueux de sa colère de titan, et la voilà, bave aux lèvres, prunelles noires et fixes comme des bouches de canon, les bras montés sur ressort, la voilà qui avance son rictus de Gorgone vers le visage de Marie, la voilà qui se claque les cuisses, une fois, deux fois, dix fois, dans un mouvement régulier, mécanique d'automate insensé. La voilà qui répète, en hurlant : « Ah ! Chapeau, Marie ! Chapeau, Marie ! Vraiment, Marie, chapeau ! »

Ma pauvre Marie, stoïque, attend que l'orage passe, la mine calme, légèrement compassée. Moi, c'est comme si je n'existais pas. La voiture, c'est Marie qui l'a conduite, c'est Marie qui l'a volée. « Je ne l'ai pas volée puisque je la rapporte », objecte-t-elle. Ma mère se retient de la battre, et même, j'assiste à un phénomène rarissime dans sa météo personnelle : le typhon, au lieu de prendre une ampleur exponentielle, finit par s'apaiser, incompréhensiblement ; ses voltiges de derviche tourneur ont peu à peu emmené l'aboyeuse dans la salle à manger, où nous l'avons suivie. Elle tord une ultime grimace de gargouille pour décréter : « Bon. On en reparlera. En attendant, voilà où nous en sommes... » Et elle nous assène le produit inattendu des dernières cogitations familiales. Puisque je me suis débrouillée pour rater mon permis, et qu'il n'est pas question de renoncer une seconde fois au voyage en Italie, nous irons donc, avec la voiture, c'est plus pratique pour les bagages, et c'est Marie qui conduira, il faut bien que ses compétences hors pair de chauffeur servent à quelque chose !

Le premier ahurissement passé, l'idée nous séduit plutôt. Elle nous apparaît naïvement comme un désir et une occasion de paix de la part de ma volcanique génitrice, et du reste de la famille. Une façon qu'ils auraient trouvée de nous dire : « Oublions tout, partons ensemble, soyons heureux et détendus au pays du soleil... » Une façon de nous accepter, sans en avoir l'air, telles que nous sommes.

J'avais dix-neuf ans. Marie vingt. C'est l'âge des illusions faciles, et des espoirs ingénus. Nous n'avons pas fait la fine bouche, pas manipulé l'ironie revancharde, pas souligné l'absurdité de certains revirements de situation, nous avons bouclé nos bagages, et nous sommes parties contentes. Pour l'enfer.

Il fait un temps magnifique. Les deux voitures roulent l'une derrière l'autre, celle de mon oncle ouvre la route, la nôtre suit docilement, menée par Marie, très attentive. Ma mère a installé son chignon orgueilleux à l'avant : « Après tout, c'est ma place ! » – il me bouche l'horizon, mais je souris à Eric. On pique-nique un peu avant la frontière. Les échanges restent froids. Il ne faudrait pas que Marie s'imagine qu'elle est rentrée en grâce, on lui parle d'un ton pincé, une gêne pesante plombe l'ambiance, masque également mon oncle, ma tante, mon cousin – il a notre âge, mais il accuse quinze ans de plus dans sa seule façon de nouer les sourcils, de laisser tomber un coin de sa bouche, quand il nous regarde, Marie et moi, et de produire avec ses lèvres de petits pets arrogants pour tout commentaire – quand je pense qu'il fut mon amoureux interdit par la suspicion paternelle, mon rêve enfui, ma frustration chère... Que ce temps est loin où j'avais découvert la douceur de sa chair et sa complicité tendre !... Il est devenu un censeur de plus, tenu au courant de mes ignobles déviations par des colloques familiaux, et très méprisant. Son attitude me déçoit, me blesse, et me met mal à l'aise. Mais comme, visiblement, on n'est pas là pour rigoler, je garde la componction nécessaire et le silence qui semble de mise en cette triste circonstance. Avoir été obligés, faute de solution aussi commode que rapide, d'offrir le voyage à Marie doit leur trouer le cul à tous, et je commence à entrevoir dramatiquement dans quelle galère nous avons mis les pieds...

A la frontière, mon oncle se déride cependant un peu, amusé par mon aisance à apostropher les douaniers en italien, et mon culot. Il y a une file d'attente conséquente dans le bureau pour présenter les papiers des véhicules, et je parviens, à force de trémoussements et de roucoulades ritales, à griller cinq ou six places. C'est la première fois depuis longtemps (et la dernière avant longtemps) que je le vois rire...

Varazze. Pension de Signore Fulvio. Arrivée des estivants réjouis. Tout le monde fait la gueule. En ce qui me concerne, je sais pourquoi. Je berçais l'espoir puéril que nous aurions une chambre à nous, Marie et moi. On aurait même pris Eric... Et peut-être aussi mon sinistre cousin, qui se serait forcément dégelé. En fait, il occupe la même pièce que ses parents. Quant à la nôtre, c'est une grande piaule carrée où s'alignent quatre lits parallèles. L'idée qu'il va falloir se cogner la reine mère toutes les nuits, tous les matins, me ruine l'embryon d'optimisme qui me restait. La plage n'est pas très loin (pas sous les fenêtres quand même), l'hôtel me paraît sympathique (même s'il ne faut pas compter prendre les repas dehors, ce n'est pas prévu), mais j'ai le cœur barbouillé d'un malaise poisseux, d'un pressentiment noir, d'un ressentiment triste.

C'est la première fois de ma vie que la mer ne m'exalte pas. Ni son spectacle ni ses odeurs. A Varazze, j'ai l'impression que l'eau n'exhale pas ce parfum d'iode qui m'enivra toujours, les vagues n'ont pas d'écume, pas de rythme, pas d'allant, pas cette petite rengaine frissonnante et charmante qui invite à l'hypnose béate... Jusqu'ici, me baigner confinait à l'extase, l'apesanteur m'était un état de grâce absolu, je devenais une goutte perdue, heureuse, mêlée à l'immensité tiède du grand berceau salé. « Homme libre, toujours tu chériras la mer. » Et la femme alors ? Le vers n'a pas la même gueule au féminin. Une femme libre, on sait ce que c'est. Ce qu'on ignore, c'est le prix de sa liberté. Femme libre, toujours tu chériras l'amer.

A Varazze, je suis gâtée. Le fiel coule à flots. Aigreur de l'acariâtre, salissures des regards sur nous, relents fétides des conseils orientés : « Vous devriez sortir avec des jeunes de votre âge. » Déjà entendu, il y a long-temps ; mon père est mort, mais pas la niaise croyance que la compagnie des jeunes de notre âge pouvait exor-ciser la lèpre qui nous ronge, Marie et moi, ce vice obstiné, répugnant, cet entêtement à nous aimer, même discrètement, à rester ensemble, à nous entendre pen-ser, à rire au même moment, à pleurer des mêmes souvenirs. Nous faisons attention pourtant. Nous ne nous prenons la main que furtivement. C'est déjà trop. Mon cousin (« un jeune de notre âge ») a surpris le geste avec une mimique écœurée. Il a dû en référer aux autorités. Le repas qui suit est encore plus conster-nant que d'habitude. Mon oncle ressemble à un pape sodomisé, ma mère et ma tante échangent des coups d'œil navrés, elles ne tordent pas tout à fait la bouche pareillement, chez ma tante c'est une crispation à peine perceptible, une rigidité du bas du visage qui semble s'allonger. Ma mère, elle, ne sait retenir un rictus qui évoque le crachat. Mon cousin a de petites velléités de rire mauvais, ses prunelles nous fuient avec exaspéra-tion... Eric soupire et se gave de pâtes. Ma mère lui tombe dessus, férocement, parce qu'il a tendance à s'arrondir. Elle n'a jamais été tendre avec nos défauts, surtout les physiques. Plus faciles pour elle à détecter, analyser, fustiger, cingler de remarques blessantes. Bientôt elle traitera Eric de gros lard dès qu'il la contrariera.

Stop. Arrêtons les frais. Il faut désamorcer cette dynamite effroyable qu'est la hargne maternelle. Tâcher de montrer un peu de bonne volonté pour sauver un semblant de sérénité, un semblant de plaisir, un semblant d'espoir, dans les vacances pourries de mon petit frère. Nous sortons donc avec des jeunes de notre âge. Boîte de nuit repérée par mon cousin. Efforts pour y passer la soirée, y rencontrer des gens. Les semi-ténèbres n'autorisent qu'à une reconnaissance limitée des physionomies, et la musique assourdissante confisque tout dialogue. Marie s'embête. Je danse avec... « *Come ti chiami ?... Come ? Come ?...* » Je colle contre sa bouche une oreille survoltée. Il hurle : ALDO ! Je danse avec Aldo. Qui me raccompagne à la sortie, dans la fraîcheur de la nuit, sa clarté paradoxale, son silence. Il est petit, possède un visage plutôt ingrat, mais il sourit beaucoup et il sent bon. Il me donne rendez-vous pour le lendemain soir, il viendra avec sa *macchina* me chercher à vingt heures trente à la pension. « *Va bene cosi ? – Si. – A domani ? – Si !* » Il m'embrasse, me serre la taille, répète « *A domani ?* » Si ! Si !

Vilain petit Aldo, tu ne sais pas que tu es ma rustine anti-marasme, ma poudre-aux-yeux-des-juges, ma tentative héroïque et ma démission ensemble. Je m'habille et me maquille avec soin, bien qu'il me semble avoir perdu l'essentiel de ma motivation de gourgandine. Lorsque sa Fiat 500 pénètre dans la cour de l'hôtel, je marche à sa rencontre, un peu empruntée dans ma robe longue. Petit Aldo, grand seigneur, descend de sa boîte à chaussures, ouvre largement les bras et les mirettes, et me salue avec beaucoup de conviction : « *Tu sei molto elegante !* » Je sens sur nous le regard de ma mère, sûrement méprisant parce que mon chevalier ne brille pas par sa plastique, et celui de Marie, triste et résigné. Elle a décidé de passer la soirée à lire, ici, sur un banc de la terrasse.

Il m'a offert un verre, et m'a emmenée dans les collines. Il avait la radio dans la voiture, et une voix d'homme – je crois que c'était Johnny – chantait *La Felicità*. La nuit est tombée tout à fait, il a garé la Fiat dans un chemin, entre les buissons, s'est penché vers moi. Il sentait toujours bon. Son parfum et la musique suffisaient à ma félicité personnelle, pas très exigeante, et ça valait mieux. L'exiguïté du véhicule n'a pas permis de grandes prouesses, non plus que l'urgence du désir de mon petit Rital surexcité parcourant, à travers ma robe, mes cuisses, mon ventre, ma taille, mes seins de mains fébriles qui me laissaient parfaitement impassible. Quand j'en ai eu marre, c'est-à-dire assez vite, j'ai avancé des doigts expéditifs vers la braguette italienne, où s'insurgeait une bestiole en tout point semblable à ses congénères transalpines : douceur émouvante, raideur convulsée, humidité du museau et hypersensibilité du menton ; en deux pelotages et trois trombonades je la mate et la mouche, et la condamne à l'inoffensif ratatinement garant de ma tranquillité. Le propriétaire de cette tige à géométrie prestement variable soupire congrûment, puis s'occupe à extraire, d'un carton de Kleenex planqué sous son siège, le linceul dérisoire où finiront les restes de sa défunte exaltation. Galant, il me tend la boîte, comme une boîte de bonbons. J'y puise un second mouchoir pour ma toilette personnelle, m'essuie les doigts. Tour de passe-passe de mon Rital reboutonné : avec une éloquente dextérité, il me débarrasse de mon papier, le joint au sien en une boule chiffonnée qui jaillit par la vitre ouverte et roule, claire, dans l'herbe sombre de notre nid d'amour... Ce n'est pas ce soir que l'homme m'éblouira de grandioses révélations... L'idée me vient qu'il est dommage de laisser là, abandonné aux ronces, le symbole de nos pauvres noces. Je devrais récupérer cette petite pelote froissée, et l'exhiber demain au repas, la déplier, montrer l'endroit cartonné, amidonné par la glaire salvatrice : « Vous voyez que je suis correctement constituée, j'ai branlé Aldo hier soir dans la voiture, il a juté, vous pouvez sentir, c'en est ! Ça vous soulage ? » J'ai souvent envie, de plus en plus souvent, de me montrer vulgaire, odieuse, insupportable d'arrogance avec mes censeurs. Envie de leur crier des insanités tonitruantes, de leur gueuler que leurs chemins balisés, fléchés de bites congestionnées, englués de jus de couilles, me débectent, que le sexe des hommes, ce guignol chauve et si vite humilié, ne me suggère, au mieux, que de la compassion, au pire, du mépris. Que ce sont eux les déjantés, les dégueulasses, qui admettent sans ciller l'idée contre nature de cette chair vaniteuse et imbécile dans le ventre des femmes... Leur sexualité primitive et convenue me dégoûte, et pourtant, est-ce que je me permets la moindre simagrée, la moindre grimace devant le couple avunculaire, son lit à deux places, et la preuve de leurs moiteurs passées, ce cousin imbu de sa conformité, minablement esclave de son destin ? Sa queue crachera sans gloire dans la paume des copines, inondera leur bouche ou leur vagin, et il se trouvera magnifique de normalité...

34

C'est à peu près en ces termes échevelés et grandi-loquents que je ratiocine, un verre d'asti à la main, sur la terrasse où me guettait Marie en compagnie de Signore Fulvio. Le tenancier de l'hôtel est un type vieillissant, assez laid, dont la concupiscence ne parvient pas à gâcher la gentillesse. Il a flashé dès le premier jour sur notre jeune fraîcheur, nos décolletés et notre amitié, qui ne semble pas lui inspirer autre chose qu'un rêve lubrique et vague. Ce soir, il a vu Marie seule ; elle a décliné la promenade proposée du bout des lèvres par la tribu désapprobatrice, qui lui a reproché de m'attendre comme s'il s'agissait d'un attentat à la pudeur. Son refus obstiné à « s'amuser, elle aussi » leur paraît significatif de son obsession vicieuse et exclusive. C'est elle qui me corrompt, me tord l'esprit, m'ensorcelle, m'emprisonne, me culpa-bilise si je m'éloigne, avec sa tenace patience de Pénélope contre nature, dont l'influence finira par me perdre... Si elle me laissait un peu d'air, à quelle vitesse je reprendrais goût aux plaisirs sains d'une vie de jeune fille ! Tout cela, ils le lui ont dit ou laissé entendre déjà souvent depuis notre arrivée ici, et répété ce soir à coups de prunelle contemptrice et de moue répugnée. Elle ne se plaint pourtant pas, évoque la scène sur le mode blasé, tandis que Signore Fulvio me tend une coupe, puis une autre, encourage ma révolte, fouette mon indignation d'une écoute attentive et de géné-reuses rasades. Il est très tard. Ils sont tous couchés. Marie pose sur mon bras sa main raisonnable. « Arrête de boire, bichette ! » Mais l'asti me galvanise, je parle de plus en plus fort et mon échanson finit par prendre la trouille en réalisant que je suis complètement saoule et que je risque d'ameuter tout l'hôtel. Il nous souhaite le bonsoir et disparaît si vite que j'ai l'impression de l'avoir rêvé.

Hélas, la brume qui m'entoure et le flageolement de mes guiboles quand j'essaie de me lever ne doivent rien à l'onirisme. Marie me porte presque dans l'escalier où je trébuche. Dans la grande salle de bains du bout du couloir, elle ne sait où caler mes oscillations bredouillantes, et m'assoit sur le rebord de la baignoire. Aussitôt, le poids anormalement surmultiplié de mon postérieur me tire en arrière, et je m'affale, jambes en l'air, au fond de la porcelaine d'où Marie s'acharne à m'extraire avec des « chut ! » effarés. Tant bien que mal, elle m'aide à un hâtif débarbouillage, me déshabille et me ramène à la chambre où dorment déjà Eric et la reine mère. Dans l'obscurité, elle me couche, me borde, avec ses gestes de maman tendre, oh ! maman, mamy, reste avec moi dans mon lit ! Je tends des bras fiévreux, me cramponne à elle, l'appelle à voix basse et suppliante. Je riais comme une folle dans la salle de bains, et soudain, j'ai une énorme envie de pleurer, me laisse pas comme ça, mamy, je vais vomir, je vais tomber... Et je tombe, un grand tourbillon vient d'emporter mon matelas, toute ma literie avec moi au milieu, pauvre brindille virevoltante dans le maelström de ma cuite... Le bruit de ma chute et mes pleurs ont réveillé l'irascible, qui se met à couiner : « Allumez tout de suite ! Allumez tout de suite ! Je veux voir ce que vous faites ! » Ses cris hystériques dressent Eric dans l'ombre, Marie actionne le commutateur de la lampe de chevet. La Gorgone échevelée, défigurée d'incrédulité, me découvre vautrée à terre dans l'amas confus de mes draps, le matelas – une plaque de mousse dont la légèreté et la minceur expliquent son envolée – me recouvre jusqu'aux épaules, ma tête émerge de là-dessous comme celle d'une tortue éblouie, je lève des yeux hagards et discerne, penchée sur mon ignominie, le faciès furieux d'une sorcière au chignon en bataille qui me graillonne sa colère : « Tu es ivre ! Complètement ivre ! C'est du chouette ! Manquait plus que ça ! Tu as vraiment tous les vices, tu les collectionnes ! Tu me dégoûtes ! Vous me dégoûtez toutes les deux ! »

Marie, sans s'offusquer, entreprend de me recoucher, impavide sous l'orage maternel, ignorant la mégère en chemise qui gesticule, se bat les flancs et crie à présent sur une étrange fréquence, d'une voix altérée par le souci soudain de l'heure tardive, et d'une honte à ne pas ébruiter. Des profondeurs de ma griserie, j'entrevois, dans un éclair de lucidité qui me brûle les tripes, à quel point cette femme me déteste, à quel point je lui rends son aversion, et que ce sont mes rapports avec elle, avec elle seule, qui défient la nature.

Alors je me mets à sangloter sans retenue, à bramer, à brailler : « Tu ne m'aimes pas ! Tu ne m'aimes pas ! », de plus en plus fort, pour l'emmerder, l'obliger à fermer sa gueule, sa grande gueule méprisante de garce au cœur sec. « Tu ne m'aimes pas ! » Les murs résonnent de mon reproche, de mon verdict, de ma rancœur, pour une fois je vocifère plus qu'elle, « Tu ne m'aimes pas ! », et elle, affolée, s'est recouchée, couverture au menton, raide comme la momie qu'elle est dans son sarcophage d'imbécile méchanceté, et de sa bouche sans bonté tombent des mots que j'aurais voulu entendre depuis ma plus petite, ma plus fragile, ma plus douloureuse enfance : « Si ! je t'aime », elle ne les prononce pas, elle les vomit, elle me les laisse choir sur le cœur avec une dureté qui dément l'aveu, une exaspération obsédée du scandale, elle martèle : « Tais-toi ! Tais-toi ! Si, je t'aime ! Tais-toi ! » Les premières paroles affectueuses de ma mère pour mon âme affamée de tendresse... « Si, je t'aime ! » comme un bâillon, comme une insulte, un mensonge énorme, effarant, un cataplasme ubuesque sur l'organe mort de notre impossible amour.

Si ! Elle t'aime ! Ta gueule ! Ferme-la. On va vous entendre, toi, idiote, qui chiales parce que ta mère ne t'aime pas, et elle, la vipère guindée, qui crache sa protestation comme un venin dont tu serais bien capable de mourir. Ah ! si elle pouvait, si elle pouvait te neutraliser, te tuer, là, tout de suite ! D'ailleurs elle te l'a dit, déjà : « Je te préférerais morte plutôt que gouine », et maintenant elle chuinte : « Si, je t'aime ! Tais-toi ! » et elle t'assassine, elle te condamne au silence par la seule monstruosité de cette flagrante ironie, par la fausseté même pas déguisée de sa déclaration de haine : « Si ! Je t'aime ! Tu vas te taire !!? »

3.

Bien que je ne crusse pas que la chose fût possible, au lendemain de cette scène le climat familial perd encore quelques degrés. Icebergs muets de la réprobation générale, banquises de l'opprobre, exil glacé d'un silence à sous-entendus terribles. Seule Marie semble s'accommoder de la froideur ambiante, elle n'est jamais très causante ni très en forme le matin, avant son petit déjeuner. Les yeux plongés dans son café au lait, elle ignore superbement le frimas qui congèle toute velléité de conversation. Soudain coup de blizzard sur la Sibérie, la belliqueuse l'apostrophe : « Dis donc, tu vas faire la gueule longtemps, Marie ? Tu ne crois pas que tu pourrais être plus aimable, ne serait-ce que par reconnaissance ? N'oublie pas que tu es ici grâce à moi, c'est moi qui paye ! » Marie lève de son bol des prunelles claires et tranquilles. « Je croyais que j'étais ici pour conduire la voiture. » L'acerbe accuse le coup de sa grimace préférée, un rictus de mordeuse enragée. L'ébahissement et le scandale peignent sur le visage de ma tante une mine désespérée, mon cousin a un hoquet ostentatoire. Eric avale sa troisième brioche sans rien manifester. Un éclair fugitif dans le regard de mon oncle me laisserait presque penser qu'il a envie de rire, ou du moins de saluer la réplique.

A plusieurs reprises dans les heures qui suivent, l'atrabilaire va revenir à la charge, avec son fric et le respect qu'on lui doit. Elle joue un jeu grossier de provocation, multipliant envers Marie les remarques blessantes, les rappels vexants : « Même un chauffeur salarié serait plus gracieux !... Ça vaut le coup de t'offrir des vacances ! »

Marie ne se départit pas de son calme, et rétorque qu'elle a encore ses parents, et qu'elle n'a besoin de personne d'autre qu'eux pour se voir offrir des vacances. La mégère exulte, elle va pouvoir placer sa botte : « Je ne te retiens pas ! Personne ne te retient ici. » Et elle me coule un œil torve, méchamment allumé d'un défi triomphant. Que s'imagine-t-elle ? Que je vais supplier : « Oh ! maman, je t'en prie, garde-la ! Elle va être gentille, je le promets, elle va se laisser humilier sans sourciller, en souriant, en disant merci. Et moi aussi, je serai sage, j'irai gambader avec les garçons de mon âge, j'abandonnerai Marie à ta hargne, je ne ferai plus la gouine, je te lécherai consciencieusement le cul – comme c'est généreux, maman, d'offrir ce merveilleux voyage à Marie, qui ne le mérite pas... Rassure-toi, maman, je ne l'aime pas, je ne l'aime plus, c'est toi que j'aime, aussi fort que tu m'aimes et que tu me l'as crié cette nuit, c'est toi que je choisis, toi, avec tes bourrasques, tes fulminations, tes foudres, et ces torrents de boue que tu lâches quand tu parles de moi, et toute cette brutalité, cette rage dont tu berças mon enfance... Comment hésiter une seconde, maman, entre Marie ma douceur et mon salut, et toi, mon bourreau, mon tyran, ma sorcière ivre de fiel, ma rosse hystérique enlaidie de bêtise ? »

Nous avons mis mon oncle dans la confidence. Son antipathie avérée pour ma mère et sa fierté naturelle d'Espagnol le poussent à comprendre notre projet, à nous y encourager. « Je ferais comme vous, dit-il, ces allusions à l'argent qu'elle dépense, c'est mortifiant. Je ne supporterais pas. » Elle nous a trouvées dans la chambre, devant l'armoire grande ouverte. « Qu'est-ce que vous faites ? – Nos bagages. » Elle a pris le coup dans l'estomac, mais son orgueil de despote épais l'a gardée très droite, les naseaux élargis, les lèvres crispées. « Bon vent ! Bon débarras ! » Imperturbablement, nous avons poursuivi nos rangements. Elle a tourné comme une toupie à travers la pièce, chuintant en bête prisonnière de son propre piège. Puis, le menton agressif : « Si tu crois que je vais vous retenir... » Puis, le doigt pointé sur Marie : « Et la voiture ? » Marie a dit très tranquillement : « Ce n'est plus mon problème. » Puis, campée devant moi, les poings aux hanches : « Et toi ? – Ce n'est pas le mien non plus. » La fureur la faisait trembler, elle a postillonné : « Je m'en souviendrai ! Tu ne l'emporteras pas au paradis ! » Enfin, elle s'est ruée vers le couloir, à bout de nerfs, avide de trouver une oreille compatissante où déverser le flot âcre de ses doléances indignées. La porte a claqué sur elle avec une violence à faire tomber les murs...

Ce n'est pas mon oncle qui nous a amenées à la gare. Il nous l'avait dit : « Ne comptez pas sur moi, je ne peux pas me permettre. » Nous comprenions très bien. La harpie aurait vu dans son geste une trahison à sa cause, l'atmosphère s'en serait ressentie... Loin de nous l'idée de pourrir l'atmosphère que notre disparition devait forcément assainir. C'est Signore Fulvio qui nous a déposées, avec nos valises, assez loin de l'entrée. Il était tenu par un contrat tacite avec les taxis et les porteurs de Varazze. Il ne voulait pas se montrer leur volant leur travail... Nous l'avons chaleureusement remercié, et nous avons couru avec nos gros sacs. Nous étions à la bourre. Mon palpitant badaboumait dans ma poitrine en feu, tandis que le haut-parleur annonçait le départ imminent de notre train. La terreur de le manquer me suffoquait. Notre course à travers les quais transformait, symboliquement, notre départ en fuite, en exil précipité et douloureux, haletant...

Une fois à bord, l'alarme conjurée, les bagages casés, le souffle rasséréné, nous nous sommes regardées, heureuses, libres. Marie a mis sa main dans la mienne, et le voyage a commencé tout le long de la mer, une mer enfin retrouvée, avec ses miroitements magiques, ses vols d'oiseaux, ses anses, ses plages, ses bleus, ses blancs, ses langueurs, ses frissons, la mer de mon enfance, de mes rêves, la mer des vraies vacances, des cartes postales, des chansons bébêtes, des beignets sucrés, du sable brûlant, la mer au parfum d'ambre solaire... Ah ! j'allais retrouver tout ça à la Bocca, au camp, au chaud de la tribu de Marie, où nous retournions encore, en mal de tendresse et de sécurité. Mon cœur débordait d'amour et de joie, et d'envie de bonheur, la promesse des beaux jours à venir m'ondoyait d'une fièvre douce.

Et soudain, j'ai pensé à Eric, et je me suis mise à pleurer.

Nous avons fait leur connaissance dans l'eau, en nous baignant. Sans blague, ça avait l'air complètement débile, comme scénario, complètement cinématographique. Ils étaient deux, à chahuter, à se jeter du sable, comme des gosses. Le plus vilain des deux, le plus chauve, le plus arrogant, nous a aperçues et a demandé : « Vous couchez avec nous, ce soir ? » Marie a haussé une épaule, pour la forme, style « ce qu'ils sont bêtes ! », et moi, j'ai répondu : « Je veux bien, mais je choisis... » Ils l'ont pris à la rigolade, surtout l'arrogant, l'exubérant, le moche. Il s'appelait Jojo. Il nous l'a dit après, sur la plage. Ils avaient étalé leurs serviettes près des nôtres. « Et toi ? » ai-je demandé à l'autre, qui demeurait silencieux et semblait, à ses sourcils ascensionnels, lassé des conneries de son pote. « Charly. »

Charly devait avoir dans les trente ans. Plus rond que Jojo, avec un petit début de bedaine, plus réservé – ce n'était pas difficile –, un visage régulier avec des yeux noirs en amande. Non, plutôt en sole. Je parle de la forme. Pour le relief, le cousin de Marie, qui a eu l'heur de l'apercevoir un peu plus tard, a élu une comparaison également poissonnière : « Qu'est-ce que tu lui trouves ? Il a des yeux de merlan frit. » C'était vrai. Je l'ai reconnu volontiers. Ce que je lui trouvais, c'était justement cela : ses beaux yeux noirs, placides et doux, de merlan frit.

Jojo a relancé la conversation : « Alors, c'est dit, vous couchez avec nous, ce soir ? » Marie n'a pas relevé la tête de sa serviette. Elle bronzait à plat ventre, et son dos faisait la gueule. Et j'ai répété : « Oui, moi, je veux bien. Avec Charly. » Ma déclaration a mécontenté tout le monde. Pour en souligner l'énormité, Marie a maugréé entre ses bras. Jojo a tiqué parce que j'avais choisi l'autre. Et Charly, qui n'avait rien demandé, s'est vu bien embêté. Il ignorait si j'étais sérieuse, et, si je l'étais, la promptitude de ma résolution chamboulait carrément son indolence naturelle, sans rien augurer de bon de la moralité de mes mœurs. Bref, il n'avait pas l'air tellement désireux de sauter sur l'aubaine.

L'aubaine lui a précisé qu'elle avait dix-neuf ans bientôt, qu'elle venait de perdre père et mère en des circonstances différemment tragiques, et qu'il était temps pour elle de connaître certaines choses de la vie.

Le pauvre Charly a accusé le coup : « Ah ! parce que, en plus, ce serait la première fois ? » Jojo a émis un rire injurieux, ça l'a déstabilisé, et il ne m'a pas crue. Heureusement. Sinon, il ne m'aurait jamais donné ce rendez-vous pour la nuit même à son hôtel.

Marie a râlé, mais elle m'a emmenée, avec la voiture de son père. Elle a dit qu'on allait à une fête, sur la plage, avec des jeunes. Après, il a fallu qu'elle tue le temps, seule, parce que personne ne devait s'apercevoir que je n'étais pas à bord quand elle rentrerait au camp. Encore après, bien plus tard, à l'aube, elle devait, avec des précautions de loup, reprendre la voiture pour venir me chercher. Fallait-il qu'elle m'aime pour consentir à tout cela ! Un jour, ma tendre Marie, tu consentiras à bien plus, et c'est toute notre vie qui basculera. Notre destin de femmes aimantes et faibles, jamais rassasiées de sacrifices. Mais l'heure n'est pas venue d'évoquer celui par qui le scandale est arrivé, celui que j'ai cru aimer au point de...

Baste ! Pour l'instant, il ne s'agit que d'une expérience, essentielle à mes yeux. Aucun garçon, jusqu'ici, ne s'est senti le courage, ou le droit, de me déflorer. Ou alors, c'est moi qui ai décliné. Enfin, l'occasion ne s'est pas présentée où, d'un commun accord avec mon partenaire et aussi sa participation active, je me serais livrée à la découverte suprême, celle qui hante la cervelle et le ventre de toutes les filles de mon âge. Charly est trentenaire, point trop bête, pas du tout amoureux de moi, exempt de passion, de brutalité, de vulgarité, il m'inspire une attirance modérée, et son départ prochain me garantit des affres d'une éventuelle liaison. Il a donc toutes les qualités requises pour devenir mon premier amant...

L'hôtel est sans doute modeste, mais je n'y accorde aucune importance. Je tâche de me rendre le plus discrète possible en y pénétrant, en m'engageant dans les escaliers. C'était une recommandation de Charly : « Ne te fais pas remarquer, monte directement au premier. Je t'attendrai au numéro 26. » Car les patrons ont insisté : pas de visites dans les chambres, pas de filles, pas de chahut.

Question chahut, je suis en mesure d'affirmer qu'on n'a vraiment dérangé personne. Mon entrée sur la pointe des pieds dans la piaule exiguë est saluée par une mimique ébahie, les gros yeux noirs de Charly trouvent le moyen d'augmenter leur volume et leur rotondité, et sa bouche se met à béer muettement, puis à mimer l'élaboration d'une série de cercles, toujours silencieux. Le merlan frit est devenu une carpe étonnée, qui finit par murmurer : « J'étais à peu près sûr que tu ne viendrais pas... » Je tique. « C'est un regret ? » Il aspire quelques goulées d'air, roule des gobilles exophtalmiques, comme à la recherche d'une échappatoire, mais l'aquarium est réellement minuscule, presque entièrement peuplé par le lit deux places où il se laisse choir avec une résignation vexante. Il articule enfin : « Non, non, pas de regret. »

Je suis toujours debout, face à lui, le dos à la porte refermée. L'espace est si restreint que nos genoux se touchent. « Tant mieux, dis-je. Parce que je ne peux plus repartir. Marie ne revient me chercher qu'à six heures du matin. Tu m'as sur le dos pour la nuit. » Comme il a eu le bon goût de s'asseoir, j'ignore si la déclaration lui coupe les pattes. En tout cas, à moi, elle m'a coûté. En la formulant, je me suis sentie ridicule et paumée, très pauvre soudain, très déplacée. Une boule dans ma gorge, que je connais trop bien, m'étouffe, m'endolorit à me mouiller les yeux. J'ai l'impression d'être une naufragée sur un rivage hostile, une intruse dans la bulle aquatique et paisible de cet homme-poisson qui n'a rien demandé à personne et me considère avec une perplexité insupportable. S'il continue à se taire, à me fixer avec ses globules insondables de poiscaille refroidie, j'éclate en sanglots.

« Bon... eh bien... eh bien..., dit-il, je te fais visiter mon chez-moi ! » A la bonne heure ; sa prunelle s'est éclairée de malice, il a élargi une nageoire vers l'horizon plus que restreint de son bocal. Je lui souris, reconnaissante pour ce trait d'humour salvateur, m'intéresse à la visite guidée : « Oui, là, la petite table. – Là, la corbeille à papiers. Oh ! oui, dis donc, une fenêtre ! Je n'avais pas remarqué... » Il a une intuition charmante : « On dirait un hublot, non ? » J'éclate de rire. « Et ici, la salle de bains ? » Je lui désigne une porte perpendiculaire au hublot. « Tu rigoles ! Sur le palier, la salle de bains ! Les W-C aussi, d'ailleurs. Ici, c'est un placard. Et... regarde ce que j'ai trouvé dedans ! »

Il se juche sur l'unique chaise pour envoyer vers l'étagère au-dessus de la penderie une main qui connaît son chemin. Il revient – l'affaire de deux pas – vers le lit, où il m'invite à m'installer à son côté, et livre à mes regards curieux son butin : une pile de magazines vétustes et rococos, intitulés pompeusement *Paris-Hollywood* et dont la couverture représente une pin-up chaque fois différente et pourtant très stéréotypée, en petite tenue. « C'était là quand je suis arrivé », dit-il comme pour s'excuser. Il passe un bras à ma taille, et entreprend de feuilleter les revues pour m'en faire l'honneur. Parvenu à une page un peu plus osée que les autres (la fille est à califourchon sur un banc, dans une position relativement écarquillée, elle a deux étoiles pour soutien-gorge et pas de culotte, mais l'endroit du sexe est barbouillé d'un flou artistique), il me demande gentiment : « Ça ne te choque pas ? »

Hélas, non, mon pauvre Charly, tes images ne m'ont pas choquée. Et c'est dommage. Car si, à la place de ce brouillard grisâtre et castrateur, sans doute exigé par la loi, tes photos avaient révélé ce qu'il m'avait déjà été permis de voir sur les clichés clandestins prêtés par Christine : de la chair rouge et luisante, des méandres baveux, indécents de réalisme, du crin obscènement saccagé, le reflet nacré d'une coulure émouvante, l'intrusion d'un doigt fureteur dans l'intimité bouleversante de muqueuses offertes, et le rictus convulsé, passionné d'attente, torturé d'urgence des filles ouvertes et fouillées, j'aurais peut-être pris la fièvre, et basculé dans une folie érotique encore jamais partagée avec un garçon.

Mais tes minables créatures de papier, à la risette niaise, faussement déshabillées, guindées dans des attitudes sans naturel et sans ferveur, et barbouillées au pubis par un voile d'imbécile pudeur, ne m'ont suggéré que cette question méprisante : « Ça date de quand, ces vieilleries ? »

Ma question et surtout l'intonation adoptée étaient idiotes, et je ne t'en ai pas voulu du malentendu qu'elles ont induit. J'avais déjà accepté plus que rapidement de coucher avec toi sans te connaître. Après une seule journée de plage partagée, j'arrivais, tranquillement, je posais sur tes magazines un regard blasé, aguerrie. Tu as cru que j'étais une affranchie, à l'aise dans ses mœurs et son corps, une chaude du brasero qui venait chercher le baume d'un extincteur anonyme pourvu qu'il fût efficace, quand je n'étais qu'une gourgandine lassée de son ignorance et désireuse de refermer, symboliquement, définitivement, le livre de son enfance. Je pensais que ton truc de garçon, trempé à mon encrier secret, serait le stylo avec lequel écrire, à la dernière page de mes tardives naïvetés, le mot « Fin ». Et que désormais, au seuil du tome deux de ma vie, je serais armée de savoir, et à même de toujours choisir. J'espérais conjurer ensemble la peur et la curiosité, m'enorgueillir de la connaissance de l'homme, que j'aurais reçu en moi pour le manger, le digérer, l'évacuer. C'était prétentieux, c'était ingénu, et la nuit passée avec toi s'est chargée de me le démontrer.

Nous nous sommes déshabillés sans nous regarder, chacun de son côté, et mis au lit. Il propose gentiment :

« Tu veux que j'éteigne ? » J'ai le drap au menton. « Oh ! Ça va, je suis couverte. » Il s'approche, me prend dans son bras gauche, colle son flanc au mien. Sa peau est douce, son contact moelleux et apaisant. Je vois la forme de ses lèvres, rondes, charnues, la courbe féminine de ses abondants cils noirs. Ses cheveux aussi sont noirs, très épais, il a une raie sur le côté, qui lui donne un air sage et rangé. Une bouffée d'attendrissement me monte à la tête, m'inspire de petits bisous amicaux sur sa joue rasée de près. « C'est vrai que tu ne m'attendais pas ? – Je ne t'attendais pas, mais je t'espérais... »

Pour ce mot-là, j'aurais donné mon âme. Il ne me l'a pas demandée. Il s'est juste couché sur moi, très vite, très soudainement, en murmurant : « Tu sens dans quel état tu me mets ? » Oui, je sens. Entre nos deux ventres, il écrase et berce et frotte son sexe, qui me semble beaucoup plus gros que tous ceux que j'ai rencontrés jusqu'ici. Gros, dur, et à la fois souple et fondant, comme certains de ces bonbons faussement tendres et qu'on s'occupe à mâcher longtemps, qui vous emplissent la bouche de leur fermeté élastique. Mais je suis loin, bien loin, d'avoir envie de le mastiquer. Lui en revanche est près, tout près, trop prêt. D'un mouvement de reins, il creuse sa place, s'applique à insinuer son tube de chair tiède entre mes cuisses, il me chuchote fébrilement : « Aide-moi, aide-moi ! », et moi, toute froide, lucide, détachée, parée au sacrifice, j'ouvre les genoux, j'avance une main qui ne tremble pas pour l'attraper au col et le guider, le placer au bord, et le retenir encore un peu pour implorer : « Tu vas doucement, hein ? »

Il dit oui, il secoue la tête dans mon cou, son menton

me poignarde la clavicule, il sent bon, je referme les bras sur lui, il veut entrer, il pèse à mon huis, il s'affole, je suis sèche et rêche et si étroite, il se démène avec des « han » de bûcheron, sa progression obstinée, régulière, m'arrache l'intérieur, j'ai l'impression qu'il m'a coincé des poils, qu'il me tire la moitié de la touffe avec son bélier incandescent, il aurait mis une capote en toile émeri que ça ne me brûlerait pas plus... Peut-être qu'il aurait pu, qu'il aurait dû m'en proposer une, de capote ? Une alarme nouvelle ajoute à mon calvaire, m'angoisse à tous les sens du terme, me resserre la gorge du haut, achève de m'étrangler celle du bas, nom de Dieu ! Pourvu qu'il ne m'engrosse pas !

A force de trémoussements et d'assauts, il a touché le fond, et je souffre encore plus parce qu'à présent il me lime vite et fort, comme un caniche en rut, et je gémis, les poings crispés dans mes cheveux : « Salaud ! Salaud ! Je t'avais dit de faire attention ! » Le reproche a-t-il porté ? Le voilà qui s'immobilise, se crispe tout entier et, vrrrout !, retraite précipitée, il glisse hors de moi, sa désertion me fait un bien fou, comme si je quittais une chaussure trop petite et il se met à pleuvoir, sur le lit, je reçois partout sur la figure, sur la poitrine, sur la tête, les larges gouttes tièdes de son orgasme qui jaillit en ondée saccadée et interminable, ça tombe de tous les côtés, l'oreiller est constellé, le drap aussi, ça ne s'arrête plus, c'est doux, chaud, drôle, c'est le meilleur moment, parce qu'il a un air d'ange crucifié, une jolie gueule torturée, dépitée, la jouissance le transfigure, il ferme les yeux et se plaint doucement, c'est moi, moi qui lui ai procuré ce mal cher, cette merveilleuse douleur, cette beauté inattendue, cette force et cette fragilité ensemble, qui le dressent à genoux au-dessus de moi, comme un vainqueur qui supplierait.

Pour la première fois, la volupté de l'homme me bouleverse. Pacifique Charly, mon initiateur sans génie, je te dois au moins ça, ce moment précieux où je t'ai vu exulter d'une joie puisée à mon seul ventre... Jusqu'ici, les débordements orchestrés de ma main n'avaient rien de glorieux, et m'empesaient la paume d'une gelée rassurante. En octroyant à mon partenaire le facile plaisir, je le castrais aussi, et ne m'enorgueillissais que d'une victoire technique, d'une supériorité de femelle calculatrice et frigide. Avec toi, si mon corps n'a pas vibré, mon âme, elle, a été touchée par la grâce. Je t'ai aimé en cet instant de ta reddition contrite et extasiée, j'ai aimé ta simplicité, ta douceur navrée, cette façon que tu as eue de t'allonger près de moi, de me prendre dans tes bras, de balbutier ton repentir : « Pardon... excuse-moi... Je suis allé trop vite. Et trop fort. Je t'ai fait mal ? Tu sais, je pensais que tu racontais un bobard quand tu disais que c'était la première fois. Je m'imaginais qu'une fille qui offre sa virginité, elle en fait tout un plat. Toi, tu es... tu es... » Il peine à trouver ses mots, encore un peu essoufflé, ému aussi. « Tu es une drôle de fille. » Il pensait qu'il m'avait fait saigner. On a cherché sur le drap la signature de mon nouvel état, les traces de son inauguration. Il n'y avait rien. Même pas une petite tache rosée, même pas une minuscule larme nacrée pour témoigner de ma douleur et de mon baptême. J'ai eu peur qu'il ne se fourvoie, qu'il ne mette en doute ma sincérité : « Tu me crois, au moins ? » Il a resserré un bras de grand frère autour de moi : « Bien sûr, que je te crois ! Ça arrive... »

Oui, Charly, ça arrive qu'on pleure sans larmes et qu'on souffre sans hémoglobine. Ça arrive qu'on brise des scellés sans réussir à franchir un seuil interdit. Moi j'étais, comme tu l'as dit, une drôle de fille, faussement ouverte, et claquemurée si loin que même ton sésame, pour gros et long qu'il fût, et obstiné à malmener mes barrières, ne m'a pas vraiment pénétrée. Je n'ai gardé de ton passage en moi que la meurtrissure, et cette idée que mon ventre, toujours, se refuserait à l'homme, serait rétif à ses pratiques, sourd à ses caresses, répugné par ses visites. Si j'avais saigné, j'aurais vu, avec la blessure, l'espoir déjà de guérison, la suture possible du même instrument qui m'aurait déchirée. Mais cette perfide et muette ecchymose au fond de ma chair, demeurée sèche, je la jugeais comme le symbole de ma différence, de mon aversion innée pour les concessions femelles. Et pourtant, qu'y a-t-il de plus prodigue en concessions qu'une gourgandine ? De plus, apparemment servile ? « Apparemment », là est la clé. Mener le jeu, même à genoux, et mimer l'humilité courtisane pour mieux régner... On charme, on caresse, on branle, on suce, on se laisse prendre, on feint de se donner, sans autre réel intérêt que la confirmation d'un illusoire pouvoir, d'une chimérique revanche. Mais voilà, on ne saigne pas sur commande...

Charly a éteint la lumière. Il se sent en paix, s'abandonne aux vagues successives d'un bien-être que je connais, et que je lui envie. Je ne cherche pas à troubler le silence. Peut-être qu'il va s'endormir. Il me faudrait un réveil. Quoique... j'ai une montre. Un coup d'œil de temps en temps suffira... Il sent que je gamberge. Son chuchotement à mon oreille me chatouille : « Je ne dors pas, tu sais. » Je le remercie d'une main à son cou : « Si tu veux dormir, tu peux. Ça ne me dérange pas. »

Il s'est dressé comme un diable : « Tu rigoles ?... J'ai été complètement nul, laisse-moi une chance de me rattraper !... »

Je lui en ai laissé quatre, ou cinq, ou six. Je ne sais plus. Il était inépuisable. De cette race que les gourmandes émancipées de nos jours appellent « Super-bon coup ». Enfin, moi, je n'ai pas la même définition du bon coup. Je me fous à peu près de la prouesse, taille et raideur, et assauts répétés... Je me fous aussi de la technique, c'est souvent plus fatigant qu'autre chose. La recherche du point G, l'expérimentation de la position 38 du *Kama-sutra*, l'obligation du cunnilingus... autant de complications inutiles, voire nuisibles à l'épanouissement de ma libido. Sur ce point, Charly a été sobre. En revanche, il a tenté de me caresser. Sacrosaints préliminaires ! J'adore les caresses, mais il faut, à leur efficacité, deux conditions : un caresseur doué, une caressée abandonnée, la première condition induisant souvent la seconde. Avec la meilleure volonté du monde, Charly ne savait pas me toucher. Ou je n'étais pas à même de recevoir, comme il l'aurait fallu, ses offrandes. Et l'impatience de son sacré truc tout de suite au garde-à-vous a écourté les séances. En me tripotant, c'est lui-même qu'il excitait. Après, il avait un regard suppliant et une bouille pathétique de convoitise enfantine pour demander : « Je peux ? Je peux ? » et il se ruait entre mes jambes, où j'avais l'impression d'abriter une touffe d'orties de plus en plus virulente. Je n'étais toujours pas au diapason, seul m'intéressait son retrait, inexorablement suivi de cette averse opalescente et suave, à peine moins abondante au fil de la nuit. Ce type avait une réserve de sperme absolument extraordinaire, qui, malgré mon manque d'expérience, me fascinait, et dont je n'ai jamais retrouvé la pareille. Et toujours ce masque tragique et extasié quand il lâchait ses salves, toujours cette beauté sublime de martyr en transe... Ah ! s'il avait parlé, s'il avait eu des mots pour commenter son désir, son plaisir... Peut-être m'aurait-il communiqué sa fièvre, par contagion orale. C'est son silence, non, il n'était pas silencieux, il geignait et soupirait, c'est son aphasie qui me rendait frigide. Il aurait été un vrai bon coup pour moi s'il s'était montré bavard, et démonstratif, exhibitionniste, un peu pute, quoi, aguicheur, à manier un vocabulaire obscène, à oser des poses indécentes, des commentaires orduriers ! Mais il était très sage dans son exaltation, très respectueux de sa petite partenaire toute neuve, très désireux de ne pas l'effaroucher, de ne pas lui laisser un souvenir dégoûtant... Même à poil, ce garçon paraissait habillé. Et son sexe, érigé une bonne partie de la nuit, avait des élégances de dandy, quand j'appelais au secours, sous mes paupières serrées, les images crues, colorées, vernissées, des bites magnifiques scrutées sur les photos de Christine, rouges et luisantes comme des pommes d'amour, énervées, agressives, torturées de veines apoplectiques, noueuses comme du bois en travail, fendues de gerçures dégoulinantes, arrimant dans leurs efforts et leurs poussées de grosses couilles surpeuplées jusqu'à l'éclatement... Voilà comme j'aime l'homme, et comme je ne l'ai que rarement rencontré : prodigue de son anatomie, du spectacle grandiose de son rut, prolixe exégète qui glose sans détour ni ellipse le bouillonnement de sa sève, l'urgence de sa fringale, la tuméfaction de sa pulpe, l'appel de ses tripes. On l'aura compris, Charly m'a laissée complètement frustrée sur ce plan-là. Mais, à l'époque, je n'avais pas une idée précise de ce que j'attendais d'un partenaire érotique. Disons que j'étais venue réclamer une initiation très matérielle, et qu'il s'est acquitté de sa mission avec suffisamment de bienveillance, de politesse, et d'affabilité.

A l'heure où j'écris ces lignes, je suis quinquagénaire, j'ai le droit de déclarer que j'aime les hommes impudiques, mais non celui de me plaindre, trente ans après, de la réserve tendre de mon premier amant, que je n'aurais pas su, de toute manière, bousculer.

Six heures. Je quitte l'hôtel après un ultime bisou léger sur la joue de Charly, enfin fatigué. J'ai froid et mal partout, surtout au creux, au profond de mon corps, en cette brèche saccagée et rétive par où l'homme a tenté de m'unir à lui, où il s'est exalté seul. J'étais fière cette nuit d'être ce puits d'émois, ce réceptacle à plaisir. Et ce matin, avec le frisquet de l'aube et la lassitude, je me sens affreusement flouée, avilie par l'aventure. Quelle était ma quête, hier ? Conjurer la curiosité et la peur...

Ma curiosité est déçue. J'entrevoyais je ne sais quels rites, quelles pratiques, quel langage de l'homme, qui m'auraient sinon séduite, du moins étonnée. Le passage de Charly en moi n'a rien éclairé, n'a apporté aucun nouveau jour sur mes théories et mes intuitions, la seule réelle découverte, c'est cette abrasion de ma chair, cette rébellion. Il ne m'a pas fait saigner, il m'a brûlée sans m'enflammer. Comme si j'avais pris une grosse gamelle, et que ma peau soit restée sur le macadam des illusions flapies. Je suis à vif de l'intérieur, et franchement, pour cette sensation-là, je me serais saisie d'un concombre et je me serais taraudée avec, j'aurais sans doute atteint le même résultat. Sauf que peut-être, surprise de la solitude, le jeu aurait été capable de me plaire, nonobstant la douleur.

Et la peur ? Conjurer la peur ! Pauvre idiote ! C'est maintenant que j'ai peur, une peur retardataire, et d'autant plus poignante, compliquée par les affres du regret. « Marie ? Et si j'étais enceinte ? – Ah ! Parce qu'il n'a pas pris de précautions ? – Il s'est retiré chaque fois. » Elle soupire, consternée. « Tu le savais, pourtant, que ça ne suffit pas toujours ? » Oui, Marie, je le savais. Ce que je ne savais pas, c'est qu'on pouvait rester, malgré l'épuisement, dans la pénombre de la guitoune retrouvée, les yeux élargis sur un souci nouveau, énorme, rond comme une montgolfière, la perspective d'un ventre enflé, envenimé du redoutable poison masculin.

Tout me revient en mémoire et m'accable, les mises en garde implicites et sinistres de mon père, et les récriminations de ma mère. Deux maternités non désirées, une vie foutue, une femme ratatinée d'aigreur et de ressentiment. Son commentaire à chaque contrariété familiale : « Les gosses, c'est de la saloperie ! Ils ont de la chance, ceux qui n'en ont pas ! » L'horrible perspective m'oppresse, je vais payer mon inconscience d'un tribut exorbitant, la punition n'est pas loin, la catastrophe qui va ruiner mon destin, celui de Marie, nous entraîner dans les tourments d'un insoluble problème. Pas un instant je n'imagine un enfant de chair, un bébé rose et potelé à bercer, torcher, biberonner, élever. Le spectre de la grossesse c'est pour moi celui d'une maladie, d'un cancer, d'une honte, qui va me bouffer de l'intérieur et me désignera une fois de plus à l'opprobre général.

« Recevoir l'homme en moi pour le manger, le digérer, l'évacuer. » Ce que j'étais conne ! Et si j'en faisais une indigestion ? Ballonnements, coliques, et l'évacuation dernière, parlons-en, dans les cris, l'écartèlement et la merde.

La révolte me fait trembler et gémir dans les bras de Marie. Je ne veux pas ! Je ne veux pas de ma condition femelle, de mon ventre imbécile qui déjà peut-être se plie à la loi injuste, abrite un clandestin, sans me demander mon avis. Je ne veux pas qu'il se passe des choses en moi à mon insu et contre mon gré, pourquoi on ne peut pas gouverner ce genre de truc, c'est humiliant, désespérant, se voir inoculer un virus aussi dévorant, aussi monstrueux, et ne pouvoir rien faire... J'en pleure.

Marie renonce à la leçon de morale. « C'est avant qu'il fallait y penser... » Elle me prend dans ses bras, me berce, me console. « Mais non, mais non, tu n'es pas enceinte. Tu ne peux pas, tes règles vont bientôt venir. Calme-toi, mon bébé. Mon tout petit bébé... C'est impossible, un si petit bébé enceinte... Dors un peu... »

Sa main dans mes cheveux, sa voix comme une eau fraîche sur la brûlure de mon angoisse. Marie, je t'aime. Et je déteste les hommes.

4.

L'anxiété m'a tortillé l'estomac pendant trois jours. Puis mes règles sont venues, mais les spasmes sont restés. De plus en plus forts. L'idée de la rentrée, des retrouvailles avec ma mère. L'estomac est un organe doté d'intuition. La suite des événements me l'a prouvé.

Lorsque je reviens à la maison, fin août, la mégère a opté pour une attitude inédite. Pas de cris, pas de claquements de porte, d'injures, de moulinets de bras, de jets de postillons, de fureur bégayante. La guerre froide. Une gueule figée par la rancune, des promesses réitérées à voix presque basse, avec une lenteur tragique : « Tu me la copieras ! Tu vas t'en souvenir, crois-moi. » Je la crois. Ce que j'en écris aujourd'hui lui donne encore raison.

Son premier grief est d'ordre officiellement économique. Elle a dû rapatrier la voiture par le train, ça lui a coûté cher. « On réglera ça quand tu commenceras à gagner de l'argent. – Ça ne saurait tarder, lui dis-je, je me suis arrangée pour travailler en septembre. – Où ça ? – Dans une maison d'enfants, à quarante kilomètres d'ici. Marie et moi, nous serons monitrices. Nous devons y passer un mois, jusqu'à la rentrée. » La nouvelle l'a démesurément contrariée. D'abord parce que c'était la preuve que j'entendais gérer ma vie personnellement et loin d'elle. Ensuite parce qu'elle se régalait à l'avance de notre intimité forcée retrouvée, et se promettait les délices de mises au point archiquotidiennes, et de « serrages de vis » préconisés par ma tante et mon oncle. Et puis, elle m'avait tellement rabâché que, sortie des études, je ne valais rien, je n'étais « bonne à nib », que personne ne voudrait de moi même pour les besognes les plus ordinaires... La facilité évidente avec laquelle j'ai trouvé à me faire embaucher lui remue la bile. Enfin, l'idée que je la fuis pour demeurer plus près de Marie l'exaspère au-delà du supportable...

Je suis occupée à préparer mes affaires, quand la porte de ma chambre s'ouvre sous une poussée furibarde. La harpie se tient sur le seuil, la bouche tordue d'une joie mauvaise. « Pas la peine de faire ta valise, tu n'iras pas ! »

Je pressens dans son exultation autre chose qu'un simple diktat. « Pourquoi ? – J'ai téléphoné là-bas. J'ai raconté à la directrice quelle jolie paire de gouines vous étiez toutes les deux. Elle ne te veut plus... »

J'ai couru chez Marie, qui m'attendait, consternée. « La directrice des "Petits Chevaliers" a joint mon père à l'école. Elle était très embêtée, parce qu'elle comptait vraiment sur nous. Elle a insisté pour que j'y aille, et a même supplié pour que je trouve une coéquipière de toute urgence. » Je marque un certain étonnement : « Mais qu'est-ce qu'elle a dit à ton père ? Elle lui a expliqué pourquoi elle ne me voulait plus ? – Ce qu'elle ne veut pas, c'est des ennuis. Elle lui a dit qu'elle avait eu au bout du fil une folle qui tenait en hurlant des propos incohérents. – Tu parles ! Folcoche lui a déballé qu'on était gouines... – Ça, je crois qu'elle s'en fout, dit placidement Marie. Mais tu es mineure, et elle ne peut pas se permettre de t'employer contre le gré de ta mère. »

Je ne suis pas allée aux Petits Chevaliers. C'est Annie qui a pris ma place. La virago a triomphé : « C'est justice ! Avec tes mœurs dépravées ! Ça te suivra partout ! – Ce ne sont pas mes mœurs qui ont découragé, mais tes élucubrations hystériques... » Elle se campe devant moi, poings aux hanches, sa lèvre supérieure découvre une gencive de mastiff. « Elucubrations ! Quand elle va recevoir mon colis, elle verra si ce sont des élucubrations ! » Et elle me lâche avec ivresse le résultat de ses manigances de garce : elle a fouillé ma chambre, trouvé ma correspondance, l'a photocopiée, et remise en place au feuillet près. Je ne me suis rendu compte de rien, mais à présent il y a un tas de lettres de Marie – « fort explicites ! » clame l'abjecte grisée de méchanceté –, soigneusement planquées dans un coffre chez une avocate (une avocate !), un autre jeu de doubles chez la directrice des Petits Chevaliers, un troisième sous le coude belliqueux de la mégère pour « produire à qui de droit ». Quand je pense à mon enfance persécutée, traquée, interdite de jardin secret, d'intimité, à mes rêves brigandés, mes lettres ouvertes, mes carnets débusqués, mes gestes, mes pensées surveillés... Le grand gourou que fut mon père a trouvé son maître. Même les missives que j'ai envoyées à Eric depuis la Bocca ont été décachetées à la vapeur, dupliquées, versées au dossier accablant de mon ignominie... Après, la vipère rangeait le message dans son enveloppe, qu'elle recollait d'un coup de sa langue fielleuse...

Parce que l'air est vraiment irrespirable dans ses environs, et aussi pour emmerder ma carne de mère, je hante le hall de la Maison des étudiants, à la recherche de la petite annonce salvatrice. Je dégote un papillon estampillé : « Urgent. Femme de médecin cherche jeune fille pour la seconder auprès des enfants tout le mois de septembre. » Au téléphone, la dame m'explique qu'elle vient d'installer sa nichée à Chamrousse, dans leur résidence secondaire, et qu'elle a besoin d'un sérieux coup de main. Elle reste évasive sur les tâches qui m'attendent, et le nombre de ses enfants. Les seules réelles précisions sont assénées avec autorité : « Vous commencez demain, débrouillez-vous pour être là à neuf heures. Vous gagnerez quinze francs par jour, nourrie, logée, au bon air, c'est très convenable. » Ce n'est pas très convenable. Même pour l'époque, c'est plutôt très peu. Mais je n'ai pas le choix, et l'impatience me taraude de coller mon tyran devant le fait accompli. Dépassée par la rapidité des événements, elle ne cherche plus à me retenir, et se contente de commenter : « Tu vas faire la bonniche. Ça t'apprendra la vie. »

Lorsque Marie me laisse avec mon sac au seuil du chalet, mon cœur se serre affreusement, mon estomac aussi, j'ai l'impression de franchir une étape importante, une porte de plus dans mon voyage vers l'âge adulte. Je me sens de plus en plus orpheline, et perdue parce que Marie ne sera pas à mes côtés.

L'accueil de la maîtresse de maison est expéditif.

Elle est encore en pyjama, une nuée de mioches lui tournent autour : elle en a cinq personnellement, dont une petite mongolienne de quatre ans, et garde de surcroît les deux enfants d'une amie. Elle me montre mon coin : un lit d'appoint au sous-sol dans la salle de jeux, coincé entre la table de ping-pong et les caisses de jouets. « Et là, dit-elle avec emphase en ouvrant une porte, vous jouissez d'un cabinet de toilette personnel. » Effectivement, dans la buanderie, derrière un rideau, une douche exiguë et un lavabo lilliputien s'offrent à ma jouissance... « Enfin, corrige-t-elle, s'il y a trop de presse là-haut, j'enverrai les enfants se laver avec vous. En attendant, vous pouvez débuter votre travail. »

Je débute donc. Servir le petit déjeuner. Tartiner, verser, sucrer, remuer, éponger, reverser, retartiner, débarbouiller, rééponger. Cris et chamailleries autour de la table, bols renversés, deux serviettes imbibées de cacao, trois tartines foutues, la confiture poisse tout, la petite mongolienne hurle, elle ne veut que sa mère, et sa mère ne la veut pas. « Débrouillez-vous ! Vous êtes là pour ça ! » Marie, je ne sais pas ce qui t'attend aux Petits Chevaliers, mais ici, pour moi, c'est l'enfer. Cette armée de chiards braillards et convulsifs me tire des larmes de regret et d'angoisse. Le débarrassage de la table, la vaisselle me prennent un temps fou. « C'est beaucoup trop long, siffle la pétasse qui s'est pomponnée pendant toute la durée du repas et du rangement. Il faudra vous remuer. On voit que vous n'avez pas l'habitude ! » Ah ! Ça ! Elle n'a pas fini de le constater, ni de fustiger mes lenteurs, mes embarras, mes hésitations, à coups de formule valorisante : « Ce que vous êtes empotée ! Ça paraît incroyable ! » J'ai

62

bien fait de quitter ma mère... Je sens que le changement d'air va m'être profitable... D'autant que mon nouveau gouvernement ne recule devant aucune tentative propre à susciter ma vocation ménagère. A midi, elle me demande de faire des œufs au plat pour toute la tribu. Le résultat de mes premiers essais lui peint sur la gueule un ahurissement de poisson-lune. « C'est vrai ? Vous n'avez jamais fait cuire un œuf de votre vie ? » Elle considère le magma hétérogène – glaireux d'un côté, caoutchouteux de l'autre – collé au fond de la poêle avec un dramatique effroi : « Eh bien ! Ça promet ! »

Je fais pourtant ce que je peux, encaisse sans broncher toutes les rebuffades que me vaut ma flagrante inexpérience. Il est vrai que les seules tâches exigées par ma mère lors de mon enfance et de mon adolescence ont été l'essuyage de la poussière et de la vaisselle, et le vidage de la poubelle. Jamais elle n'a permis que je « gabouille à l'évier », ni que je m'essaie à quelque recette qui aurait « emplâtré la gazinière » et « saccagé la cuisine ». Elle redoutait le dérangement, les complications, les salissures, les miettes, les flaques, les gouttes, les projections. Refusait même parfois de me donner à goûter quand je rentrais de l'école pour ne pas compromettre la propreté de son intérieur. Quant aux besognes qui ne risquaient ni la casse ni le barbouillage, elle n'a jamais eu la patience de me les enseigner. Ne m'a jamais montré comment coudre un bouton, tricoter un rang, repasser une chemise, j'étais interdite de fer, de boîte à couture, de placards, de tout, je ne devais pas déranger ses affaires, mais rester au seuil de son domaine, qu'était la maison. Elle se plaignait de tout assumer, et revendiquait contradictoirement la suprématie dans l'exécution des travaux domestiques ; lui déplacer une boîte sur une étagère était un crime de lèse-majesté, prétendre m'intéresser aux casseroles m'attirait les foudres de son ironie et suscitait un veto immédiat. Si, pendant les vacances dans le patelin familial, mes tantes, me voyant m'ennuyer, me demandaient : « Tu n'as pas un canevas, une broderie, un tricot pour t'occuper ? », elle éclatait d'un rire injurieux : « Elle ? Elle ne sait rien faire de ses dix doigts ! » C'était rigoureusement exact.

Chez Mme Lebourg, épouse d'un gastro-entérologue réputé à Grenoble, méprisante par disposition naturelle aggravée d'une éducation bourgeoise, j'ai acquitté le lourd tribut de ma niaiserie, et de mon incompétence. Oui, Folcoche, tu pouvais triompher, tu avais raison, ça m'a appris la vie. Et que tu n'étais pas la seule femme sèche de cœur, dédaigneuse et brutale, la seule mère revêche et trop visiblement encombrée de marmaille, la seule bourrelle injuste...

J'ai un petit moment pour souffler. Je fume une cigarette dans le jardin. La fenêtre s'ouvre là-haut. « Pendant que vous vous reposez, emmenez Sophie en promenade ! » Sophie, c'est la petite mongolienne. Présentement, elle se cramponne au cou de sa maman, se tortille, se renverse, sans avoir l'air de vouloir lâcher prise. Corps à corps, mimique exaspérée de la génitrice qui enserre les petites mains, tente de les écarter, de se libérer de ce joug de tendresse étouffant, en refuse la démonstration exclusive et douloureuse ; la gosse lui tire maintenant les cheveux en jetant des cris inarticulés, elle m'a vue préparer la poussette, elle ne veut pas quitter sa mère pour une promenade avec moi, c'est manifeste. « Mais aidez-moi ! » finit par hurler la Lebourg congestionnée. A contrecœur, je me saisis du petit ver de terre révolté qui voit sa mère s'arracher à l'étreinte et disparaître prestement dans l'escalier.

Nouvelle lutte, avec moi cette fois. Je prends quelques coups de pied, je n'ose me montrer trop autoritaire, la rébellion sanglotante de ce petit être touchant de laideur et de détresse m'émeut, je lui parle gentiment et affecte d'attendre qu'elle se calme toute seule. Elle trépigne devant la poussette, je tire une courte bouffée de ma clope gâchée. Seconde apparition de la daronne à la fenêtre. Elle trouve que ça ne va pas assez vite, que la petite fait trop de bruit. Elle a hâte de la voir s'éloigner, de me laisser seule bénéficiaire de ses clameurs. « Mais jetez-moi cette cigarette, aboie-t-elle. Ce que vous êtes gourde ! » Désormais je me cache pour profiter des temps de repos qu'on m'octroie au compte-gouttes. Il y a derrière la maison, au sommet d'une butte engazonnée, un coin merveilleux, avec un banc sous un sapin. J'y emporte mon bloc et mon stylo, et j'écris à Marie frénétiquement. Ma tristesse d'être loin d'elle, ma solitude, mon désarroi, ma honte de me montrer si nulle, mon désespoir de devoir avaler tant de cinglantes remarques. Mon espoir aussi, mon attente fiévreuse : dès la rentrée universitaire, c'est décidé, nous vivons ensemble. Je compte les jours, je compte l'argent que nous aurons gagné, je compte le matériel dont je dispose pour me monter avec elle en ménage : mon père m'avait offert des meubles pour ma chambre, et ce grand secrétaire de mon entrée en sixième, en disant : « C'est à toi, tu l'emporteras quand tu quitteras la maison... »

Les jours passent péniblement, chacun apportant son lot d'épreuves. La dernière en date : la Lebourg a reçu une amie, et m'a demandé de leur servir le thé au salon. Je n'aurais jamais cru qu'une tarte aux fruits soit si difficile à couper, ni que le maniement de la pelle à gâteau requière un niveau bac pro. Inutile de dire que j'ai lamentablement échoué à l'examen. Recalée par la prunelle noire et courroucée de la big boss devant ma comique maladresse : sur les assiettes de porcelaine, les parts de tarte semblaient avoir été vomies...

Son mari est venu passer le week-end. Il est charmant, drôle, gentil, détendu et très bel homme. Je me demande ce qu'il fout avec elle. Par contraste, elle m'apparaît encore plus rigide et désagréable, et je prends conscience de sa mocheté, qui ne m'avait d'abord pas frappée. Elle a toujours tellement l'air en pétard contre moi que sa perpétuelle irritation me semblait un masque à moi seule réservé. Ce n'est pas un masque. C'est sa tronche. Sa vilaine tronche de patronne friquée et suffisante, sans commisération pour personne, ni pour la souillon maladroite et si peu dégourdie que je suis, ni pour la petite handicapée en mal d'amour qui s'étrangle de fureur dès qu'elle la repousse, ni pour le livreur qui suait sang et eau ce matin à trimballer des caisses de provisions, et qu'elle a houspillé, malmené, fait tourner en bourrique, puis laissé repartir sans une piécette de pourboire. Car, en plus, elle est très radin. Je me plaignais de la ladrerie de mon père, mais je n'avais encore jamais vu qu'une seule grappe de raisin dût suffire au dessert de toute la famille. « Les fruits sont trop chers », a-t-elle dit, et elle a enlevé les trois quarts du contenu de la corbeille que j'avais mise sur la table. N'est restée qu'une grosse grappe de muscat, qui a tourné de main en main, chacun se servant d'un grain, jusqu'à ce qu'il n'y en ait plus. Cette fois, c'est moi que l'ébahissement devait transformer en poisson-lune...

Les vacances scolaires touchent à leur fin, les deux petits copains invités sont déjà partis, les deux aînés aussi, avec leur père, pour préparer la rentrée. J'ai moins de travail, mais toujours autant de remontrances. Et puis la Lebourg s'aperçoit que Marie vient me voir au volant de la grande voiture de son père (Moufflette, la Fiat 500, a rendu l'âme récemment, ça nous a crevé le cœur). Aussitôt elle m'a tourné autour avec une drôle de mimique qui la défigurait : c'était un sourire, je n'avais pas l'habitude. Elle m'a demandé : « Vous allez redescendre de Chamrousse avec elle, après-demain ? Elle aurait peut-être de la place pour nous tous, dans sa familiale ? » « Nous tous », c'était elle et les trois gosses, plus les valises. Elle avait d'abord prévu un taxi. L'espoir de pouvoir se rapatrier à Grenoble avec marmaille et bagages sans débourser un sou l'illuminait positivement. Ça lui faisait deux drôles de rides, ces coins de bouche exceptionnellement ascensionnels. J'avais peur qu'elle ne se déchire les zygomas dans sa brutale et inédite jubilation.

Pendant les dernières quarante-huit heures passées là-haut, à Chamrousse, elle ne m'a pas adressé un seul reproche, n'a laissé échapper aucun soupir d'exaspération, m'a même complimentée une fois ou deux : « Eh bien ! vous voyez que ça vient. Quand vous voulez !... » Bizarrement, ces félicitations susurrées sur un ton anormalement amène m'ont beaucoup plus humiliée encore que tous les noms d'oiseaux dont elle m'avait jusque-là gratifiée...

Marie est arrivée en souriant. Elle commençait à connaître par cœur son rôle de chauffeur complaisant. Elle a chargé les bagages, a tenu la porte à Mme Lebourg, avec des petites phrases gentilles : « Je vous en prie. C'est tout naturel. Puisque de toute façon je montais chercher Françoise. Ça ne me dérange pas du tout... » La bourgeoise a été si conquise qu'elle m'a donné ma soirée et ma nuit. Retrouvailles merveilleuses avec Marie, je me fonds dans sa douceur, son corps m'est un havre suave, sa peau un satin où calmer mes brûlures. Après les caresses, je pleure longtemps entre ses bras bienveillants. J'ai mal partout dans l'âme, du côté du passé, des souvenirs, de la tombe de mon père d'où je rêve chaque nuit qu'il sort pour me dire : « Je ne suis pas mort. J'ai fait semblant. Je reviens ! » Oh oui ! il revient, il me revient, cher revenant à la pudique tendresse, aux maladives angoisses, si longtemps subi, décrié, mal aimé, jamais vraiment rencontré, comme je regrette, Marie, comme je regrette et comme j'ai mal...

Mal aussi du côté de l'avenir, de cet abandon qu'il me faudra commettre d'Eric, mon petit frère, mon gosse, livré aux hargnes intempestives, aux injustes querelles d'un cerbère aveuglé de rancune... Je ne peux même pas aller le voir alors que je vais être si près de lui, puisque je finis mon contrat chez les Lebourg à Grenoble, dans leur grand appartement du centre-ville.

Mal de deuil, de remords, d'appréhension, mal d'amour pour Marie qui me manque, qui va repartir demain pour Pontcharra : « Je reviendrai vite, mon bébé, ça sera vite passé... » Je me blottis très fort contre elle, je la serre à l'étouffer, je ne veux pas qu'elle me laisse, je suis cette petite fille attardée, attardée dans une enfance qu'elle aimerait recommencer, cramponnée au cou de sa vraie maman, et toutes mes peines, mes souffrances me remontent au cœur, me recroquevillent, me roulent dans la vague amère des orages passés, des coups de semonce, des coups de tabac, des cris, des brutalités, des rabrouements, depuis les premiers instants ratés de l'impossible harmonie avec cette femme qui ne me désirait pas. « Tu me désires, toi, Marie ? » Elle verrouille sur moi le rempart magnifique de sa tendresse, je suis si fort accolée à elle, si tétanisée par mes traumatismes et mes désespoirs, je pourrais m'imprimer dans sa chair, entrer en elle, tenir entière dans son ventre, boule vivante de chagrin qu'elle porterait, et bercerait, et remettrait au monde enfin lavée de cette douleur de n'avoir pas été attendue ni accompagnée, enfin innocentée, enfin libre et joyeuse, et rayonnante de son amour.

Ce mois de septembre est magnifique. Marie est repartie, mais elle m'écrit chaque jour. J'emporte ses lettres sous les grands arbres du parc au bord duquel habitent les Lebourg. Sophie ne fait plus d'histoires pour s'installer dans sa poussette, je la promène longtemps, je lui parle de Marie, de moi, ses yeux noirs me fixent, profonds, insondables, porteurs de secrets déchirants. D'où viens-tu, petite fille, avec ce singulier visage chinois, et ce regard d'ailleurs ?... De quelle galaxie qui t'a marquée au sceau de la différence ? Je te comprends, tu sais.

Sa mère est à Paris pour deux semaines, les aînés à l'école ou au collège. Une dame très gentille vient s'occuper d'elle et du ménage tous les jours. Je suis là en dépannage, surtout pour assurer les repas de midi de M. Lebourg. Quand sa femme m'a dicté mes nouvelles responsabilités, elle n'a émis aucune remarque sur le fait qu'il risquait un grand désappointement devant le contenu de son assiette. Elle était si préoccupée par son prochain départ qu'elle a juste dit : « Enfin, vous vous débrouillerez. »

Je me débrouille. M. Lebourg n'est pas difficile, et se montre très coopératif. Il s'intéresse à mes progrès car il a pris en charge mon éducation culinaire. Il m'apprend à préparer du riz pilaf, des tomates provençales... Il m'arrache des éclats de rire en me parlant de ses patients et de leurs manies... Je me sens bien avec lui, même si, de plus en plus souvent, mon estomac me torture.

Un jour, en rentrant du cabinet, M. Lebourg me trouve pliée en deux sur une chaise du salon, les bras croisés sur le ventre et la mine sombre. « Hou là là, ça ne va pas fort, dit-il. Viens par ici !... » Il me désigne la porte de son bureau, équipé d'une table d'examen. Questions, palpations, verdict : « Il faut faire des radios. Ça ressemble à un ulcère... » Ça ressemble surtout à l'angoisse de revoir ma mère. Je dois passer chez moi prendre des affaires de rechange, j'en profiterai pour lui annoncer mon déménagement prochain. Dès novembre, Marie et moi aurons un appartement. Son père, qui est très copain avec un haut responsable de l'office public HLM de Grenoble, lui a demandé de nous en réserver un dans le nouveau quartier qui se construit avenue Rhin-et-Danube. Les parents de Marie sont contents de la voir prendre son indépendance. Ils ont pourtant prévenu qu'ils ne pourraient pas lui verser de pension alimentaire. J'ai répondu : « Je suis là, moi ! » J'avais peur que la déclaration ne les éclaire trop brutalement sur la nature exacte de nos relations. En fait, elle ne les a qu'attendris. Je suis à leurs yeux une excellente, et fidèle et très fiable amie de leur fille. Sa meilleure amie. Ils acceptent avec une simplicité désarmante cette idée qu'elle sera nourrie et entretenue par sa meilleure amie. Sans se poser de questions. Au cas où, Marie a précisé qu'elle ferait des petits boulots pour apporter sa contribution à la gestion de notre budget. Elle, hélas !, n'a pas réussi le providentiel concours qui va me payer mes études jusqu'au CAPES...

Je suis retournée chez moi. Visite éclair d'une demi-heure, ma mère m'a laissé entendre qu'elle ne me retenait pas à table, qu'elle avait d'autres soucis que de se demander quel jour et à quelle heure j'allais débarquer et que, à l'avenir, si je voulais avoir mon assiette assurée chez elle, je devrais mener une vie régulière, aller et venir selon un horaire précis, et contribuer conséquemment au remplissage des placards à provisions. Ce à quoi j'ai répondu que je me foutais pas mal d'avoir mon assiette assurée chez elle, que moi aussi j'aurais mon chez-moi, que je me tirais avec armes et bagages pour vivre avec Marie dès la rentrée universitaire. Je m'avançais un peu, fière que j'étais de lui clouer le bec. Car la rentrée devait avoir lieu début octobre et l'appartement ne serait sans doute livrable que fin novembre. En attendant, il me faudrait trouver un toit, il était hors de question que je cohabite avec la crispée de partout, du cœur, du museau et du porte-monnaie.

Finalement, les choses se sont arrangées. D'une drôle de façon, mais le destin n'emprunte pas toujours des chemins rectilignes.

Revenons à l'instant où j'annonce à l'acariâtre mon projet de quitter le domicile parental. Elle tortille sa bouche selon une gymnastique mille fois éprouvée, quelques bruits de lèvre, quelques simulacres de crachat, l'amorce d'un coup de gnac, c'est comme si elle mâchait ses mots, ô ironie, comme si elle en savourait à l'avance l'âcreté, elle fait : « Ttt ! Ttt ! » entre ses dents pour se débarrasser du trop-plein, trop liquide, trop clairet, de sa hargne, et elle garde le meilleur, le condensé, la quintessence du fiel pour me le balancer à la façon d'une malédiction : « C'est ce que nous verrons ! »

Nous avons vu. Un soir, Marie a sonné chez les Lebourg, décomposée. « Il faut que je te parle ! » Je descends avec elle dans la rue, mon cœur sonne le glas lourd des affreuses prémonitions. Marie plonge dans mes yeux des yeux pleins de larmes. « Tu sais ce qu'elle a fait ? Elle est venue chez mes parents hier soir. C'était leur anniversaire de mariage, ils buvaient de la clairette. Elle était avec ton oncle et deux cousines. Elle leur a jeté mes lettres sous le nez... »

Marie pleure, accablée par la peine incrédule, l'ébahissement énorme de ses parents. Elle me cite des détails relatés par les petites sœurs qu'on avait pudiquement expédiées à l'autre bout de l'appartement, mais qui ont tendu une oreille indignée, pour ensuite téléphoner à Marie. « Elle criait : ce sont des gouines ! Des années que ça dure ! Et vous n'avez rien vu ! Et vous autorisez tout, qu'elles se voient chez vous, qu'elles couchent dans le même lit, une honte ! Et vous allez leur procurer un appartement, mais je vous l'interdis ! Vous entendez, je vous l'interdis, il n'est pas question qu'elles se livrent à leur dépravation avec votre bénédiction. Vous allez décommander dès demain cet appartement ! » Et les cousines, les deux grosses cousines de ma mère, deux aboyeuses latines et féroces du même clan, remontées pour les besoins de la cause, insistaient : « Lisez, mais lisez donc ce que votre fille lui écrit ! » Et mon oncle qui approuvait : « On ne peut pas laisser faire ça. » Et le père de Marie, d'une voix blanche, et la mère de Marie, d'une voix tremblante, qui disaient : « Non, nous ne lirons pas... Ce que vous nous assénez nous suffit. » Et les autres, les censeurs, les juges imbéciles et brutaux qui se récriaient : « Il faut lire ! Ça ne sert à rien de se voiler la face. Deux gouines ! Si ce n'est pas malheureux, pas honteux, pas criminel, de les laisser se foutre de nous comme ça... »

Ma pauvre Marie, sitôt avertie par ses sœurs, a demandé une permission à la directrice de son centre, et a foncé chez elle, où elle a été reçue sans injures, sans hurlements, avec seulement une grande tristesse. On ne lui a rien reproché, si ce n'est d'avoir, par son silence, autorisé le raid humiliant des questeurs déchaînés de ma famille. « Tu comprends, on n'a rien eu à répondre. On ne s'y attendait tellement pas, ça nous est tombé sur la tête, on est restés bêtes... » Pour un peu, c'étaient eux qui s'excusaient. Cette modestie dans l'adversité nous a bouleversées, Marie et moi. Finalement les insultes et les coups de gueule de ma mère nous paraissaient plus supportables... « Alors, maintenant, qu'est-ce qu'on va faire, Marie ? » Elle sèche ses larmes, renifle un petit coup, me considère sereinement de ses clairs yeux mouillés :

« Mais, ce qu'on a décidé...

– Et tes parents ?

– Mes parents, rien. Il leur faut le temps de digérer. Je leur ai expliqué qu'on s'aimait, que personne n'y pouvait rien.

– Et l'appartement ? »

Une ironie victorieuse illumine son regard pourtant toujours si pacifique.

« Oh ! ça, l'appartement, pas de souci. Mon père a déclaré qu'il n'était pas aux ordres de ta mère, et qu'il n'irait pas faire le guignol à décommander un appartement qu'il avait insisté pour obtenir... »

Au domicile maternel, ma mère, à qui j'ai déclaré que le père de Marie prenait ses diktats sous forme de suppositoires, vient de convoquer mon oncle pour me donner une leçon de morale. Je suis assise dans un fauteuil, parée aux orages. Il est planté devant moi, je lève la tête pour recevoir la semonce. Comment va-t-il s'y prendre ? Il est pâle et cherche ses mots. Il tremble. Je sens que je l'intimide. Quand ma mère aurait déjà blatéré : « Gouine ! Sale gouine », lui me jette : « Ipésienne ! » C'est une autre approche de la question. Il a tellement de mépris pour les homosexuels qu'il les croit tous profondément débiles. Il s'interroge sur ma paradoxale réussite au concours, puis fait marche arrière, tente la flagornerie : « Une fille intelligente comme toi, brillante comme toi !... » et met en doute mon orientation sexuelle. Oui, ipésienne, c'est sûr que je méritais de l'être, mais lesbienne ! Lesbienne, moi, ça ne se peut pas... Je le laisse élucubrer quelques minutes, puis me lève. « Ecoute, tonton, c'est gentil de venir m'engueuler pour faire plaisir à ma mère, mais tu n'es pas crédible pour deux ronds. D'ailleurs, tu trembles. La corvée te pèse. Laisse tomber, de toute façon ma décision est prise. »

A la table maternelle, devant l'assiette qu'elle a daigné me remplir mais que je ne me sens pas le cœur de vider : « Ta décision est prise ! Ta décision est prise ! Rien du tout ! merdeuse ! Tu es encore mineure, c'est moi qui décide. Je vais y aller, moi, voir le directeur des HLM. Avec tes jolies lettres de gouine !... » Et tout à coup, ça m'arrive comme une déferlante, un raz de marée gigantesque, effarant, qui me soulève, m'emporte, m'aspire, me tourbillonne... Vertiges, nausées, frissons, la grande vague du ras-le-bol m'arrache à ma chaise, me propulse dans le couloir, vers la salle de bains, je me cramponne au lavabo comme au bastingage ultime, mon estomac se tord, se révulse, me remonte dans la gorge, j'ai mal partout des pieds à la tête, mon gosier est un cratère en feu qui se contracte pour cracher je ne sais quoi, je n'ai rien avalé depuis deux jours, je vais vomir de la bile, comme souvent ces derniers temps, non, la douleur est plus aiguë, la nausée plus terrible, je souligne chaque spasme d'une convulsion électrique de mon corps tout entier, d'un cri animal que j'entends comme si une autre bête que moi l'avait poussé, une bête malade, torturée, et je vois, avec effroi, la porcelaine blanche du lavabo rougir, c'est du sang qui me gicle de la bouche, au secours, je vais crever, je perds mes tripes, je perds mon âme...

Je tombe lourdement sur le sol. Je ne veux plus

lutter. Je l'avais dit à la malfaisante lors d'une énième scène : « Si tu continues à me tracasser, je vais mourir » et elle avait répondu : « Je m'en fiche, ce n'est pas moi qui t'aurai tuée. »

A présent, elle se penche sur moi, me secoue, affolée : « Qu'est-ce que tu as pris ? Qu'est-ce que tu as pris ? »

Elle croit, l'imbécile, que j'ai voulu attenter à mes jours, comme on dit. Comme si j'avais besoin, pour me détruire, d'un autre poison que celui de son venin quotidiennement distillé. Ce que j'ai pris, maman ? J'ai pris l'horreur de toi, le sale vertigo qui m'éloignera toujours de ta maléfique présence, j'ai pris le dégoût de ta dureté, de tes injures, de ton mépris, de ta bêtise féroce. L'écœurement définitif, la haine irrémédiable. Je ne t'aime plus, maman, plus du tout, la moindre goutte d'amour que j'ai pu avoir pour toi, la moindre trace de tendresse sont taries, asséchées, effacées, je saigne, je vomis de cette révélation suprême et irrévocable, de sa violence inouïe : tu ne m'es rien, ou plutôt, si, tu représentes à mes yeux d'enfant rabrouée, d'adolescente houspillée et moquée, de jeune fille bafouée, l'épouvantail hideux de la méchanceté féminine. A cause de mon père, j'ai cru que je n'aimerais jamais les hommes. Mais par ta faute, j'aime, j'aimerai toujours une femme, une seule, qui te remplace, qui a pris tout ce que tu n'as jamais voulu de moi, qui me donne ce que tu ne m'as jamais donné, et si je ne l'avais pas rencontrée, si elle n'existait pas, je ne pourrais pas vivre plus longtemps, je mourrais sur-le-champ d'avoir été, dans ton ventre et dans ta vie, comme un cancer...

Un jeune interne très doux est assis à côté de mon

lit et me pose la même question : « Qu'est-ce que vous avez pris ? – Rien », lui dis-je. Et je pleure. Il hésitait à me faire un lavage d'estomac. Finalement, il a opté pour une radio, qui a montré deux ulcères du duodénum.

5.

A l'hôpital de la Tronche pour au moins trois semaines. Observation, traitement, piqûres. On a dit à ma mère : « Il faut éviter de la contrarier. » Elle a répondu : « J'interdis qu'elle reçoive des visites. »

Elle m'a apporté quelques affaires. Elle s'est composé un masque froid. « Tu vas te reposer et réfléchir. Ça te fera du bien. J'ai signalé à l'accueil et à l'étage que je ne voulais pas qu'on vienne te voir. Tu sais de qui je veux parler. Quand tu sortiras, tu seras comme désintoxiquée. »

J'ai tourné le problème dans ma tête jusqu'à la nuit. Comment Marie allait-elle savoir où j'étais, j'avais un rendez-vous avec elle dans l'après-midi, elle devait me chercher partout. Je me sentais tragiquement seule, loin de tout secours possible... Je pleurais encore quand une infirmière est venue m'administrer le sédatif du soir. « Vous allez voir, m'a-t-elle dit gentiment, tout va rentrer dans l'ordre. »

Dans la nuit, une main très douce s'est posée sur ma tête. J'ai cru que je rêvais : Marie était là, tendre : « Mon petit garçon ! Tu t'es fait couper les cheveux ? » Elle n'en finissait plus de caresser le petit chaume dru de ma nouvelle coupe, ma coupe de protestation, de renouveau, qui avait si fort déplu à ma mère – « Tu es chouette ! Aucune féminité ! » Comme si elle s'y connaissait en féminité... On s'est réfugiées dans les cabinets. « Comment tu as su que j'étais là ? – Je me suis fait du souci. J'ai téléphoné à tes patrons. Ils ne savaient rien. Je suis rentrée aux Petits Chevaliers, je les ai rappelés en soirée. Ta mère venait de les prévenir que tu ne finissais pas ton contrat, que tu étais à l'hôpital. Je suis repartie illico.

– Comment es-tu entrée ici, à une heure du matin, avec ma mère qui avait laissé ses ordres ?

– J'ai dit à la surveillante que je devais te voir, que c'était une question de vie ou de mort... »

Ma merveilleuse ! Que tout est toujours devenu simple avec toi ! Je me serre contre elle avec bonheur, l'âme en paix, tranquillisée. Il ne peut plus rien m'arriver, Marie est là, au courant de tout, prête à intervenir au moindre souci... Marie, je t'aime, je t'aime, je t'aimerai toute ma vie, jamais, jamais je n'oublierai ce que tu fais pour moi, ce n'est pas une promesse, c'est un tragique pressentiment...

Elles sont à mon chevet toutes les deux, ma mère et ma patronne, je leur sers d'axe de symétrie : deux reflets presque conformes, même bouche pincée, même air dur, même pingrerie. L'une est venue les mains vides, l'autre avec un sachet de huit caramels. J'ai dit merci. Ce à quoi la pourvoyeuse en caramels a répondu que bien sûr, dans ma petite enveloppe qu'elle avait également pensé à m'apporter, elle avait déduit les trois derniers jours que je n'avais pas travaillé. Oui, encore merci, madame. Mais elle me faisait cadeau de la visite dont son spécialiste de mari m'avait honorée. Oh ! c'est trop ! Merci beaucoup, beaucoup ! *Exit* Mme Lebourg, de la chambre. De ma vie. Ne reste d'elle qu'une enveloppe avec très peu de fric, le salaire de mes humiliations, et de mon apprentissage de la vie. Ma mère demeure, figée. Silence. Nous n'avons rien à nous dire. Elle m'en veut d'être là. Elle m'en a toujours voulu d'être là. Aujourd'hui, c'est réciproque. Elle finit par s'en aller en soupirant, parce que l'hôpital se trouve loin de la maison, et que le car, c'est long et pas pratique. « Tu n'as pas besoin de revenir », suggéré-je. Elle rétorque : « On verra ! »

Elle revient le lendemain, à la même heure, un petit bouquet de violettes à la main. Son nez, son menton, les coins de sa bouche opèrent une plongée en chute libre parce que Marie est assise au pied de mon lit. « Tiens donc ! chuinte-t-elle. J'avais défendu tes visites ! – Oui, mais moi, dit Marie, j'ai l'autorisation des médecins. Je ne vous dérangerai pas, j'allais partir. » Quel aplomb, quelle sérénité de la part de ma si douce ! C'est parce qu'elle m'aime. Ça lui donne du courage, et une beauté qui confine à la grandeur. Elle se permet de me caresser les cheveux, de m'embrasser tendrement la joue. « Au revoir, mon ange. Repose-toi bien. Je reviendrai. »

Ma mère la suit d'un regard de Gorgone, mais s'abstient de tout commentaire au prix d'un effort qui lui déforme la bouche. Enfin elle me tend son bouquet de violettes. Je cherche des yeux un verre où le planter. Sur ma table de chevet trônent une magnifique composition de roses et un flacon d'eau de toilette de luxe. Marie s'est ruinée pour moi. Et tout à coup, en voyant ce petit bouquet de violettes, si timide, si modeste à l'ombre des belles roses rouges, je sens un immense chagrin m'envahir, un regret brûlant, une honte affreuse et indéterminée, l'impression infiniment triste que rien n'est à sa place, que l'ordre des choses a basculé je ne sais pas quand. Pourquoi ma mère ne m'a-t-elle jamais gâtée ? Pourquoi n'a-t-elle jamais été capable pour moi d'un grand, beau geste, généreux, tapageur, qui m'élève au rang de princesse de son cœur ? Pourquoi, en ce moment précis, l'amour si fort, si imposant de Marie, tout entier exprimé par ce bouquet de roses, un bouquet d'amant, me semble-t-il souligner à quel point j'ai peu compté pour ma mère, sinon en la contrariant ?

Mignonnes petites violettes, dont l'humilité a flétri la grâce... Sans la majesté des roses qui vous écrasaient, vous m'auriez sans doute autrement attendrie !.. Marie, sans le vouloir, tu viens d'apporter une pierre à l'édifice de la jalousie et du dépit maternels. Car je t'ai aimée jadis parce que ma mère ne m'aimait pas. A présent, je ne peux plus aimer ma mère parce que tu m'aimes. Tu m'aimes si fort, si bien, si solidement qu'aucune tentative de réconciliation, aucun effort de paix, de tendresse ne peut supporter la comparaison, aucun amour, jamais, n'égalera le tien, et toutes les fleurs qu'on m'offrira, toujours, paraîtront misérables au regard de ces roses, mon premier, mon seul bouquet de femme éblouie de susciter la passion.

L'hôpital me guérit peu à peu. Entre les visites de ma mère, guindées et qui me mettent définitivement mal à l'aise, je peux respirer. Les sédatifs du soir me procurent un sommeil sans rêve, le fantôme de mon père ne vient plus rôder aux confins de mon inconscience. Je me réveille les yeux secs, et le cœur palpitant d'une joie toute neuve, la curiosité du jour qui commence, et l'envie de vivre. Je me laisse piquer les fesses avec stoïcisme. J'aime qu'on s'occupe de moi.

Je partage la chambre, ou plus exactement le dortoir, avec cinq autres femmes ; il va sans dire que je suis la plus jeune, ce sont plutôt des mémés, toutes atteintes d'un mal de ventre différent, parce que nous logeons au pavillon « gastro ». Je me souviens de deux d'entre elles, qui étaient déjà là à mon arrivée, et sont restées après mon départ. La douce Mme Klein, toute maigre et pâle, immobile dans son lit en face du mien. J'ai compris longtemps après qu'elle avait un cancer. Son mari venait chaque jour, gentil, tendre, il lui donnait des nouvelles du chat, des plantes, de la lessive, et essayait de lui faire avaler des gâteaux et des bonbons qu'il apportait. Mais elle n'avait jamais faim, et elle me les refilait en douce.

Et, à ma gauche, la mémé Gaché. Une maigre aussi, mais très brune de peau, un vrai pruneau sec, survoltée, qui gigotait dans son lit et se tenait assise très droite, en L, sans s'appuyer aux oreillers. C'était une Italienne, à l'accent, aux intonations, au vocabulaire drolatiques. Elle était veuve, et recevait des visites de sa sœur, qui lui disait : « *Ma sta ferma !* » (Mais reste tranquille !) et elle répondait : « *Quando saró morta* » (Quand je serai morte). Un jour, on est venu chercher la mémé Gaché pour une radio. A son retour, elle nous a narré l'examen en ces termes : « Ils m'en ont mis une en fer ! Moi, je préférais celle de chair ! » Et comme j'éclatais de rire, elle a poursuivi : « J'adorais celle de chair ! Quand mon mari il avait fini, je lui grattais le dos pour qu'il recommence ! »

A partir de ce moment-là, la chambrée tout entière s'est mise à parler de sexe. Chacune y allait de sa confidence, et, le soir, pour tuer le temps trop long, j'improvisais des jeux de questions-vérité auxquelles mes colocataires se prêtaient avec amusement et pas mal d'intérêt. « Madame Klein, avez-vous déjà trompé votre mari ? » La demande ne l'offusquait pas, elle se creusait la tête pour répondre. « Je ne sais pas si ça peut s'appeler comme ça... J'ai eu du désir pour un autre homme... Je pensais à lui en faisant l'amour avec mon mari... »

Quand nous bavassions trop longtemps, le haut-parleur se mettait à cracher : « Mesdames, vous êtes priées de dormir, il est l'heure ! »

Nos lumières éteintes, nous continuions à chuchoter dans l'ombre verdie des veilleuses. Nous nous faisions rappeler à l'ordre deux ou trois fois. Nous pouffions sous nos draps comme des collégiennes, nous avions le même âge, la même envie d'oublier nos misères, le même plaisir à enfreindre les interdits du monde extérieur et le règlement de l'hôpital. C'était la première fois que je me sentais bien avec des femmes, intronisée dans leur univers, honorée de leurs aveux, admise et fêtée pour ma fantaisie, mon humour, mon punch. Un jour, elles ont dit à ma mère, avec une gratitude joyeuse : « Votre fille est impayable ! » Ma mère a tortillé un sourire embarrassé qui n'osait les contredire.

Ce matin, pour les amuser, j'ai transformé la chambre en chapelle. Une table devant la fenêtre, recouverte d'un drap chapardé, est devenue autel. Deux ou trois livres empilés planqués sous une serviette, un tabernacle. Deux grandes lattes de store trouvées dans un débarras et dûment ficelées en leur carrefour, une croix. Les deux moitiés de mon étui de brosse à dents, ornées chacune d'un bonbon à papillote dorée qui simule la flamme, des cierges. Chaque infirmière ou femme de service qui entrait chez nous émettait une exclamation étonnée qui nous faisait tordre. Le clou, ç'a été la visite de la jeune sœur de Martine, une môme de quinze ans toute naïve, à qui j'ai conseillé de faire une génuflexion devant mon autel parce que le personnel avait l'œil à tout, et se montrait intransigeant sur la piété des visiteurs...

Le lendemain, Martine m'a passé un bon ratichon pour avoir abusé de la crédulité de sa cadette. N'empêche qu'on a bien rigolé...

C'est dimanche, il fait un temps superbe. Par la fenêtre, je vois que l'automne a installé ses rousseurs sur la Chartreuse. Mes voisines de lit sont parties en permission, Marie ne viendra pas, elle travaille aux Petits Chevaliers. Ma mère m'a prévenue qu'elle passerait le dimanche à se distraire chez ses cousines, pour une fois, elle y a droit, quand on a des enfants indifférents... (c'est l'initiation d'un refrain que j'entendrai si souvent qu'effectivement il finira par me laisser totalement indifférente).

J'ai beau me sentir mieux, la perspective d'un magnifique dimanche à passer seule entre les murs jaunâtres de cette vieille piaule me file un coup au moral. Je prends conscience que je n'ai reçu aucune visite familiale jusqu'ici, ni du côté maternel (ils me font la gueule) ni du côté paternel (ils ne sont pas au courant de mon hospitalisation...). Les parents de Marie aussi se sont abstenus, « ils digèrent », comme a dit ma douce...

Le repas dominical, quoique solennisé par un dessert un peu plus élaboré qu'à l'ordinaire, est rapidement expédié, et je m'apprête à un après-midi interminable entre mes draps moites. Et soudain, dans la double porte d'entrée de la vaste chambre, laissée grande ouverte à cause de la chaleur, s'encadre une silhouette qui me dresse dans mon lit. « Yves ! » Il hésite à me reconnaître, fronce ses yeux de myope qui se refuse aux lunettes. « Yves ! Que c'est drôle, de te rencontrer ici ! » Il franchit le seuil de son élégance guindée de héron. Il n'a pas changé, laideur distinguée, modération du mouvement, du ton, choix du mot : « Ce n'est pas drôle, ma chère ! C'est toi que je cherchais... » A mon étonnement joyeux, un peu trop démonstratif pour sa réserve vite offusquée, il répond avec componction, et m'explique qu'il a croisé une petite sœur de Marie en ville. Elle l'a mis au courant. « De quoi ? – De tout, de ce que vous deveniez, de la mort de ton père, de ta réussite au concours et surtout de ton hospitalisation. Elle m'a dit que tu devais te sentir seule, que ta famille t'ignorait. Alors j'ai pensé, aujourd'hui, dimanche... »

Merveilleux garçon, raide comme un compas, froid comme un concombre, et pourtant si chaleureux, si sensible, si doté d'une intuition...

– Oui, coupe-t-il, je sais, féminine.

– Ça t'embête ?

– Non. Je pense que si tu m'as un peu aimé, c'est grâce à ça, à cette part de féminité en moi.

– Yves, je t'ai BEAUCOUP aimé ! »

Son aversion des scènes d'attendrissement le rend bourru.

« Dis donc, on ne va pas rester là, avec ce temps ! Habille-toi !

– Tu crois ? Tu crois que j'ai le droit ? »

Il écarquille ses yeux aux cils rares, comiquement pétrifié par une surprise sincère.

« Non ! Toi ? Tu demandes si tu as le droit ? Mais qu'est-ce qu'ils t'ont fait ?... »

A son bras, je me suis promenée sur les petites routes qui tricotent, derrière l'hôpital, un quartier paisible de demeures bourgeoises et de jardins ombragés. Il me semblait que j'étais toute neuve, que l'air respiré, le soleil reçu, les parfums de fleurs, de fruits, les bruits d'abeilles, les vols de papillons m'advenaient pour la première fois, que je sortais d'un long tunnel, d'une longue nuit, d'un coma douloureux pour retrouver avec ivresse la liberté d'aller sur mes deux jambes, soutenue par un garçon prévenant et pacifique, et je buvais le monde par les yeux, les oreilles, les narines, les pores de ma peau, mon Dieu, que tout est beau ! Mon Dieu, j'avais oublié ce bonheur de l'air doux, ce pétillement de champagne du temps qui coule doucement, mon Dieu, Yves, je ne sais pas ce qui m'arrive, je trouve que tu es l'homme le plus formidable du monde ! Une gratitude éperdue, une exaltation fiévreuse me pressent contre lui, renversent ma tête à l'encontre de son baiser qui, je m'en souviens, venait toujours d'en haut et me tombait sur la bouche comme une averse suave, je lui tends mes bras, je ferme les yeux... Il dit : « Ah non, alors ! »

Il a raison. Promenons-nous sans arrière-pensée, dans cet éden aux arômes de framboise et de pomme aigrelette.

« Regarde, Yves ! Je croque la pomme. » J'en ai attrapé une, toute verte encore, très acide, et je mords dedans avec délice.

« Tu ne devrais pas !... »

Il a encore raison.

Le soir, j'ai pris une chiasse absolument dantesque... Tout se paye, gourgandine, surtout les pommes volées, les promenades clandestines, et les frissons du bonheur retrouvé, qu'on croit trop vite définitif.

Je sortirai de l'hôpital dans trois jours. Ma mère ne m'a pas caché que cette sortie posait un réel problème. Elle comptait sur mon oncle, mais il se fait tirer l'oreille. « Et un taxi ? » Le regard dont elle m'assassine me répond. Un taxi ? Je n'y pense pas ! Et la dépense ?... « Bon, dis-je, je prendrai le car. – Avec tout ton business ! » C'est vrai que j'ai accumulé en trois semaines pas mal de choses, le tout ne tiendrait pas dans une valise. Et je sens que me laisser prendre le car lui fait un peu honte. Ce serait pourtant le plus simple mais elle tord conséquemment la gueule, histoire de me dire une fois de plus : « Tu vois dans quelle situation tu nous mets ! » J'en ai parlé à Yves qui est revenu me voir. Il m'a promis qu'il se ferait prêter la voiture de son père.

Dernière visite de ma mère, mon départ est pour demain. « J'ai trouvé une solution, mon copain Yves vient me chercher.

– Non, dit-elle. Finalement, ton oncle est d'accord.

– Ça m'embête, maintenant qu'Yves a demandé la voiture.

– Et moi ça m'embête de décommander ton oncle, ma sœur a fait des pieds et des mains pour le fléchir. »

J'ai envie de lui rétorquer que je m'en fiche pas mal.

Mais la perspective de devoir passer quelques jours sous le toit maternel et d'initier cette cohabitation, fût-elle transitoire, par de nouvelles bisbilles m'écrase. Je capitule. D'ailleurs ma mère fait également des efforts de conciliation.

« Qu'est-ce que tu veux que je te fasse à manger pour ton retour ?

– N'importe...

– Si, dis !

– Je ne sais pas... » Je cherche, pour lui faire plaisir. Rien ne me tente, je n'ai pas beaucoup d'appétit. Elle insiste. Une idée me vient enfin :

« Je mangerais bien des côtelettes d'agneau !

– Ah non ! proteste-t-elle. C'est gras, ça salit toute la cuisinière, c'est cher... »

Yves a été très mécontent. Il ne demande jamais rien à son père, surtout pas sa voiture. Pour moi, il a enfreint cette règle absolue d'hygiène familiale, pour des prunes. Je me suis confondue en excuses. Il a qualifié ma mère d'emmerdeuse, et le mot, dans sa bouche sobre de clergyman, avait la résonance d'une véritable sentence. « A qui le dis-tu ! » ai-je soupiré.

J'aurais nettement préféré que ce soit Yves qui me sorte de l'hôpital. Mon oncle a affiché à mon égard une mine absolument polaire. Il ne m'a pas embrassée, pas décroché un mot, pas aidée à rassembler mes affaires. Il était très contrarié d'avoir abdiqué sa position initiale pour complaire à sa femme, et donc à sa belle-sœur, qu'il ne porte pas dans son cœur. C'est résolument réciproque. Il faut que ma mère soit encore plus pingre qu'orgueilleuse, et Dieu sait qu'elle l'est, orgueilleuse, d'un orgueil buté, borné, imbécile qui lui interdit toute marche arrière, toute remise en question personnelle, toute reconnaissance avouée de ses torts. Or, cerise sur le gâteau, elle appelle mon oncle « l'âne rouge » parce qu'elle le trouve obstiné – il faut donc qu'elle soit plus pingre qu'orgueilleuse pour avoir sollicité puis accepté le service rendu à contrecœur par l'âne rouge. Moi qui n'ai rien demandé, je me sens si humiliée par l'attitude du rubicond équidé, que, dans le hall d'accueil du pavillon où il s'impatiente avec ostentation tandis qu'on me délivre mes ultimes ordonnances, je meurs d'envie de le plaquer là, et de courir dans la rue avec mes bagages pour arrêter la première voiture qui passe et dire : « Emmenez-moi n'importe où. » Ça occasionnerait encore un beau scandale !...

Comme je n'ai pas envie qu'on me rattrape de force, en vertu de ma minorité, et qu'on m'enferme derrière les barreaux d'une prison ou d'un asile psychiatrique, j'adopte un profil bas et me laisse emmener comme du bétail. A savoir que je suis comme je peux mon oncle qui fonce droit devant lui sans se préoccuper de mon chargement. Drôle d'équipage : un âne rouge devant, un âne bâté derrière, le premier rêvant de semer le second, du moins de l'exténuer, de le punir, de le réduire. Ipésienne ! Avec tes pots de fleurs, tes balluchons, tes livres en débandade, ta veste qui pend, tu as l'air de quoi ? Regarde-toi, à courir après la raison, l'honnêteté, la respectabilité, toutes réunies et symbolisées dans le même petit bonhomme amidonné de désapprobation qui caracole sans pitié loin devant, sur la route droite des bons usages où tu t'essouffles...

6.

Ma mère a cuisiné les côtelettes d'agneau. Elle doit le regretter, vu la tournure que prend notre première vraie conversation depuis longtemps. Je profite en effet d'une relative accalmie dans ses turbulences climatologiques pour lui annoncer que mon déménagement est prévu fin novembre. « Ton déménagement ! Quel déménagement ? » Effroi dans son regard noir. Non pas l'effroi de me voir partir. Pas encore. Seulement celui d'avoir été trahie par le sort, les événements, et le directeur de l'office HLM à qui elle a fait savoir qu'elle ne me donnait pas l'autorisation de vivre seule ni de prendre un appartement. « Il s'en fiche, de ton autorisation, maman. Le fait que je gagne ma vie suffit à m'émanciper. Il lui a juste fallu une attestation des IPES confirmant que je serais payée dès la fin septembre. » Quelques secondes lui sont nécessaires pour réaliser l'horrible complot. Marie, toujours elle, a servi de trait d'union, a téléphoné, couru, parlementé, s'est procuré les papiers nécessaires, les a présentés à qui de droit... Un instant, il me semble voir, dans l'œil incrédule et déjà courroucé de l'irascible, se rassembler les forces destructrices d'un ouragan vengeur... Ondes successives d'exaspération et de fureur, sa prunelle s'assombrit et s'éclaire ensemble, d'un noir de jais qui lance des lueurs comminatoires, j'attends, la tête dans les épaules, la suite logique du cataclysme, vent et folie des imprécations, promesses, menaces, insultes, tourbillon des portes claquées, mousson des postillons jetés dans les bégaiements fulminants... et puis... rien. Un silence morne, dense, une capitulation inattendue, prompte et totale, pas un mot, pas un geste. Elle reste immobile sur sa chaise, statufiée par ce qui ressemble à de la tristesse, et voilà qu'une nouvelle culpabilité m'accable, énorme et absolument imprévue, l'impression d'avoir assassiné la Gorgone, la mégère, par cette simple annonce qui a eu raison de toutes ses foudres : je te quitte, maman, tu n'y peux rien, je ne suis plus une petite fille, je ne suis plus ta petite fille, je ne veux plus l'être, je ne le serai plus jamais, tout ce que tu as raté, abîmé, est irrattrapable, je pars, je m'en vais de toi, et même si je reviens quelquefois, plus jamais, jamais, rien ne sera pareil, car ce départ m'est comme une seconde naissance, plus vraie que la vraie, et le cordon que je coupe, cordon de poudre où courait trop souvent le feu de tes colères et de tes récriminations, va tomber de lui-même, desséché, pourri, résidu désormais dérisoire de ce qui n'a que si peu existé entre nous...

C'est l'heure de ma piqûre et je m'en vais. Chaque jour, l'infirmière alterne, un coup la hanche gauche, un coup la hanche droite. J'en ai pour trois mois d'atropine. C'est douloureux, surtout après ; ma chair gonfle et se tuméfie. Je ne peux plus marcher sans souffrance.

Mais j'aime ce rendez-vous quotidien qui m'éloigne de la maison déjà étrangère, me rappelle que j'y suis tombée malade, que je n'y ai jamais été ni bienvenue, ni à l'aise, ni chez moi, qu'il y règne, dictateur maintenant unique et redoutable, une sinistre veuve confite en ressentiment...

C'est le jour de mon anniversaire et je m'en vais. Marie m'attend au coin de la rue, dans la voiture de son père, avec des cadeaux plein les mains, un blouson marron, une écharpe violette, mille petites choses qui signent sa tendresse, et son bonheur de me gâter. La veuve noire, elle, ne m'a rien donné. Ni fleurs, ni baisers, ni souhaits. Que sa grimace aigre quand j'ai tiré la porte sur moi, et c'est déjà beaucoup, ça anesthésie mes remords, ça endort mes scrupules, parce que, nouille comme je suis, il m'arrive encore de penser que, peut-être, je lui fais de la peine.

C'est le jour de la Toussaint et je m'en vais. Je porte mon premier chrysanthème, vers la première tombe de ma vie. Marie m'emmène. La veuve ira en famille. Elle a l'habitude de ce genre d'expédition clanique. Pourtant, aujourd'hui, la compagnie de ses cousines, de sa sœur et de son beau-frère l'exalte moins que le soir du grand déballage chez les parents de Marie, ou le beau dimanche où j'ai failli crever d'ennui à l'hosto pendant qu'elle se ressourçait à l'oxygène familial. Tant pis pour elle.

Je lui ai dit qu'après le cimetière je monterais à Vaujany (le village paternel, niché au flanc des montagnes d'Oisans). Pour moi, c'est un pèlerinage, une autre façon, plus chaleureuse, de rendre hommage à mon obsédant fantôme. Elle m'a répondu : « Fais ce que tu veux, mais pas question que je te donne les clefs. » Tu peux les garder, maman, les clefs, tu peux t'approprier jalousement, méchamment ce qui me revient de droit, la toute petite maison de mon père que tu appelais le « taudis », que tu détestais, d'où tu m'as déjà chassée une fois. Toutes tes mesquineries imbéciles ne font qu'apporter de l'eau au grand fleuve qui m'emporte loin de toi et de ce passé que nous avons, à peine, en commun...

Ce 1er novembre 1970 est radieux, la montagne somptueuse. Pelage fauve, ciel d'azur, blondeur pétillante du soleil, je pose sur chaque crête, chaque ruisseau, chaque arbre un regard neuf, guidé par le désir de retrouver une piste chère, une trace précieuse. Je m'entête de senteurs, tends l'oreille aux cascades, aux oiseaux, aux insectes, tout un monde bourdonne, bouillonne, bruisse et murmure, la forêt proche, les prés jaunes, les sentiers tièdes aux parfums de sève me parlent de toi, papa, dire que je m'ennuyais ici, dire que je répugnais à t'accompagner aux champignons et dans tes promenades. Comme nous aurions pu être heureux, et comme j'ai été bête d'ignorer si longtemps ce qui se révèle à moi soudain aujourd'hui, la beauté chatoyante, vertigineuse, enivrante jusqu'à la tristesse, de ton pays... Mais il est trop tard pour partager, je ne peux que tenter, modestement, de m'approprier tes yeux et ton âme pour goûter, à mon tour, et à ta place, cette magnificence.

Et tandis que je me sens, progressivement, devenir un peu toi, tandis que les cimes et les vallons et les arômes commencent à me paraître aussi familiers que si j'étais née ici, je déjeune, avec Marie, d'un sandwich au jambon à la terrasse de l'hôtel, comme une étrangère, une passante anonyme, à côté de ma maison confisquée. Papa, c'est très bête, je t'aime depuis que tu es mort, et je hais l'usurpatrice, la voleuse, celle qui nous a interdit, à toi comme à moi, le bonheur, celle qui s'arroge le droit obscène de garder pour elle seule ce qu'elle a toujours méprisé, celle qui entend me priver au-delà du supportable, de ma réconciliation avec toi, et qui a décrété : « Ton père, c'est toi qui l'as tué. »

Vendredi 27 novembre. Le grand jour est arrivé, de ma seconde naissance, de mon arrachement à ce qu'il me reste d'emprise et de présence maternelles. Affres et tourments de l'accouchement, avec ce paradoxe : la mère est dépassée, accablée d'impuissance, privée du moindre geste efficace par une incrédulité hagarde ; l'enfant, frénétique. Chacun a son supporter. Mon cousin est venu assister la parturiente récalcitrante, il s'est carré dans un fauteuil et a affecté de suivre mes allers et retours surchargés de colis divers d'un œil de blâme. Mon beau-frère, le beau Rital, a proposé sa camionnette et ses biscoteaux pour déménager le plus lourd. J'ai déjà passé par la fenêtre tout ce qui pouvait encaisser une chute de trois étages : matelas, couvertures, sacs de vêtements. Le procédé est commode, mais pas très discret. Les voisins ébahis suivent l'envol de mon matériel en se demandant s'il n'y a pas le feu chez nous. Si, il y a le feu ! Ça presse, ça urge, je ne resterai pas une seconde de plus que nécessaire dans cet appartement où plus rien ne me retient ! Marie est partie à l'office des HLM chercher les clefs qui doivent être remises ce matin, et même si son père a promis

94

que demain samedi il serait libre pour nous aider à nos trimballements, il n'est pas question d'attendre, au risque de le vexer, pas question de piaffer vingt-quatre heures aux portes d'un paradis qui peut s'ouvrir dès aujourd'hui.

Quand il s'agit d'attraper mon secrétaire qui, même démonté, pèse son poids, mon beau-frère interroge du regard le censeur fiché dans le fauteuil, raide empalé sur sa solidarité de neveu ; le censeur laisse tomber les coins de sa bouche dans un rictus mauvais qui lui donne le même âge que ses parents, sa tante, et tous les membres de la tribu qui m'a une fois pour toutes vouée aux gémonies. Mon beau-frère est scandalisé par le refus froid, ostensible de ce juge de dix-neuf ans, baraqué comme un athlète et qui fait la grève des coussins pour emmerder sa cousine. Il m'en parlera plus tard, dans le camion qu'il aura chargé seul de mon sommier, mon bahut, mes fauteuils, les meubles de cette chambre que je laisse absolument vide. « Ton cousin, quel enfoiré ! Même pas bougé son cul une seule fois... Ça me choque ! »

Ce Mario est un garçon simple et charmant, et gentil. Je lui sais gré de s'avouer choqué par l'inertie calculée d'un coquelet arrogant, et d'accepter sans commentaire que sa petite belle-sœur parte vivre avec une copine. Il a pourtant compris depuis longtemps, comme tout le monde dans la famille, qui par intuition, qui dûment éclairé par les déclarations de ma mère – « ce sont des sales gouines » – la relation particulière qui m'unit à Marie... Il visite avec bienveillance notre nid, que je découvre en même temps que lui. Un deux-pièces tout neuf, qui sent encore la peinture, très clair, grand placard dans l'entrée, grande cuisine, grande baie vitrée dans le salon, salle de bains avec baignoire, toilettes séparées, chambre spacieuse et moquettée... Le luxe ! Tant de confort et de propreté m'éblouissent, me transportent. J'ai l'impression de m'installer dans un palace, et que c'est trop beau pour être vrai.

Mario vient de poser mon lit, mon petit lit de jeune fille dans le séjour. Il servira de canapé. La chambre, elle, reste vide pour l'instant. « Je te livre le reste demain », dit-il. Et il ajoute, avec une malice dénuée de méchanceté : « Pour cette nuit, vous vous serrerez ! » Il est, depuis peu, marchand de meubles, après avoir fait le charbonnier et le réparateur de télévisions. Je me suis rendue dans son entrepôt, avec Marie, pour choisir ce qu'il manquait à notre ménage, à savoir un sommier et un matelas deux places. Il nous a conseillé le moins cher, a rabattu le prix pour nous. Nous ne sommes pas riches, malgré nos petits boulots de l'automne, nous avons dû avancer trois mois de loyer, nos économies en ont pris un coup. Il y a eu aussi des imprévus. Au nombre desquels la mesquinerie, que pourtant j'aurais dû prévoir, de ma mère : je savais que dans notre cave s'entassaient quelques vieilleries à l'abandon, dont un lit, avec son matelas, et une antique cuisinière. J'avais dit à ma tendre génitrice : « En partant, je les embarquerai, ça débarrassera la cave. » Elle avait vaguement acquiescé, d'un coup de menton qui voulait plutôt dire « je m'en fiche » que « bien sûr ! ». Et puis un soir, comme je rentrais tard d'une sortie entre copines, j'eus la surprise de la trouver debout, en chemise de nuit, le chignon en bataille et l'air dur des mauvais jours. Elle m'avait attendue en ruminant son estocade, en la savourant à l'avance. « J'ai réfléchi, m'a-t-elle asséné. Tu ne pars pas pour te marier. Il n'y

96

a aucune raison que tu prennes le lit de la cave. Ni la cuisinière. »

Merci, maman. Garde tes vieilles saloperies, et crève au milieu ! Elle escomptait me réduire à une sorte d'impuissance matérielle, une incapacité à assumer tous les frais nécessaires à mon installation. Elle avait supputé, calculé, additionné le fruit maigre de mes services de boniche et mon premier salaire d'élève-professeur, avait soustrait tout ce qu'il faudrait que je débourse, s'était gardé du moindre cadeau qui eût pu un tant soit peu alléger mes dépenses, et elle se réjouissait de ma pauvreté, de mon embarras, du sale pétrin dans lequel je ne tarderais pas à me mettre, gourde que j'étais, incapable de rien, ni de coudre un bouton ni de gérer un budget. Quand, mon dernier sac bouclé, ma chambre totalement dénudée, j'ai été sur le point de quitter définitivement ce qui avait été si peu ma maison, pour n'y revenir qu'en visiteuse épisodique et circonspecte, j'ai tenté un au revoir pacifique. Elle tournait comme une mouche depuis le début de la journée, aussi vainement agitée que mon cousin se voulait empesé. Elle s'est figée en plein vol, m'a lancé un regard de sorcière avec cette malédiction : « Tu reviendras à genoux me supplier de te reprendre ! » Aujourd'hui seulement je réalise ce que cette imprécation traduisait de dépit et de souffrance. Mais sur le moment, avec mon cœur mal grandi, mon âme écorchée, mes blessures d'enfance encore à vif, j'ai seulement tiqué à l'imbécillité du propos, à sa ridicule assurance, j'ai éclaté d'un rire méchant, et dit : « Tiens, j'ai oublié quelque chose. » Je suis allée dans la salle de bains, ai fait main basse sur trois pauvres objets de plastique noir – une boîte, un miroir, une trousse – que je lui avais offerts pour son anniversaire, le 8 juillet, parce qu'elle m'en avait intimé l'ordre : « Je veux que, pour mon anniversaire, tu m'offres quelque chose ! » Je m'étais exécutée pour avoir la paix, non sans m'offusquer intérieurement du culot déplacé de cette marâtre qui ne m'avait jamais célébrée, ne serait-ce que d'un baiser ou d'une carte de vœux. En tremblant aussi, bêtement, que le présent ne lui plaise pas, car elle était difficile et ne cherchait jamais à masquer ses déceptions (que de fêtes des mères où je considérais, consternée par ses commentaires blessants et dédaigneux, le dessin, le coffret, le collier confectionnés à l'école et flétris instantanément par son regard de Gorgone ironique). Etrangement le petit nécessaire de toilette l'avait séduite, elle avait eu l'air contente, m'avait remerciée d'un sourire, d'une bise hâtive, et l'avait aussitôt installé sur la machine à laver.

Je n'ai donc trouvé que ça pour répondre à sa condamnation aberrante : « Tu reviendras à genoux... », que cette bassesse, cette vilenie dignes d'elle, récupérer mes cadeaux, la priver du plaisir d'avoir été obéie et comblée, si modestement fût-il, lui reprendre ces dons par elle inspirés, lui dire : « Tu ne mérites pas mes attentions, ma tendresse, et l'argent que j'ai investi dans notre illusoire trêve, et dont j'aurai totalement besoin à présent pour vivre, et peut-être même survivre, sans jamais, jamais rien te demander à quoi je n'aie strictement droit. »

Au dernier vrai moment de mon ultime arrachement, j'ai réalisé à quel point la porte de l'appartement maternel était symbolique. Equipée à l'intérieur d'une poignée mobile, on ne pouvait l'ouvrir de l'extérieur sans en avoir les clefs, ni sortir sans la claquer. J'aurais voulu, pour une fois, qu'elle m'accompagne, qu'elle referme elle-même, doucement, silencieusement, cette période de ma vie, de notre vie. Mais elle est restée congelée au milieu de la salle à manger, le poing en l'air, la bouche tordue. Avant le claquement irrévocable, j'ai murmuré : « Tu diras au revoir à Eric. » Et puis « bang », l'explosion, multipliée par l'écho du profond palier, de ma chrysalide dernière, je deviens, de l'autre côté de cette emblématique porte trop bruyamment refermée, un papillon lâché.

Ivresse neuve de mon indépendance, légèreté des amarres larguées, je devrais exulter. Mais un souci, déjà, alourdit mon envol, me plombe les ailes et le cœur. Elle ne lui dira rien. En tout cas pas « au revoir » de ma part. Elle lui dira : « Ta sœur est partie, elle t'a abandonné, elle se fout pas mal de toi, tu vois, c'est une belle garce. » Il ne la croira pas. Il ne répondra rien. Depuis des jours et des jours, il fuit la maison et ses souffles pestilentiels de discorde. Il n'a pas voulu assister à mon départ, il redoutait l'esclandre de dernière minute, l'échauffourée peut-être entre les deux clans, et l'émotion des adieux. Il a des copains, heureusement, avec qui il passe des après-midi entières. Il revient le soir, muet, mystérieux sur leurs jeux, leurs occupations. Il n'a l'air ni triste ni gai. Une prudente réserve le garde apparemment indifférent, même au plus fort des tempêtes. Maintenant que je n'y serai plus, comment va-t-il se comporter ? Sera-t-il plus présent, plus impliqué, plus réactif peut-être parce que la mégère va passer ses nerfs sur lui ? Aura-t-il conscience d'un nouveau vide ? L'idée qu'il mangera en tête à tête avec la harpie, à la table qui ressemblera de plus en plus à une tombe, me tire des larmes de remords, me gâche la joie de ma renaissance. Je me sens coupable de ma désertion, et coupable d'avoir exacerbé les foudres maternelles dont il essuiera, à sa stoïque façon, les retombées.

Pourquoi tout ce qui devrait me paraître merveilleux, tout ce qui devrait m'exalter, m'élever, m'enrichir, me combler, est-il toujours entaché de chagrin, de regrets, de scrupules ? J'aime Marie, elle m'aime, et cet amour puissant m'a déjà valu tant de nuits sans sommeil, et de crises de doute déchirantes... J'ai réussi un concours difficile, qui m'ouvre grandes les portes d'un avenir mille fois rêvé, et j'ai mal de cette réussite, trop tardivement advenue, qui n'aura pas ébloui celui qui l'espérait si fort. Je pars, je vais voler de mes ailes, vivre à mon rythme, choisir chaque recoin de mon décor, meubler à ma guise chaque minute de mon temps, échapper aux scènes, aux grimaces, aux insultes, aux critiques constantes qui estampillaient chaque moment partagé, même fugitivement, avec mon tyran, et c'est moi, moi seule qui prends la relève, m'institue mon propre bourreau, et me fustige de reproches...

Cette première nuit chez nous est une nuit de noces et une nuit d'enfer. « Tu ne pars pas pour te marier. » Hélas ! Que ne suis-je tombée amoureuse, bêtement, banalement, d'un garçon, que j'aurais épousé avec la bénédiction générale ? Faire-part, dragées, robe blanche, cérémonie, émotion collective, quelques larmes, quelques cuites, des cadeaux – « Oui, ma fille, prends le vieux pucier de la cave, tu le mérites bien, tu aimes comme il faut, dans les balises autorisées, tu pourras te rouler dessus avec ton mari, vous ferez ensemble des trucs permis et même recommandés qu'on fait entre mari et femme, une fois qu'on a raisonnablement franchi les étapes prévues. » Je me suis privée de tout ça... Mon mariage d'aujourd'hui ressemble à un enterrement, morne et désert, avec le corbillard de mon beau-frère pour unique cortège. Pas de festin, sinon le casse-croûte hâtif entre deux cartons. Pas de lampions, de guirlandes, de fleurs, juste une ampoule nue qui pend à son fil au milieu d'un grand plafond blanc. Et ce lit tout petit, petit... « Vous vous serrerez. » On se serre. « Marie, je t'aime. – Moi aussi. Enfin, nous deux, ensemble, pour la vie. – Oui, ma chérie... » On se caresse, le plaisir vient vite, parce qu'il y a longtemps qu'on n'a pas pu se voir. Après, je me sens triste, d'une tristesse affreuse et désolée, que je n'ose pas lui confier. Mon Dieu ! on ressemble à quoi, là, toutes seules, perdues, loin de toute bienveillance, hors-la-loi misérables lancées dans un défi qui déjà m'écrase ? La culpabilité et la peur sont le prix à payer pour notre liberté, je le sens si fort cette nuit que j'en tremble, et que j'aimerais que le jour ne se lève jamais, qui nous obligera au combat contre des géants.

7.

Petit à petit, nous installons notre décor, notre vie. L'année de deug a commencé, la seule condition pour que je sois payée régulièrement, c'est d'aller signer le registre de présence une fois par semaine au secrétariat des IPES. Ce que je gagne nous permet juste de boucler notre petit budget : loyer, nourriture, notes diverses d'eau, d'électricité, d'essence. Pour le superflu, Marie ramène quelques sous de l'étude ou de la cantine qu'elle surveille à l'école de son père. Elle rentre souvent de ces factions fatiguée, excédée. Les moutards du quartier sont remuants, et parfois très insolents. J'éprouve du remords à la voir se décarcasser pour un travail aussi peu gratifiant, qui lui prend du temps, de l'énergie, malmène sa dignité, et lui rapporte si peu. Elle ne se montre ni assez autoritaire ni assez impliquée, et c'est peut-être ce qui lui sauve la vie, ou ne fait qu'érafler sa solide sérénité. Moi, plusieurs heures de lutte hebdomadaires avec ces sales merdeux, et j'attaquerais une déprime... Heureusement, on a de bons petits moments. Nos courses à l'hypermarché qui vient de se monter tout près, par exemple. Aujourd'hui, déambuler dans des kilomètres de travées encombrées de chariots, entre des milliers de produits différents, représente pour moi une véritable corvée. A l'époque, ce gigantisme était une nouveauté, et les Record, Carrefour, Rallye récents équivalaient à des buts de promenade. On pouvait y passer des journées entières à manger au snack, à observer, à jauger, à tripoter chaque merveille de chaque rayon, à honorer le culte de la société de consommation à laquelle nous avions enfin accès, même modestement. Nous achetons beaucoup d'objets pour la maison, de petites choses bon marché qui, accumulées, placées ici et là, donnent une âme à notre intérieur. L'appartement s'est meublé, étoffé, décoré. Nous nous y sentons bien, malgré ces maudites crises de cafard qui me tombent dessus trop souvent, me chamboulent, me rendent aigre, méchante, brusque, puis bourrée de repentir.

Ma mère a fait défense à mon frère de me voir. Je vais l'attendre à la sortie de son lycée, embusquée tel un père débouté de ses droits... Nos rencontres ont un goût amer et délicieux d'interdit. Je lui offre à goûter dans un salon de thé, il me raconte les dernières crises d'hystérie maternelle, sans charger le trait, pourtant, avec un humour sobre qui calme la brûlure de mes constants remords... Il vient aussi à la maison, en douce. Marie le raccompagne, le laisse assez loin du boulevard de notre enfance, il fait le reste du trajet à pied, clandestinité oblige. Quand il rentre chez Cerbère, il sait se montrer suffisamment évasif sur son emploi du temps. De toute façon, il paraît qu'elle ne le cuisine pas trop. Je pense qu'elle soupçonne nos rendez-vous, mais s'en accommode, parce que Eric lui pèse. D'après ce qu'il me confie de leurs tête-à-tête, je sais qu'il ne représente pour elle aucun secours, aucune compagnie, mais devient une sorte de bourreau exigeant, capricieux, insaisissable. Elle accède à ses demandes de vêtements, d'objets, de nourritures, de sorties en rouspétant beaucoup, essaie de négocier la contrepartie d'un travail assidu au lycée, sans y parvenir. Il lui glisse des doigts comme une anguille, elle se heurte à son inertie, son mutisme parfois, ses révoltes, ses frasques, et trépigne d'impuissance geignarde. Les résultats du premier trimestre se révèlent plus que mauvais, elle sera vite totalement dépassée par cette situation inattendue d'un drôle de treize ans, jusqu'ici silencieux et quasi passif, et qui la mène par le bout du nez en se riant de ses tornades. Si elle ferme les yeux sur nos moments volés, c'est que ça l'arrange. Je sens venir le jour où, nullement gênée d'inverser promptement le cours des choses qu'elle a pourtant dicté, elle me refilera le bébé.

J'ai posé sur la vieille télé que les parents de Marie nous ont donnée (car ils nous ont donné des tas de choses, eux, du linge, des meubles, des appareils ménagers) une photo d'Eric bébé, justement. Il sourit dans son cadre, sa jolie frimousse rondelette fendue sur deux quenottes coquines d'écureuil. Il porte une médaille au cou, et renverse la tête vers le ciel, avec l'air d'en attendre tout le bonheur possible. Il doit avoir dix mois, c'est un magnifique bambin potelé, dont je me rappelle la fraîcheur tendre de la chair que j'aimais mordre doucement. A l'époque de cette photo, j'avais sept ans, et je savais déjà le suave bonheur d'embrasser et de cajoler un tout petit qui rit de vos caresses...

Je me souviens de cette photo sur la télé du salon à

cause de Vincent. Vincent et son copain Armand sont deux jeunes ouvriers qui travaillent dans notre allée. L'immeuble est tellement neuf qu'il n'est pas encore fini. A force d'aller et venir dans les bruits de perceuses et de coups de marteau, nous avons fait connaissance avec ces deux-là, très sympa, que leur devoir appelait chez nous pour vérifier les huisseries. Ils ont jeté un œil un peu étonné sur notre univers, sûrement touchant de modestie, intrigant aussi. Pourtant notre solitude à deux ne leur a pas paru louche, ils ont pensé à une association d'étudiantes qui partagent un loyer et nous n'avons pas cherché à les détromper, parce qu'ils nous draguent gentiment et qu'ils nous ont promis toutes sortes de services et travaux dans l'appartement, des étagères pour la cuisine avec des planches récupérées du chantier, un placard ici et là, une banquette... Nous leur offrons l'hospitalité plusieurs fois par jour avec un café, ils nous régalent d'anecdotes gouailleuses, et mettent un peu de fantaisie masculine dans notre nid.

Un jour, je me retrouve seule avec Vincent. Jolie gueule de mauvais garçon blond, l'œil vite allumé, le sourire narquois... Sur le moment, je ne réalise pas qu'il s'est débarrassé exprès de son acolyte parce qu'il avait vu Marie partir. Je ris à ses boutades en préparant un filtre et soudain, me voilà prisonnière de ses bras durs noués à ma taille, toute chavirée par sa prunelle bleue qui luit d'un éclat presque menaçant, par sa bouche de conquérant qu'il pose sur la mienne avec adresse et autorité. J'accorde le baiser qu'il n'a pas eu à demander, reprise sur-le-champ par mes vertiges de gourgandine trop vite convaincue, grisée de son fallacieux pouvoir. Un tango savamment mené nous conduit de la cuisine au salon. Tandis qu'il me presse de plus en plus fort, je sens son sexe dressé contre mon ventre. Ses mains dans mon dos deviennent méchantes, il cherche à me plier, à me soumettre, sa bouche, impérieuse ventouse, m'est un bâillon qui m'étouffe et me réduit au silence. Je me suis mise à lutter de toutes mes forces contre son assaut, tout à coup effarée de lucidité : ce type se moque de flirtailler avec moi, ce qu'il veut, c'est me baiser à la cosaque, là, debout, au milieu du salon inondé de lumière, parmi tous nos chers et pitoyables trésors, une bouteille habillée de paille tressée, une corbeille *made in China*, une lampe bancale, et la photo de mon petit frère, inconscient du drame, qui rit aux anges. Je gémis, je halète, je proteste à bouche close, à gorge râlante, sous l'étreinte de mon assaillant, je roule des yeux suppliants qui prennent à témoin tous les angles de la pièce... La prunelle bleue, de tout près rivée à la mienne, a suivi la trajectoire de mes SOS oculaires. Soudain, un peu d'air ! Le gaillard blond consent à me laisser respirer, son baiser de vampire s'éloigne avec un plop de coquillage cueilli, j'ai les lèvres toutes meurtries, froides tout à coup et trempées... Il me tient toujours à bras-le-corps, mais son visage s'est tourné vers la photo.

« Qui c'est ? »

Très vite, un scénario à peine mensonger me vient à l'esprit.

« C'est mon petit.

– Ton petit ? Je ne l'ai jamais vu !

– Il est en nourrice. Avec mes études, je ne peux pas le garder. Mais tu comprends... »

Le lien de ses bras s'est un peu relâché. Il sourit doucement.

« Oui, je comprends. Tu n'en veux pas d'autre. Mais

106

t'inquiète pas, je ferai attention. Tu ne risques rien avec moi !... »

Et il rajuste son emprise, renoue son étreinte avec une force virile qui se voudrait rassurante. Cette fois, ma bouche se refuse, je secoue la tête de gauche à droite, très vite. « Non. Non. Non... »

Il insiste, caressant et féroce à la fois. « Je te jure que je sais faire ! Laisse-toi aller ! Tu ne sais pas ce qui est bon ! Lâche-toi !... »

Je me démène comme une diablesse contre sa poitrine d'acier, sous le souffle terrifiant de ses promesses. « Non. Non... »

Pour rien au monde je ne céderai, une panique folle dicte ma résistance, me révolte, je ne pense à rien, ni aux conséquences qu'effectivement mon abandon pourrait me valoir (et pourtant, après Charly, tout de suite et encore longtemps après, j'ai eu tellement la frousse que je m'étais juré que plus jamais...), ni à Marie, car hélas la fidélité ne m'a jamais été une ligne de conduite spontanée... Je lutte seulement contre une volonté brutale, étrange, qui n'est pas la mienne, et qui, par sa seule expression, suffit à me claquemurer dans une défensive farouche. Je n'ai pas peur, ni du viol, ni de la souffrance, ni de la grossesse, ni même de lui, ce bourreau à gueule d'ange qu'un vilain rictus de convoitise contrariée métamorphose en démon. Je n'ai pas peur, pas mal, ne suis ni dégoûtée ni offensée. Mais butée autant que lui, et guidée par un instinct puissant, plus puissant que celui qui gonfle sa braguette et les veines de son front : me refuser, c'est vivre, exister, me mettre au monde, m'affirmer, accéder à la gloire, enfin, d'une sexualité propre, ô saveur des mots, propre c'est-à-dire personnelle et donc, aussi, saine et pure. Ce que je veux, et surtout ce que je ne veux pas, c'est cela qu'il faut préserver à tout prix, quitte à me faire battre et même tuer sur place...

Il ne m'a pas tuée. Ni même battue. Ma pugnace résistance, que ne laissaient prévoir ni mes abords peu timides, ni mon accueil amène, ni mon baiser d'avance octroyé, a fini par venir à bout de sa détermination. Il s'est détaché de moi, résigné sans amertume ni exaspération. Sa susceptibilité de séducteur éconduit aurait pu m'en vouloir, me traiter d'allumeuse, de... que sais-je ? J'avais assez d'imagination pour me mettre à sa place, et inventer les jugements dont il était en droit de me taxer. C'est lui qui s'est mis à la mienne, a fait preuve d'une imagination tendrement romanesque qui m'a mouillé les yeux, sans qu'il sache cependant à quel point il se trompait, ni à quel point aussi il avait touché juste.

« Allez, a-t-il dit, conciliant. Je te comprends. Tu crèves de trouille. Ce n'est pas drôle à ton âge, d'être fille-mère. » Il avait eu sans doute une éducation simple, dans un milieu que je pressentais humble, plein de bon sens, et maniant des formules explicites que l'évolution laborieuse des mentalités rendait peu à peu désuètes. Il disait « fille-mère » quand on commençait à parler de « mère célibataire ». « Tu n'aurais pas eu de plaisir, de toute façon. La peur et la tristesse. Parce que, c'est sûr, tu es triste d'être sans ton petit... »

Oui. J'étais triste d'être sans mon petit. J'étais triste souvent. J'étais triste tout le temps... Après, j'ai pleuré dans les bras de Marie en lui racontant que Vincent avait prétendu me bousculer au salon. Je ne savais pas pourquoi je pleurais. Peut-être de cette force nouvelle en moi, cette insoumission âpre, résolue, à la loi du mâle, cette sorte de trahison de mon personnage si léger, si facile, de gourgandine. La lutte m'avait fatiguée, puis éclairée tragiquement. Ce serait toujours aussi éreintant de dire non. Et peut-être que j'y renoncerais quelquefois, par découragement, par lassitude, par lâcheté. Peut-être que je me laisserais avoir, que le papillon virevoltant dans les lumières miroitantes du flirt, les étincelles tentantes de la séduction, finirait par se brûler les ailes, par se consumer tout entier... Oui, je pleurais, avec cette envie de prière absurde au bord de mes lèvres, et que je retenais pour ne pas inquiéter la madone de compassion et de tendresse penchée sur moi, mêlant ses larmes aux miennes et respectueuse d'un chagrin qui la dépassait : « Marie, garde-moi ! Garde-moi toujours, Marie. Garde-moi ! »

8.

Notre maison se peuple. D'objets, de meubles, de linge, de posters au mur (il y en a un qui a choqué la mère de Marie : deux jeunes femmes nues qui s'enlacent...), de présences. Nous devenons le havre des contrariés, rejetés, déchirés par le conflit des générations. Notre lit-canapé du salon, lit de notre nuit de noces, héberge tour à tour Gilberte, Myriam, Yves... La première ne peut plus supporter sa famille étouffante. La seconde s'est gravement disputée avec son père qui l'a jetée à la rue. En attendant la place dans un foyer promise par une assistante sociale, elle squatte chez nous. Elle est gaie et drôle, malgré ses soucis... Quant à Yves, il a trouvé le chemin de notre nid un soir de cuite phénoménale qui l'a conduit miraculeusement jusqu'à notre porte, où il a sonné en vacillant, titubant, bavant et éructant d'incompréhensibles déclarations... Il connaissait déjà Marie, mais le fait qu'elle lui ait délacé ses chaussures pour le mettre au pieu a fait germer en lui une gratitude éternelle, doublée d'une solide estime, pour cette angélique infirmière aux soins vigilants...

Il revient souvent nous voir. Son air toujours compassé, qui n'est qu'un masque, nous amuse. Grâce à lui, qui travaille au service de sécurité et surveillance d'un grand magasin, j'obtiens un job qui mettra du beurre dans nos maigres épinards. Il s'agit de déambuler à Carrefour en poussant un chariot-alibi, rempli peu à peu de courses factices, afin d'épier les éventuels chapardeurs. C'est un emploi pas fatigant et bien payé, et qui permet, peu à peu, de renouer avec mon ancien flirt, de réapprendre ses tics de langage, ses expressions théâtrales, sa façon guindée de marcher, de bouger... L'œil posé, sans trop de conviction, sur les agissements des consommateurs, je savoure l'humour pince-sans-rire de mon acolyte, et sa benoîte connaissance de l'espèce humaine. « Tiens, regarde celui-là, me dit-il, regarde-le bien ! » « Celui-là », c'est un jeune loubard exotique aux fesses moulées dans un jean exigu. C'est à peu près tout ce que je vois de lui car, présentement, il affecte de se coiffer, ou plutôt d'essayer, courbé devant le miroir du rayon « accessoires de toilette », avec un peigne en plastique rouge qu'il a pris sur le présentoir, tourné dans ses mains, et qu'il passe dans son abondante chevelure avec une application maniaque. Je me penche à l'oreille d'Yves, très raide et sérieux aux manettes de notre chariot commun : « Et alors ? Qu'est-ce qu'il a ?

– Il a déjà dix peignes dans le dos de son blouson », répond-il, presque sans bouger les lèvres. Une observation appuyée du manège, en effet, me révèle la disparition successive d'encore au moins trois peignes entre la nuque du voleur et son col. C'est mon premier flagrant délit, apparemment Yves en a vu d'autres. Je piaffe à son côté : « On fait quoi ? » Il hausse une épaule placide : « Bôf !... On ne va pas mettre la machine en marche pour des peignes en plastique à cinquante centimes !... »

On ne mettra jamais la machine en marche. Ni pour le type qui laisse tomber des sachets de bonbons dans le parapluie fermé accroché à son bras, ni pour la mama arabe qui bourre son cabas de paquets de café, ni pour la jeune femme qui essaye des chaussures, les garde aux pieds en abandonnant sa vieille paire usée sous la gondole... Yves n'est guère motivé pour dénoncer qui que ce soit. « Alors, lui dis-je, on ne sert à rien ?

– Bien sûr que si ! On dissuade ceux qui nous repèrent.

– Mais puisqu'on est déguisés en acheteurs lambda, personne ne peut nous repérer.

– Tu prends les gens pour des cons ?

– Ceux qui piquent, donc qui ne nous ont pas repérés, il faut bien qu'ils le soient...

– Erreur, ma chère. Ils le sont encore moins que les autres ! Ils nous ont doublement repérés : repéré d'abord qu'on les surveillait. Mais déguisés, comme tu dis. Donc, on n'est pas des vrais flics. On est des gens comme eux. Comme eux, tu comprends ? Ils savent qu'on ne peut pas les balancer...

– Tu as expliqué ton point de vue à la direction ?

– Elle a le même.

– Et pourquoi elle n'embauche pas des vigiles en uniforme ?

– Avec le chien au pied et le pétard à la hanche ? Et l'image de marque du magasin ? Tu y penses ? Tu aimerais faire tes courses dans un endroit quadrillé par des policiers ? Ça t'inspirerait l'envie d'acheter ?... »

La logique d'Yves est imparable. J'étais sur le point d'avoir des scrupules parce qu'on me payait à ne rien faire. « Tu ne fais pas rien, tu passes du temps à surveiller, comme on te le demande. – Sans signaler les voleurs. – Il n'est pas stipulé dans le contrat que tu es obligée d'en voir... »

S'il le dit... Je prends l'argent qu'on me donne sans davantage de contrariété, nous en avons grand besoin en ce moment avec Marie, parce que notre nouvelle voiture, une presque épave qui a remplacé Moufflette, donne des signes d'extrême lassitude, et qu'il faudra bientôt la remplacer à son tour.

Yves, ce piètre boulot de quelques heures par semaine ne suffit pas à subvenir à ses besoins. Il travaille aussi la nuit, toujours dans le domaine surveillance et sécurité. Alors là, oui, le pétard au côté, il l'a pour de bon. Avec obligation, au petit matin, de le pendre au clou où il l'a pris la veille. Mais ça le barbe de repasser le déposer. Et puis je le sais amoureux de western... C'est lui qui m'a initiée aux solennelles délices de *Il était une fois dans l'Ouest*. Rien qu'à l'enthousiasme qu'il avait manifesté en évoquant le film (enthousiasme aux accents lyriques et exaltés très rares chez cet animal à sang froid), j'ai compris que je devais le voir. Il n'a pas hésité une seconde à le revoir avec moi (pour, peut-être, la cinquième fois). Un drôle de phénomène, je m'en souviens, m'avait induite en hallucination, et j'avais cru le reconnaître plusieurs fois parmi les cow-boys basanés du scénario... Sa gueule taillée à la hache, peut-être, son flegme aussi, son avarice de mots parfois, ce regard pénétrant et glacé dont il pesait les événements, avant de s'en émouvoir... Yves nous rend donc visite avec, sous sa veste, un harnais alourdi d'une arme sur laquelle il nous demande le secret absolu. Ça nous remue, nous excite. « Elle est chargée ? – Ah... ça... », fait-il, avec l'air de ne pas le savoir lui-même. Et il referme pudiquement le bouton qu'il avait lâché pour nous permettre d'entrevoir l'objet de sa fierté.

Ce soir, il nous sort. Toutes contentes, nous nous laissons emmener dans son tas de ferraille vers une pizzeria du vieux Grenoble, basse, obscure, et bruissante de conciliabules aux intonations latines. Il n'y a que des hommes attablés ici, des types d'un certain âge, assez louches, patibulaires, qui échangent *mezza voce*, en regardant notre trio, des commentaires ironiques. Leurs casquettes s'inclinent simultanément et concentriquement, ils ricanent ensemble et marmonnent une bouillie patoisante dans laquelle Marie et moi entendons distinctement plusieurs fois l'appellation *« grandissimo cornuto »* (« espèce de grand cocu »). Yves a vaguement, très vaguement appris au lycée quelques rudiments d'italien, insuffisants pour comprendre l'insulte jalouse dont il est la cible. Il s'occupe de nous avec beaucoup d'élégance, nous verse du chianti, s'en verse aussi, un peu trop. Pendant tout le repas, les regards des mafiosi goguenards convergent vers notre table, où un cow-boy pompeux, inconscient des lazzis qu'il alimente, découpe sa pizza avec componction, entre une brune et une blonde un peu éméchées qui rifougnent bêtement.

Après avoir réclamé l'addition d'un geste de seigneur, et lapé la dernière goutte de son verre, Yves se lève, recule l'une après l'autre nos chaises pour nous permettre de nous lever à notre tour, s'efface en nous tenant la porte. Tant de galanterie déchaîne chez nos spectateurs une ultime salve, moins discrète : *« Ma che cornuto ! »*

Nous rions carrément en nous engouffrant dans la voiture d'Yves. Evidemment, il s'enquiert des causes de notre gaieté. Et comme de petites connes que nous sommes, nous lui lâchons le morceau : « Ils t'ont traité de *cornuto* pendant toute la soirée. » A la faveur de la maigre loupiote qui éclaire son véhicule, nous voyons ses traits durcir sous l'effet d'une tragique prise de conscience, et d'une non moins tragique résolution. « Attendez-moi là ! » Atterrées, nous essayons de le retenir, de lui dire que ce n'est pas grave, mais plutôt drôle, et que d'ailleurs, peut-être, on s'est trompées... D'un geste péremptoire de la main gauche, il nous impose le silence, en s'éloignant d'un pas ferme vers la porte de la pizzeria. Sa main droite, elle, vient d'écarter le pan de sa veste sous lequel il porte son arme. Une angoisse incrédule nous tient figées, à l'écoute d'un coup de feu dont l'éventualité nous épouvante. Il s'écoule peut-être deux minutes, longues, pesantes, pendant lesquelles nous nous reprochons amèrement notre ânerie. Et la porte du restaurant s'ouvre à nouveau, Yves apparaît, très droit, revient à la voiture avec une lenteur que lui valent sans doute autant son ébriété que la gravité de son rôle de justicier satisfait...

C'est seulement après quelques minutes de trajet dans les rues que nous osons lui demander ce qu'il a fait. Sa narration, en nous soulageant, met un point d'orgue à notre hilarité : il a surgi en plein milieu du restaurant, campé les poings aux hanches, le veston largement ouvert sur la menace noire de son revolver, et dans le silence stupéfait des dîneurs, il a demandé, l'œil mauvais, la mâchoire contractée : « *Che ? Che ? Io son un cornut' ?* » Son phrasé, totalement exempt d'intonation italienne, plus encore que l'incongruité de sa prestation, nous arrache des éclats de poulailler en folie. « Oui, fait-il brutalement. Riez. Mais je peux vous dire que là-bas, dedans, ça ne riait pas du tout. Le patron est venu me présenter des excuses au nom de tous les autres. Il les a traités d'imbéciles, et ils n'ont pas moufté. Ah ! Ils ne brillaient pas !... »

Yves est notre héros. C'est aussi notre ami, notre complice, le témoin masculin, indulgent, curieux sans arrière-pensée, de notre couple de femmes. Aucun vil intérêt ne le ramène chez nous, de plus en plus souvent, seulement une sympathie sincère pour notre mode de vie hors normes, qu'il respecte et semble prêt à protéger contre les insultants préjugés et les regards méprisants d'une société bornée. Il y a quelques mois, dans une autre pizzeria où, hélas, il n'était pas, nous avons fait les frais d'une crétinerie raciste dont je me souviendrai toujours. C'était à l'époque où mon cousin, pour complaire à la famille et tenter de me « désintoxiquer » de mon amour exclusif pour Marie, avait proposé une thérapie par immersion au sein de groupes de jeunes bien propres sur eux et très sains de corps et d'esprit. Je n'avais consenti à m'y mêler qu'à la condition d'emmener Marie. On n'y avait pas vu d'objection, persuadé que, fatalement, nous tomberions sous le charme puissant des petits coqs arrogants qui formaient le cercle d'amis bon chic bon genre de mon cousin. Le repas s'est déroulé sans histoires. Au dessert, le groupe s'est disséminé, certains désertant carrément les lieux, d'autres jouant au baby-foot dans une petite salle voûtée voisine. Entre le restaurant et cette salle, il y avait un salon obscur, meublé de banquettes à coussins et de petites tables. Nous nous y sommes assises, Marie et moi, et nous sommes embrassées. Un couple, qui n'appartenait pas au groupe, est venu s'installer à son tour, dans un coin de la pièce, et s'est mis à s'embrasser aussi. Tout à coup, le godelureau nous a aperçues, avec un geste de recul horrifié il s'est rendu compte que nous étions deux filles, et il a entamé une série de réflexions à haute voix, extrêmement injurieuses et dégoûtées. « Quelle horreur ! Des gouinasses ! Ça me débecte ! Je te jure que si je m'écoutais, je leur mettrais mon poing dans la gueule ! » Que faire ? Qui prendre à témoin de cette agressivité, de cette méchanceté gratuite ? Aller chercher aide et protection auprès de mon cousin ou d'un de ses acolytes, adhérents des jeunesses républicaines, gloires d'une France idéale, sans Arabes ni homo ?

Nous sommes parties, poursuivies par les commentaires du petit con, que galvanisait notre fuite, et qui se gargarisait de ses crachats.

Si Yves avait été là... Avec ou sans pétoire, je sais qu'il se serait voulu le champion de notre cause, à sa façon chevaleresque et désuète, qui m'arracha tant de sourires, mais suscita ma définitive admiration. Car aujourd'hui, à considérer en gourgandine ma coquette collection de souvenirs, je peux dire qu'il en constitue une des pièces les plus magnifiques. Yves, preux pourtant timide et si peu sûr de toi, mais tout entier habité de ton rôle valeureux, tout entier concerné par une mission d'humanité et de tendresse, tu demeures pour moi le héros d'une geste moderne, et ton image, haute, élégamment rigide, aux lenteurs réfléchies, m'apparaît encore souvent, Don Quichotte superbe, quand s'émeuvent les ailes des moulins de ma mémoire.

Je peux lui demander beaucoup de choses sans risquer de l'offenser. « Yves, tu sais que Marie n'a jamais vu un homme nu ? » Haussement à peine étonné des sourcils de l'interpellé : « Ah ? » Haussement à peine gêné des épaules de la dénoncée : « N'exagère pas. » Nous sommes tous les trois dans la salle de bains, et Yves est drapé dans une serviette parce qu'il sort de son bain. Il n'a pas fermé la porte à clef, et nous avons envahi la pièce sans scrupules, Marie et moi, parce que nous devons nous maquiller. Quelle sortie à trois se prépare encore ? Je l'ai oublié. Pourquoi Yves s'est-il lavé dans notre baignoire ? Il avait sans doute chez lui des problèmes de tuyauterie bouchée, de note d'eau impayée, de peinture pas sèche, que sais-je... Sa vie était un long chemin de croix, aux stations marquées par autant d'emmerdements, d'ordre tout à fait matériel et négligeable, qu'il négligeait d'ailleurs avec son magnifique et hautain détachement.

« Bien sûr, Marie, tu as vu des hommes nus, reprends-je, mutine et obstinée, mais en photo, au cinéma, pas en vrai... »

Nouveau soulèvement d'épaules, accompagné d'une implosion labiale qui balaie l'importance de la question : « pfff ! ».

« Ou alors en vrai, mais petits. Des petits garçons, des bébés... »

Tandis que nous nous pomponnons devant la glace,

Yves se racle la gorge avec une discrétion affectée. « J'espère que je ne vous dérange pas ?

– Pas du tout, déclaré-je en me retournant et en arrachant d'un geste preste la serviette dont il préservait son intimité. Voilà, Marie, un spécimen digne d'examen ! »

La serviette est tombée en tas chiffonné aux pieds d'Yves qui demeure très digne, renonce à tout effarement et à toute protestation de pudeur outragée, et s'offre, mains écartées, aux regards de celle que je prétends initier. Mais elle est très myope. « Mets tes lunettes, Marie !

– Quand même ! » s'insurge-t-elle.

Yves affecte avec humour de s'offusquer de sa résistance.

« Quoi ? Tu dédaignes l'occasion d'une observation fantastique ? »

En fait, ce garçon vêtu de sa seule peau est pour moi aussi une découverte, car, malgré notre long flirt passé, nous ne nous étions jamais déshabillés l'un devant l'autre... J'arbore un air faraud mais ne sais plus quelle attitude adopter, dans cette situation idiote où je nous ai mis tous les trois... J'opte pour un pastiche de leçon de choses plutôt frivole. « Ce que nous avons là s'appelle la verge, dis-je en pointant un index indiscret sur l'objet de mon exégèse, et, dessous, nous pouvons apercevoir les testicules... » En effet, nous pouvons très distinctement les apercevoir, Yves n'étant pas lésé par la nature généreuse qui l'a nanti d'attributs plutôt étonnants eu égard à son extrême minceur. J'ai fait mine de lui ramasser le scrotum d'une paume creusée en cuiller. Marie tique.

« Arrête, bichette ! »

Sourde à sa prière, je poursuis ma désinvolte démonstration :

« Et ce qu'il y a de plus drôle, c'est que cet ensemble est capable de variations stupéfiantes de formes et de volumes... »

Cette fois, j'ai posé une phalange sur la chair hérissée des bourses, qu'une contraction ramasse soudain, comme si mon attouchement les avait électrocutées. Et le miracle a lieu, la tige molle qui les coiffait se redresse d'abord lourdement, se déploie en deux ou trois à-coups, se gorge, s'élève sans encore s'envoler.

Joyeusement abasourdie par ce que je crois très bêtement mon pouvoir, je m'écrie trop vite : « Regarde, Marie, il bande ! Je l'ai fait bander ! » Plongeon immédiat de la pauvre bestiole fauchée par ma grossièreté avant d'atteindre sa pleine gloire. Nouvelle injonction de Marie, très fâchée cette fois : « Arrête, bichette ! »

Mine ennuyée, sans exagération, d'Yves qui conserve son flegme distingué pour déclarer : « C'est très gênant... J'ignore si je me sens déplacé à cause de ce que j'ai commencé, ou de ce que je n'ai pas fini... »

Chère Marie, cher Yves... Ils finirent leur toilette sans davantage d'embarras, tandis que je riais comme une dinde sans cervelle, sans cœur, sans âme. Ce n'est pas encore aujourd'hui que l'homme me bouleversera de ses fragiles et saugrenus trésors. Le mépris que j'en affecte cache une frousse et une frustration dont je n'ai pas conscience, un besoin de revanche né des diktats répugnés de mon père, des litanies vengeresses de ma mère, et des mystères sans réponse de mon enfance...

J'éprouve pourtant un manque vague, une lacune lancinante dans ma vie de jeune adulte. Mon amour pour Marie ne comble pas cette quête énigmatique et contradictoire, qui me dicte, auprès d'Yves, une conduite que sa seule mansuétude d'homme intelligent peut absoudre. En tête à tête avec lui aux moments où Marie travaille, je me montre tour à tour tendre, provocante, raisonneuse, insistante.

« Yves, tu te souviens de la rue Montorge ?

– Oui.

– Pourquoi tu n'as pas voulu ?

– Tu me fichais la trouille. Je refusais d'être le premier. Je refusais cette responsabilité.

– Et maintenant ? Tu ne serais plus le premier...

– Certes... Mais quel intérêt ?

– Je crois que le premier m'a ratée !...

– Et tu espères que je répare le gâchis ? Merci bien... C'est une responsabilité encore plus accablante. Et puis... ça m'humilie.

– Qu'est-ce qui t'humilie ?

– De ne plus être le premier. »

Je soupire de ses paradoxes sans m'en agacer véritablement. Je le comprends. J'essaie un détour :

« Ecoute. Il ne s'agit pas de m'éblouir. Ni de réparer un souvenir. Je voudrais juste savoir comment on fait l'amour à un homme. »

Il est vrai que, jusqu'à présent, mes connaissances en ce domaine sont limitées. J'ai mis au point dès l'adolescence une technique imparable de branlettes castratrices pour me préserver des assauts masculins. Mais quand j'ai envisagé sérieusement de m'y prêter, il n'y avait plus d'emprunteur... Jusqu'à Charly, avec lequel je n'ai rien appris, rien eu à faire qu'à écarter les jambes, déplorer la surdité de mes sens, la rébellion de ma chair, et l'inquiétude qui les suivit. Piètre bagage pour une séductrice, une gourgandine avide d'un pouvoir courtisan dont la vanité et l'absurdité ne lui apparaîtront que dans à peu près trente ans... Yves à son tour soupire, sans s'agacer, et me comprend...

Je reviens si souvent à la charge que nous finissons au lit. Les stores baissés préservent notre pudeur réciproque, car la chose a lieu en plein jour, au salon, sur le lit-canapé une place. Yves a refusé, par élégance, la chambre « conjugale ».

Nous voilà donc nus tous les deux, et bien embêtés. Je voudrais réitérer l'expérience de la salle de bains, le faire bander aussi facilement, aussi légèrement. Mais l'ambiance n'est plus à la légèreté, à la boutade. La nudité totale, les draps du lit ouvert confèrent à notre échange une gravité, une solennité de rendez-vous guère improvisé. J'avance une main qui se voudrait assurée vers son sexe, dont l'innocence, sans me blesser, me défie. Je n'ai aucune idée de la façon d'attraper cette masse informe de chair inerte et moite. Chaque fois que j'ai fermé la paume sur une anatomie masculine, c'était pour m'emparer d'un sceptre déjà arrogant, et lui régler son compte, lui faire rendre gorge. L'anéantir. Le voir passer de la gloire au trépas, du tout au rien, par la seule magie de mes manœuvres, m'enchantait, me grisait d'un méchant et cauteleux pouvoir. A présent, je nourris une ambition inverse, je voudrais le voir passer du rien au tout, de l'indifférence flasque de cette viande qui ne m'inspire aucun appétit à sa magnifique maturité, son explosion gorgée. Je n'imagine pas une seconde que son propriétaire pourrait s'émouvoir de la situation, du contact de ma peau, de la vue de mon corps. Je sais qu'il est dans le même état d'esprit que moi, loin de toute pensée érotique, de toute convoitise, qu'il se prête avec bonne volonté à mon désir de tentative, pour me rendre service en quelque sorte, mais que sa tête, son âme, son cœur sont ailleurs, préservés, absents. Nous nous sommes naguère aimés, à notre juvénile façon, et le sexe n'est jamais intervenu dans notre platonique histoire. Aujourd'hui, l'amitié, la tendresse quasi fraternelle ont remplacé l'attirance amoureuse et, plus que jamais, je sens l'impossibilité d'une rencontre sensuelle entre nous.

Les phalanges que j'ai posées sur le butin ciblé lui arrachent un cri. Mes doigts sont dépourvus de tact, d'intuition, de simple douceur. Une absurde gêne les raidit, les abêtit. Je persiste pourtant. Yves proteste pour la deuxième ou troisième fois. Je lui ai froissé une couille. L'ai décalotté trop vite. Serré trop fort. Malmené, traumatisé, brusqué. Mal saisi, mal compris, rudoyé. Vexée par ses reproches, je m'obstine davantage. Echaudé par ma maladresse, il se crispe, s'éloigne de moi, repousse à deux mains ma caresse opiniâtre et brutale. Je m'énerve : « Arrête tes simagrées, tu n'es pas en sucre quand même ! » Il s'offense à son tour : « Tu attrapes ça comme de la barbaque, avec des gestes de boucher. Les hommes ont besoin de délicatesse, aussi. Il n'y a pas que vous qui aimez les caresses... C'est étonnant d'être aussi brusque, pour une femme qui aime les femmes... »

Je n'aime pas les femmes. J'aime juste Marie. Avec elle, oui, je me montre douce, et tendre, et inventive, et habile... Et puis je trouve la réflexion d'Yves très con. Ce que j'attendais de lui, c'est qu'il m'enseigne à aimer les hommes. Mais c'est un marché chimérique. Je le comprends avec une rancune amère tandis qu'il se rhabille, mécontent. Je ne les aimerai jamais. Avec leur sacré truc pendouillant qui fait la chochotte si on lui parle un peu fort, qui roupille obstinément, goujatement quand on voudrait le voir debout, mais qui peut se monter le cou tout seul, prendre la grosse tête sans vous demander votre avis, et alors là, aux abris, j'ai connu Charly à l'œuvre, ouvrez grand que je m'y mette, le reste on s'en fout, plus question de câlins savants et d'approche veloutée... Yves voudrait me faire croire qu'il faut sortir de Saint-Cyr pour amadouer le reptile, quand il n'y a pas plus capricieux, égoïste, rustre que ce bout de mou sujet à des coups de sang, ce vilain serpent cracheur dont le venin salit les femmes, les inquiète, les engrosse et bousille leur vie...

Après cet essai navrant, force me fut de constater que je n'avais guère réalisé de progrès dans mon expérience et mon estime de l'espèce masculine...

9.

Je ne m'en suis pas tenue là. Yves a eu de la patience, qui a subi les vagues réitérées d'un siège pugnace, et y a cédé encore plusieurs fois. Plusieurs fois nous nous sommes revus dans la même scène, ou du moins, au même tomber de rideau. Le dialogue et les attitudes observaient bien quelques variantes – je tâchais de m'appliquer à la douceur, et il s'efforçait de se montrer moins douillet – mais la pièce finissait toujours pareillement : nous nous rhabillions, assis dos à dos sur le petit lit, muets et consternés. Après, je me sentais coupable, je me blottissais contre lui. « Tu m'en veux ? Cette fois, pourtant, j'ai fait des efforts... » Je le retrouvais enfin, identique à lui-même, grand seigneur généreux et noble : « Je crois qu'on n'y peut plus rien. Je crois que je me suis conditionné.

– Conditionné ?

– A avoir peur de toi.

– Depuis quand ?

– Opfff !... »

Il avait un geste envolé et très vague, pour remonter à la nuit des temps. Depuis la rue Montorge, peut-être. Depuis ma danse idiote en combinaison sur le sommier de sa grand-mère.

« Depuis avant, disait-il. Depuis toujours, je crois... »

J'avais émis la supposition que je n'étais sans doute pas personnellement en cause. Qu'il avait peut-être peur de toutes les femmes. L'idée l'avait contrarié. Il avait objecté, avec toutes les circonvolutions nécessaires à son extrême courtoisie et discrétion, qu'il n'était pas puceau, et que certaines de ses aventures féminines avaient su véritablement enflammer ses sens et éblouir son corps.

« Alors, ça vient vraiment de moi ?

– Je le crains.

– Et tu penses que jamais, jamais, entre nous...

– Je le crains aussi. »

Il avait soufflé sa sombre prémonition en même temps qu'un petit baiser dans mes cheveux, et sa résignation tendre m'avait rendue incompréhensiblement triste.

« Jamais, jamais nous ne ferons l'amour, toi et moi ?

– Jamais !

– Jamais nous n'en aurons envie ?

– Jamais ! »

Il avait tort.

Nous avons décidé ce voyage à Paris un peu avant les fêtes. Il voulait rendre visite à son frère, marié et père de famille, qui habitait un petit pavillon du côté de Versailles. « Ce sera à la bonne franquette, avait-il précisé, ma belle-sœur mettra à notre disposition une chambre avec des matelas par terre. » Séduites, nous avons fait nos préparatifs. Yves est venu coucher à la maison car nous devions partir très tôt le lendemain avec sa vieille voiture. Nous tournions un peu en rond, impatients du départ, énervés par sa perspective. L'un de nous a dit : « Et si nous partions ce soir ?... » Il nous a prévenues que le vétuste tas de ferraille qui lui servait de véhicule n'avait pas de chauffage, et nous avons accepté l'inconvénient de nous cailler toute la nuit... Marie est montée à côté de lui, emmitouflée dans un duvet, et je me suis allongée sur la banquette arrière, dans un autre duvet. J'ai dû dormir un peu, malgré mes frissons. Eux ont bavardé. Marie avait à cœur de ne pas laisser le conducteur en tête à tête avec la route et la glaciale nuit de décembre. Au matin, nous nous sommes arrêtés dans un bar, au bord de la nationale. Il faisait très beau, nous étions installés le dos à la vitre, le soleil nous réchauffait, le café aussi, les croissants étaient délicieux... Je m'en souviens comme d'un des vrais moments de bonheur pur dans ma vie. J'ai aimé Yves à cet instant pour toute cette magie inattendue, cette fantaisie du voyage improvisé, la torture de son frigo à roulettes qui offrait une récompense inestimable : le réconfort des rayons sur nos épaules, du petit déjeuner fumant dans nos estomacs. Le ciel bleu, dehors, nous appelait à l'aventure, le périple n'était pas fini, il y avait devant nous la promesse de belles heures dans des paysages charmants, et l'intimité de notre trio, dans la carlingue grinçante, qui rirait de blagues idiotes, et de sa liberté...

Oui, Yves était notre héros, qui transformait, avec de simples moyens, notre ordinaire en fête foraine... Il nous introduisit avec son élégance coutumière chez sa belle-sœur, une jeune femme sympathique et douce aggravée de deux tout petits enfants. Je le sentais désireux de nous présenter à notre avantage, et surtout de ne pas trop déranger les habitudes de la maison qui nous accueillait. La maman nous montra, au sommet d'un escalier très raide, très exigu, la pièce qu'elle nous destinait, et qui s'apparentait plus, par ses dimensions, à un réduit qu'à une vraie chambre. Elle s'excusa de la petitesse des lieux, où elle n'avait pu disposer qu'un seul matelas deux places. Yves n'en finissait plus de remercier et de s'extasier : « C'est très bien, c'est parfait », et de nous expliquer que, pour Paris, c'était déjà énorme que cette possibilité d'accueillir des amis. Les petites provinciales que nous étions remercièrent à leur tour, un peu gênées finalement, conscientes enfin du culot qu'il y avait à débarquer à trois dans un logis aussi étroit, au sein d'une famille rythmée par les soins que requéraient deux bébés...

Nous essayâmes donc de nous montrer le plus discrets possible, ressortant presque aussitôt, mangeant dehors, et ne rentrant nous coucher, à pas de loup, qu'assez tard dans la soirée pour ne pas imposer notre présence aux heures stratégiques des repas, de la toilette des petits, du tête-à-tête mérité de leurs parents. Nous étions dans cette maison comme des passagers clandestins, n'osant ouvrir grands les robinets de la salle de bains, et manœuvrant les poignées de porte avec des lenteurs éprouvantes.

Nous nous retrouvâmes enfin dans nos duvets, fatigués par notre nuit de route, notre journée de vadrouille parisienne et toutes les précautions prises, depuis, pour nous rendre insoupçonnables aux oreilles de nos hôtes. Yves s'était galamment collé contre le mur, et nous avait ménagé le plus de place possible sur la sommaire couchette. Je pris Marie dans mes bras. Elle était douce et recueillie, chaude déjà d'abandon...

Nous nous sommes embrassées, avec une tendresse retenue par la présence d'Yves proche. La situation, nouvelle, incongrue, m'excitait et m'embarrassait ensemble. Mes caresses, pudiques, arrachaient de petits soupirs à Marie, et je lui disais « chut » à l'oreille, soucieuse de laisser Yves s'assoupir, de guetter le souffle régulier qui signerait son inconscience. Après, peut-être, j'oserais écouter le désir qui chauffait en moi depuis des heures, depuis la bulle privilégiée et très gaie de notre voyage à trois. Mais Yves n'avait pas du tout sommeil. Au bout de quelques minutes, il se redressa, s'adossa au mur, et chuchota, songeur et comme pour lui seul : « J'ai toujours rêvé de voir deux femmes faire l'amour. »

Je l'ai dit, il était notre héros, notre ami. Notre réponse le combla du spectacle escompté, sans qu'un seul instant il n'eût l'idée triviale d'y tenter une participation déplacée.

Après, il sut trouver l'intonation nécessaire pour nous remercier avec ferveur... Nous nous étions livrées à ses yeux de chevalier en toute confiance, sans ostentation, libres de nos actes et de notre plaisir comme s'il n'était pas là, lui rendant l'hommage d'un oubli absolu.

Mais quand, ayant renfilé ma chemise, je repris ma place entre eux deux, les bras noués autour de ma chérie, les genoux pliés imbriqués exactement dans la pliure des siens (j'appelais ça faire sa petite cuillère, car nous nous endormions toujours sagement rangées l'une contre l'autre sur le côté comme des petites cuillères dans un tiroir), je compris, d'abord vaguement, puis de plus en plus précisément, de plus en plus cruellement, qu'il me serait impossible de m'endormir. La présence d'Yves derrière moi m'en empêchait. Après l'avoir totalement, et sans effort, ignoré tout le temps qu'avait duré mon étreinte avec Marie, il me revenait soudain en mémoire chacun de nos gestes, de nos baisers, de nos murmures, je réalisais avec un émoi tardif, une délicieuse honte rétrospective, que nous avions admis, et plus qu'admis, invité, un témoin dans notre intimité... Je me repassais la scène avec les yeux de ce témoin, me sentais à sa place chamboulée, devenant, par le jeu de ma mémoire incendiée, voyeuse à mon tour, et étonnée que notre spectateur eût pu demeurer si placide, si résolument correct, devant nos ébats...

Une sorte de regret, de dépit, me tarabustait, me gardait les yeux ouverts dans la pénombre, et le corps travaillé de fourmillements insatisfaits. Mais je sentis Yves se rapprocher, par ondes successives. D'abord, l'aura de son corps, la chaleur qu'il dégageait à quelques centimètres de moi, sans pourtant me toucher. Son souffle ensuite, chaud lui aussi, un peu court, loin du rythme ralenti de l'engourdissement. Puis il me toucha, sa main trouva mon épaule, s'y arrêta un moment, descendit à mon cou, au tendre de mon bras, à mon poignet. Sa poitrine, son ventre se collèrent à mon dos, il devenait lui aussi ma petite cuillère, mais une petite cuillère armée d'un drôle de manche car il bandait dur sous mes fesses, sans bouger cependant, sans chercher à affirmer sa conquête, à la pousser plus avant. Ce fut moi qui me mis à onduler, tourneboulée de cette complicité inattendue, dont j'avais tant désespéré, de ce trait d'union enfin, si longtemps et vainement appelé, de son sexe dressé, épais, dense et dur

130

presque à ma porte, qui rêvait de l'accueillir, et qu'un assaut à peine ébauché aurait convaincue, et pénétrée aussitôt. Mais Yves ne réclama rien, ne tenta aucune invasion, se contenta de caler au plus près de ma chair son bélier inoffensif, me laissant sans doute, toujours courtois et respectueux, l'initiative de nos éventuelles noces. Ses caresses douces et timides, et son désir flagrant me coulaient dans le corps un désir identique, torride, jusqu'alors inconnu. C'était la première fois qu'un garçon, que le corps d'un garçon, sa peau, sa queue, ses couilles, me bouleversaient, me creusaient, entre les cuisses, un gouffre affamé, me détraquaient le cœur, me ravageaient de fantasmes et d'appels bouillants, me dictaient, magnifiquement, leur banale, éternelle loi, inédite encore pour moi, et je n'en pouvais plus d'inventer, d'imaginer la joie que j'éprouverais, grandiose, époustouflante, dévastatrice, à m'ouvrir sous l'invasion magique du farouche brandon érigé entre mes fesses, je divaguais à en jouir presque, seule et crispée derrière mes paupières à présent serrées, malade de cette tentation neuve, éblouissante dans sa révélation, et refusée, combattue, douloureusement, stoïquement, parce que Marie ma douce était là dans mes bras, endormie et sans défense, et que céder, derrière elle si innocente, si confiante, à mon premier véritable élan de femelle, c'eût été la trahir...

Cruelle initiation, multiple et éloquente : l'envie de la gourgandine pour l'homme, l'envie d'Yves pour la gourgandine d'ordinaire si effrayante, si castratrice, et le scrupule, la peur et la honte ensemble de tromper, de salir, de gâcher...

Je suis restée cette nuit-là pure de toute bassesse. J'ai gardé ma fringale, ma frustration, je les ai offertes muettement à Marie qui, peut-être, n'en a jamais rien su. Unique, et précieux, et méconnu présent de ma fidélité. Depuis, je n'ai que très rarement eu envie aussi fort d'un homme, mais je n'ai jamais trouvé de motif assez noble pour me refuser à la compromission d'une étreinte sans passion. Je garde de cette nuit un souvenir exalté, la conscience incrédule de mon héroïsme que sans doute permit l'héroïsme égal d'un paladin heureusement rencontré.

Sans lui, je n'aurais peut-être jamais su que le sexe, celui des hommes, le mien, pouvait avoir sa noblesse...

10.

Nous ornons notre premier sapin de Noël. L'appartement y gagne un parfum de forêt et de tradition, une atmosphère chaleureuse qui me bouleverse d'un bonheur renouvelé chaque matin. La maison sent la sève, je vais dans le salon et je regarde notre arbre, les décorations choisies une à une avec amour. Depuis longtemps, chez moi, il n'y avait plus de sapin pour Noël, l'acariâtre avait décrété que « ça mettait des cochonneries partout ». Elle me disait : « Hein ? Cette année, je ne fais rien ? Pas de sapin, ni de crèche, hein ? Tu t'en fous, non ? »

J'aurais dû répondre que je ne m'en foutais pas du tout. Ça l'aurait contrariée, elle aurait gueulé, ressassé des tas d'arguments dont le premier aurait été que le ménage, c'était elle qui se l'appuyait. Au moins, je ne l'aurais pas encouragée dans ce jugement qu'elle avait émis une fois pour toutes, selon lequel j'étais absolument indifférente à tout, et surtout à elle. J'aurais dû, au risque d'une scène, gueuler à mon tour que j'en avais ras-le-bol qu'elle me confisque mon enfance, qu'elle me prive de câlins, de baisers, d'anniversaires, de goûters, de sapins, de simple paix, de simple espoir, qu'elle transforme la maison en prison austère, la famille en bagne, les vacances en calvaire, qu'elle me dicte ses iniques, imbéciles, féroces principes sur la vie, la maternité et les hommes, qu'elle ne m'ait jamais appris à aimer mon père, qu'elle m'ait obligée à la détester, elle...

Heureusement, il y a Marie, qui recolle les morceaux. L'autre jour, nous avions acheté aux Nouvelles Galeries des boules de verre pour notre arbre. Je tenais le sachet précieusement, une grosse m'a bousculée dans le magasin, a brisé sous sa poussée éléphantesque une des plus jolies. Marie m'a vue si attristée qu'arrivée à la maison elle s'est installée devant l'impossible puzzle des mille miettes de ma boule fracassée. Elle a mis plusieurs heures pour lui redonner une allure de sphère chatoyante. Je l'ai accrochée dans l'arbre ; malgré ses cicatrices, c'est la plus belle...

Nous passerons Noël chez les parents de Marie, la veille et le lendemain. Ils m'ont proposé d'inviter aussi mon frère, parce que Noël sans lui, ça me désole. Mais vu les crispations maternelles, il n'en est pas question. Elle va se le traîner dans la smala vengeresse, avec qui elle pourra casser un pain de sucre sur mon dos, tout le sucre que je n'ai pas eu quand j'étais gosse, et qui me revient par-derrière, entre les huîtres et la bûche, il y a une justice...

Chez Marie, on s'est remis de la grande catastrophe. La fille aînée ne semble pas plus monstrueuse qu'avant la révélation fracassante de ma furie de mère assistée d'une tribu en délire. Nous mangeons chaque dimanche à la table familiale, les petites sœurs rient et se chamaillent toujours, après le repas le papa s'allonge sur le canapé, la maman lui apporte son café, et si elle a oublié de le remuer, il râle pour le plaisir.

Tout ça m'a manqué, et ils le savent. Ils voient en moi davantage une orpheline que la sale gouine incriminée par l'irascible. Le 25 décembre, ils allument la télé juste à temps pour entendre Tino Rossi entonner *Petit Papa Noël* et j'éclate en sanglots, parce que je revois mon père me jucher sur ses genoux pour me chanter cette chanson. Navré, tout le monde se regarde, on éteint la télé, le père de Marie pose sur ma nuque une main compréhensive...

Si, avec Eric, nous avons échangé nos présents avant les fêtes, bien sûr, du côté de ma mère, silence radio, ni présents ni vœux, fût-ce par carte ou personne interposée. Or, c'est d'un cadeau d'importance que je ne vais pas tarder à entendre parler, un cadeau d'outre-tombe, et qu'elle devrait me remettre incessamment. Du moins, d'après mon oncle paternel.

Il y a à peu près neuf mois que mon père est mort quand son frère, croisé au hasard d'une de mes visites éclair dans le patelin familial (ma mère refuse plus que jamais de me donner les clefs du « taudis »), me hèle du haut de son balcon, pour une déclaration qui va me couper le sommeil pendant des lustres. « Tu sais, me dit-il, que ton père avait souscrit une assurance-vie, au bénéfice de vous trois, ta mère, ton frère et toi ? » Je lui réponds que je l'ignorais, et il m'invite à me renseigner pour savoir à qui la somme (à peu près trois cent mille francs de l'époque) a été versée.

Mon enquête me conduit chez le chef du personnel de l'usine où travaillait mon père. Il m'explique que la totalité du capital-décès a été remise à ma mère eu égard à la minorité des deux enfants qu'elle a encore à élever. Je proteste que je suis, quant à moi, parfaitement et définitivement élevée, puisque je vis seule et subviens à mes besoins. Le type fait une moue ignorante, lève des bras impuissants. « Il fallait nous le signaler avant... » A tout hasard, il m'envoie chez l'assistante sociale. Même mimique, même scepticisme. « Demandez votre part à votre mère... »

On voit qu'elle ne la connaît pas.

Pourtant les relations avec elle se sont un peu détendues depuis quelque temps, depuis qu'Eric devient vraiment insupportable. Elle a admis officiellement qu'il pouvait me revoir, puis, très vite, l'y a vivement encouragé, à présent elle le pousse chez moi chaque fois qu'elle en a ras-le-bol, qu'il a une mauvaise note, une composition à réviser, une version latine à faire, un comportement difficile, un mot de travers, une grimace, un mal-être, bref, à tout bout de champ. Chaque fois aussi qu'elle a rendez-vous avec son camionneur. Car, le veuvage commençant à lui peser fermement, elle a passé une annonce dans la rubrique « Rencontres » du *Dauphiné libéré*. Elle me raconte la chose le plus simplement du monde lors d'une de mes visites chez elle. « Visite » est beaucoup dire. Je viens chercher mon frère pour le week-end. Elle le munit pieusement d'un billet de cinq francs (l'équivalent d'un euro actuel, à peu près, et même avec l'évolution du prix du pain, ça ne fait vraiment pas lourd pour l'époque) avec quoi je suis censée le nourrir pendant les deux jours où elle s'en débarrasse et où elle va goûter aux joies de la lune de miel que mon père lui a toujours refusée. « Tu comprends, me dit-elle, avec Michel (le camionneur), on sort, il m'emmène au

136

cinéma, au restaurant, au bal, il sait comment traiter une femme. » Elle se rengorge, sûre de son éclatante beauté, dans la fleur de sa féminité. Elle ne s'habille plus en noir, fréquente moins la famille (« Tu sais, les gens se lassent vite de tenir compagnie à une veuve »), grimpe quelquefois dans la cabine du camion garé dans une rue obscure, parce que, « derrière les sièges, il y a une couchette ». Elle plisse des yeux nouvellement coquins pour un sous-entendu qui m'étonne sans me déranger. Ce qui me dérange, c'est la suite de ses confidences. « Je vis enfin. L'argent, c'est fait pour être dépensé. Ton père m'a trop privée. Avec Michel, on en balance. On s'amuse. »

Alors, en pliant soigneusement le billet qu'elle a confié à Eric et qu'il vient de me remettre, j'ose lui parler de l'assurance de mon père. Son visage se ferme. « Cet argent, c'est pour moi, dit-elle. Sinon, on ne me l'aurait pas donné. C'est pour m'aider.

– T'aider à quoi ?

– A vous élever. »

Je soulève la même objection qu'auprès du chef du personnel. A savoir que, moi, je ne suis plus à sa charge.

« Ah, ça, ma petite, c'est toi qui l'as décidé. Tu as dix-neuf ans, tu ne seras majeure que dans deux ans ; si tu veux revenir vivre à la maison, tu en as parfaitement le droit. Mais ne compte pas que je te reverse quoi que ce soit... » Je pourrais, si je n'aimais pas mon petit frère, la plaquer là avec son encombrant mouflet en crise d'adolescence, son billet de cinq francs, et lui décréter : « Puisque c'est toi qu'on aide à élever tes enfants, finis donc d'élever celui-là, ce n'est pas mon rôle, et je n'en ai pas les moyens, malgré les dédommagements phénoménaux que tu m'offres... »

Mais je sens Eric crispé, tremblant à la perspective d'une scène qui repeindrait, sur la face fraîchement enamourée de sa mère, son masque de vilaine harpie. Je mets le billet dans ma poche, avec mon amertume et mon poing par-dessus.

Un nouvel entretien avec l'assistante sociale de l'usine met un comble à mon indignation. Croyant me consoler de la malhonnêteté de ma mère, elle m'assène : « Oui, c'est assez injuste qu'elle ait touché votre part. Mais avec la bourse que le comité vous alloue, vous devez vous en tirer tout de même... » La bourse ? Quelle bourse ? Une bourse d'études mensuelle, que ma mère touche pour moi, puisque je suis encore officiellement étudiante. L'écœurement me tord les tripes. Je me montre si sincèrement offusquée dans le bureau de la brave dame qu'elle me conseille de prendre rendez-vous auprès du juge des tutelles.

Le juge est un type froid et convenable. Je pensais mon affaire compliquée, je ne savais trop par quel bout la présenter, quels détails invoquer, quelles dates, quelles preuves, je n'avais aucun papier attestant de la malversation dont je m'estimais victime. Il a balayé mes balbutiements d'un revers de main expéditif. « C'est très simple. Vous êtes mineure, vous relevez des décisions du conseil de famille. Y en a-t-il un ? » Hélas, je me souviens à présent qu'à la mort de mon père la question avait été soulevée. On m'avait demandé, pour la forme : « Tu ne veux pas un conseil de famille ? », et, sans savoir de quoi il retournait, j'avais décliné très vite, « non, non, bien sûr... », soucieuse de ne pas compliquer la situation, tout entière préoccupée par ma grosse douleur, ma déchirante découverte d'un deuil brutal et terrible. « Bon, dit le juge, alors votre tutrice légale est votre mère, et elle seule. Elle gère votre bien. Vous lui demanderez des comptes de tutelle à votre majorité. Avant, on ne peut rien faire. » C'est pourtant maintenant que j'ai besoin d'argent. Je voudrais repasser mon permis, acheter une voiture, la nôtre est à l'agonie. Mon traitement d'élève-professeur ne suffit pas à l'entretien de deux personnes, mais ça, évidemment, c'est un argument dont l'acariâtre ne veut pas entendre parler. C'est même plutôt à cause de cette deuxième personne qu'elle se braque aussi obstinément, malgré ma prière réitérée de me donner ce que mon père avait prévu pour moi. « Jamais ! hurle-t-elle. Jamais ! Ni maintenant ni plus tard ! J'en ai assez bavé avec ton père, il m'a pris ma jeunesse, ma vie, j'ai droit à une compensation. » Je l'avertis tout de même que, selon l'avis du juge lui-même, je réclamerai des comptes dans deux ans. « Je m'en fous ! Prends un avocat ! Tu n'auras pas raison ! »

J'aimerais que quelqu'un raisonne ma mère. Lui fasse comprendre qu'elle est en train d'enclencher un processus irréversible. Cette ultime et monstrueuse confiscation de mon droit, ce détournement, sans doute licite, mais inhumain, immoral, traître à son lancinant leitmotiv de tant d'années – « Le jour où il crève, je vous gâte, mes enfants » –, fixe à tout jamais en moi la haine qu'elle m'inspirait jusque-là de façon spasmodique. Sa hideuse figure, tordue par l'anathème « Tu n'auras rien, jamais ! » me hante la nuit, devient le symbole de tout ce que je déteste et détesterai toujours : la mauvaise foi, l'imbécillité, la trahison... Paradoxe et dégoût suprêmes, celle qui reprochait à longueur de scènes à mon père son avarice ferme ses doigts crochus sur le magot et ne veut rien lâcher. Si je n'étais pas si pauvre, peut-être que je me moquerais de cette triviale histoire de fric. Mais ce n'est pas qu'un compte en banque qui m'est dérobé, c'est la tendresse prévoyante de mon père, ce pont entre lui et moi par-delà la mort, et qu'elle condamne, qu'elle abolit, comme pour s'opposer à la réconciliation, à la complicité, à ma gratitude, à mon émerveillement d'être, tard mais enfin, une petite fille choyée. La voleuse a décrété qu'une aussi grosse somme que celle-ci à laquelle je prétends (je prétends !) serait du gâchis entre mes mains. Elle a aussi calculé que je n'ai rien fait pour mériter l'aubaine, gouine que je suis, et encore moins Marie, qu'elle ne peut pas sentir. N'y aura-t-il personne pour lui montrer l'absurdité, l'iniquité de ses arguments ?

Lorsqu'elle a cherché des appuis, une solidarité dans le scandale pour me faire la morale et me dénoncer chez les parents de Marie, elle a trouvé sans problème une tribu compréhensive et volontiers impliquée. Qui défendra l'orpheline lésée, abusée, qui interviendra pour moi auprès de la furieuse spoliatrice, lui démontrera ses torts, clamera haut et fort qu'elle est une mère indigne, qui brandira la bannière de ma cause, se fera mon protecteur et mon justicier ? Du côté maternel, il ne faut rien attendre. Tous ligués contre moi, réunis autour de la mégère dans la protestation et le mépris glacé des bien-pensants.

Du côté de mon père, on a le sentiment du devoir accompli parce qu'on m'a mise sur les rails de la revendication. On n'ira pas plus loin. On a peur des histoires, des compromissions, des embêtements. Ma mère a une grande gueule, on évitera de lui déplaire. Personne n'aura le courage ou la motivation nécessaires pour oser une quelconque intervention. Je suis seule, face à mon problème. Sauf que ma sœur aînée, ma demi-sœur, fille du premier mariage de mon père, est en train de réaliser qu'elle a peut-être été un peu trop bonne, un peu trop bête en promettant à ma mère le jour des funérailles paternelles : « Tu sais, je ne te demanderai jamais rien. » L'inconsolable a mouillé son mouchoir en remerciant : « Tu es gentille, Janine... » Aujourd'hui, la gentille Janine se rend compte qu'elle va se faire blouser, car si, fidèle à son serment, elle n'a rien demandé, la veuve joyeuse, qui profite de la vie avec son camionneur, n'a, de son côté, rien proposé non plus. Nous unissons nos dépits d'orphelines frustrées, et ma sœur déclare : « C'est vrai, après tout, il faut que j'attende quoi pour entrer en possession de ma part d'héritage ? Je n'ai aucune raison d'en faire cadeau à ta mère. » Sous-entendu : « Du moment qu'elle se montre aussi garce avec toi. » Je crois qu'en fait je lui donne un bon prétexte pour revenir sur sa promesse.

Sa démarche auprès de l'Harpagone se solde par une fin de non-recevoir brutale : « Après ce que tu m'avais juré ! Tu peux toujours courir ! Prends un avocat !... »

Ainsi va débuter un procès qui durera des années, et ne trouvera son issue qu'à la mort de ma mère. Qu'on vienne me parler de pauvres parents isolés, ruinés par leur veuvage, jetés à la rue par leurs enfants sans cœur ! Obligés, à toute vitesse, de vendre le bien conjugal, de boucler une valise, de libérer les lieux pour les héritiers pressés... Pour moi, ces faits divers s'apparentent à la légende. Mon père possédait deux appartements ; dans l'un, mes grands-parents maternels, qui avaient contribué à l'acquérir, avaient le droit de loger jusqu'à leur mort. Dans l'autre, la veuve entendait vivre toujours, sans songer qu'en fait elle n'était propriétaire que de la moitié. Mon père avait des économies substantielles. Grâce à une relation compréhensive, la veuve avait fait main basse dessus, en toute illégalité. Mon père avait, en bien propre et par héritage de famille, un petit deux-pièces en montagne, que la veuve avait toujours appelé le Tugurio (le Taudis) et boudé ostensiblement. Voilà qu'elle en gardait jalousement les clefs, pour m'en interdire abusivement l'accès. Mon père avait envisagé l'avenir, de façon réaliste et organisée, avait prévu sa mort prématurée, et cette aide posthume, explicitement triple qu'il avait lui-même libellée « à parts égales sur les têtes de ma femme et de mes deux enfants mineurs ». La veuve avait tout pris.

Grisée par tant d'aisance, et tant de pouvoir, elle refusait même, à sa manière bornée, obstinée, égocentrique, la plus claire des évidences : ma demi-sœur avait le droit, étant majeure, d'exiger le partage des biens paternels et le lot qui lui en revenait, elle ne compromettrait en rien, ce faisant, la survie de la veuve (et de l'orphelin, lui restant à charge) extraordinairement enrichie par le merveilleux coup dur du trépas précoce de son mari. Outre le capital-décès, lui tombaient des bourses pour Eric et moi, des aides, une pension conséquente, puisque mon père était encore en activité au moment de sa mort...

Mais tout cet argent avait bouleversé et compromis gravement l'équilibre déjà fragile de ma génitrice. Pauvre d'intelligence et pauvre d'amour, l'enflure soudaine et démesurée de son porte-monnaie l'entraînait vers une chute inévitable, la précipitait dans un abîme vertigineux d'égoïsme... Si le cordon n'avait pas été rompu depuis longtemps entre nous, il aurait sans doute définitivement cédé à ce moment de son plongeon dans cette sorte de nouvelle folie...

En fait de cordon, ne restèrent que de pauvres ficelles ; et j'en essayai bientôt une, déclarant tout de go à ma mère que la voiture de Marie était hors d'usage et que, si je ne pouvais pas m'en acheter une personnellement pour rejoindre plusieurs fois par semaine le campus universitaire, je renoncerais tout bonnement à mes études, et me ferais vendeuse à Prisunic. Cette fausse résolution atterra la radine de façon inespérée. Dans les méandres de son cerveau borné, au fin fond de son âme égoïste demeurait un reliquat de mémoire : elle avait jadis rêvé de vivre, par filiation interposée, un destin de femme indépendante, ennoblie par ses études, enrichie par un métier lucratif et glorieux. Le coup de la vendeuse à Prisunic la consterna. De même que la perspective de devoir répondre aux voisines qui l'interrogeraient : « Ma fille ? Elle a quitté l'université. Elle travaille à Prisu. » Rude choc pour son orgueil. Car, si elle clamait dans la famille, pour rechercher les appuis nécessaires, que j'étais une sale gouine, elle se pavanait, contradictoirement, devant le voisinage en répétant : « Françoise ? oh ! c'est quelqu'un ! Elle a réussi un concours très difficile. Le concours des...

herpès... ou quelque chose comme ça. Elle sera professeur. » Elle n'avait jamais été foutue de retenir le nom de ce fameux concours, mais quand je lui assénai que j'abdiquais tous les avantages qu'il me procurait parce que je ne voulais pas prendre le car pour me rendre au campus, elle tomba dans le panneau de ma menace avec une bêtise qui m'aurait horripilée en de tout autres circonstances, et dont je ne pus m'empêcher d'abord de me réjouir, ensuite de me promettre que j'étudierais encore quelquefois la manière de m'en servir.

Après beaucoup de simagrées, une consultation juridique et quelques conciliabules avec sa famille, elle se décida – afin de sauver mon avenir – à m'avancer la somme suffisante pour repasser mon permis et acheter une voiture. Elle avait calculé au plus juste, examinant à la loupe les petites annonces, et basant sa générosité sur la cote la plus basse des tas de ferraille qui se bradaient dans les pages du *Dauphiné libéré*. Je dus accepter, malgré ma déception du montant proposé, manifester de la gratitude, et signer un papier selon lequel cet argent n'était qu'une avance sur ma part de l'héritage paternel. Héritage qui, d'ailleurs, devenait un pur mythe, vu la lenteur des transactions qui s'étaient amorcées entre l'avocat pris par ma sœur, et la partie adverse, à savoir la fameuse avocate de ma mère, dans le coffre de laquelle elle avait tenu à déposer le double des lettres de Marie...

J'obtins mon permis et achetai, par relation, une Ami 6 rhumatisante et asthmatique... Ma mère, qui venait de larguer son camionneur, après une scène pénible où il avait failli lui mettre la torgnole qu'elle avait sans doute méritée, entama une crise de neurasthénie à retardement, et allégua que, puisqu'elle m'avait offert une voiture, elle pouvait bien en profiter un peu, et que je devais la sortir avec Eric au moins une fois par semaine. La perspective ne me faisait pas rigoler. J'acceptai cependant parce que Marie venait de prendre un job supplémentaire – vendeuse à Prisunic ! – qui l'occupait le samedi de quatorze à vingt-deux heures. C'était une soirée perdue pour moi, une soirée de solitude et d'ennui. J'avais pesé les inconvénients de me coltiner l'acariâtre, et les avantages. Au nombre desquels elle m'offrait à manger à la cafétéria de Carrefour et, de temps en temps, selon son humeur, se laissait aller à me payer une bricole. Nous avions atteint, l'une pour l'autre, un stade désolant de mépris. Elle voyait en moi un chauffeur ponctuel et docile, vite rétribué. Moi je n'en avais qu'après son fric, son sale fric lâché au compte-gouttes et dont chaque mesquine obole me confortait dans ma rancune.

Nos sorties étaient toujours les mêmes : je l'emmenais faire ses courses dans un hypermarché, nous mangions au snack, en silence. Elle me reprochait d'être triste, renfermée. Je pensais que l'animation n'était pas comprise dans le service. Je répondais d'un ton rogue. Je la ramenais. Nous nous quittions maussades et mécontentes. Mon frère, souvent, s'était vu comblé dans ses caprices. Je souhaitais de toutes mes forces que cela suffise à son bonheur...

Ensuite, j'allais chercher Marie à Prisu, et je retrouvais le sourire.

11.

La fin de l'année scolaire approche. J'aurai mon deug, Marie aussi. Bien que je fasse partie du corps des élèves-professeurs, je suis les mêmes cours que les autres étudiants, ce qui me permet de me livrer à d'intéressantes expériences. En littérature comparée, nous avons eu à faire une dissertation. J'y ai passé des heures et des heures, élaborant un plan sophistiqué, plaçant judicieusement mes citations, ciselant mon style. Marie, qui dépense beaucoup d'énergie à la cantine de l'école de son père, et à Prisu le samedi, s'est laissé coincer, n'a pas eu le temps d'y seulement réfléchir. A toute vitesse, la veille de la date prévue pour rendre le devoir, je lui ai bricolé un texte acceptable, qui pouvait, à mon avis, tout juste obtenir la moyenne nécessaire à notre contrôle continu. Je ne m'étais pas trompée. Marie a eu dix sur vingt. Moi aussi. Désormais, je travaillerai toujours vite. Le fignolage est un luxe qui ne paye pas, mon atout principal est la rapidité, la capacité à aller droit au but, à synthétiser promptement, à cerner l'essentiel sans avoir besoin de trop corriger, raturer, gommer. C'est une facilité qui me servira longtemps, avant que de me nuire...

Mon petit frère, lui, ne navigue pas sur des eaux

aussi sereines. Sa quatrième frôle le naufrage, ma mère a été convoquée par le lycée, il est question d'un redoublement. Redoublement d'efforts, d'attention et de présence de ma part, oui ! L'acariâtre s'arrache les cheveux, et gémit : « Il me damne ! » Et crac, je te plie un nouveau petit billet de cinq francs en quatre, je te bourre un sac, et je te pousse Eric chez sa sœur qui, elle, a le temps, la patience, les compétences nécessaires, qui pourra le suivre, le raisonner, qui sait comment le prendre, qui... etc. Les fleurs pleuvent. Malheureusement, elles ne se mangent pas en salade.

Le futur professeur que je suis fait ses premières armes, se forge une pédagogie sur un spécimen particulièrement gratiné. Concentration quasiment inexistante et réduite à zéro par le vol d'une mouche, fous rires à répétitions, provocations multiples, grimaces, insolences, coups de pompe qui le couchent dans son bras replié sur la table. Moi qui adorais, qui adore toujours le latin, ses énigmes passionnantes, sa logique poétique, je ne suis pas loin de haïr Cicéron et Sénèque, et l'usage abusif qu'en font les maîtres. Essayer d'expliquer les charmes de l'ablatif absolu à Eric, c'est d'avance se condamner à l'exaspération. Souvent nos séances se terminent de la même façon, je m'énerve, je crie, je le secoue, l'estampille de mots durs et parfois d'une pichenette. Il ramasse ses affaires et se sauve, piteux, la tête dans les épaules. Après, j'ai des remords et je pleure toute seule, et j'ai envie de me battre aussi.

Quand il rentre, ma mère l'engueule. Elle a la trouille que je ne me lasse pour de bon, que je la laisse se dépatouiller avec lui. Elle le supporte de moins en moins, et pourtant, depuis l'*exeat* du camionneur, elle passe ses week-ends seule. Elle m'a confié que ce qui l'avait décidée à lui signifier un définitif congé, ce n'est pas la tournure violente que semblaient prendre leurs échanges, ni la menace de son grand battoir de routier susceptible levé à dix centimètres de sa joue de faible femme, mais une terreur qui la faisait encore trembler rétrospectivement deux mois après : elle s'était crue enceinte. « Enceinte ! Tu te rends compte ? »

Pardi, si je me rends compte ! Ma lucidité de sale gouine me porte à la compréhension, à la commisération. Ma pauvre maman, déjà si éprouvée par l'abominable regret d'avoir mis au monde « une dénaturée, une désaxée, une dépravée », et qui, pour s'être abandonnée quelques mois, après la mort de son mari, dans la couchette d'un camion, se serait vue dans le plus cruel des embarras, la plus épineuse des situations... Il n'y aurait pas de justice à avoir une sexualité normale... Heureusement, c'était une fausse alerte, le docteur l'avait rassurée, il lui avait dit : « Je sens que vos règles vont bientôt venir. »

J'ai imaginé la scène, ma mère les jambes levées dans les étriers, le docteur tripatouillant au milieu, le même docteur qui était venu en toute urgence à la maison la nuit précédant la mort de mon père... Et j'ai eu une espèce d'envie de dégueuler, une envie à mon tour de l'insulter, de la considérer avec cette moue dégoûtée qu'elle m'a servie si souvent, la bouche tordue comme pour cracher, envie de lui demander, à elle qui n'est pas gouine : « Salope, tu n'as pas honte ? »

Elle s'est inscrite à une sorte de club pour veuves éplorées, qui organise des sorties en car le dimanche. La famille, elle en a marre (je crois que c'est d'abord réciproque, si l'on peut dire). Les hommes, elle y renonce. Là au moins, avec ses nouvelles amies, elle voit du pays, elle se change les idées, sans avoir besoin de « payer de sa personne »...

Mais très vite, je le sais, je la connais trop bien, elle se lassera. Epinglant les petits défauts physiques de chacune de ses congénères, d'abord, puis fustigeant leur manque d'éducation, d'élégance, leur bêtise, leur grossièreté... En reine du savoir-vivre, savoir s'habiller, savoir tout mieux que les autres, elle finira par évoquer ses balades dominicales avec un rictus écœuré, par proférer quelques méchancetés, quelques horreurs, et cette déclaration qui l'autoproclame : « Non, vraiment, je n'avais rien à faire avec toutes ces paysannes. »

Elle est sur le chemin d'une grande solitude, mais j'ignore encore à quel point cet isolement masochistement organisé va la délabrer. Un lundi, alors que je ramène Eric chez elle, je lui dis incidemment : « Hier, on a failli monter te voir, on passait sur le boulevard... Mais tous tes volets étaient fermés. Tu étais en promenade avec le club ? – Non, répond-elle. J'étais au lit. J'étais trop fatiguée pour partir. J'ai langui et pleuré toute la journée. C'est vraiment bête que tu ne sois pas venue. »

Oui, c'est vraiment bête. C'est vraiment bête de ne jamais m'avoir donné une clef de la maison, même quand j'y habitais, d'avoir fait changer tes serrures quand j'ai déménagé. C'est vraiment bête de m'avoir si souvent reçue dans l'entrebâillement d'un huis jalousement défendu, ou avec ta tête des mauvais jours, ton air buté, fermé, plus fermé que ta porte. Hier, en levant les yeux sur tes volets clos, un pressentiment furtif m'a soufflé la tentation de venir sonner. Idée absurde, puisque apparemment tu n'étais pas là. Mais quelque chose en moi, finement alerté, murmurait : « Et si la porte s'ouvrait quand même ? » C'est vraiment bête. Elle se serait ouverte. Mais je n'ai pas eu plus envie que ça d'essayer l'impossible. Mieux : à peine tentée, j'avais déjà renoncé. « Et si la porte s'ouvrait ? Alors quoi ? La belle affaire ! Qu'est-ce que ça change-rait ? Qu'est-ce qu'on ferait de plus, qu'est-ce qu'on se dirait, combien de temps faudrait-il, d'infimes secondes, pour me rendre compte que je n'ai plus ma place dans cette maison ? Que peut-être, sûrement, je ne l'ai jamais eue... »

Aujourd'hui, c'est toi qui as changé. Coiffée à la diable d'un chignon inhabituellement bâclé, le teint terne, l'œil noyé. Même les résultats d'Eric, meilleurs ces derniers temps et qui sans doute sauveront son passage en troisième, ne t'intéressent pas. « J'attaque une dépression », déclares-tu sombrement. C'est ça, attaque ! Tu n'as jamais fait que ça dans ta vie, atta-quer. C'est drôle de paradoxe, cette formule : « j'attaque une dépression ». Même la déprime, il faut que tu la provoques, que tu lui cherches noise. « Le contrecoup de la mort de ton père... » Toujours ce langage belliqueux : « contrecoup ». Toujours, aussi, cette sorte d'accusation. Tu ne dis pas « mon mari », « papa ». Tu dis toujours « ton père » pour me rappeler que c'est à cause de moi que tu lui as été enchaînée, malgré toi, tant d'années. Oui, je connais le discours par cœur : il t'a pris ta jeunesse, ta beauté, ta vie. Il était vieux, onze ans de plus que toi, ce n'est pas rien, et moche, et chauve. Tu l'appelais pour te moquer « Claudius le Chevelu » et, dans les pires moments, « vieux birbe », « vieux crabe », « vieux porc pelé ». Tu avais promis de l'assassiner. De prendre une cuite à sa mort. De nous gâter. C'était ta façon de te libérer, de te dé-chaîner. A présent, tu es libre. De lui, de moi, de cette prison financière où tu étouffais, de cette geôle routinière de vos jours sans surprise, sans bal, sans réception. Libre aussi de moi, de mon « fort caillou », de mon semblant de présence, indifférente et préoc-cupée salement d'ailleurs, libre d'Eric, qui passe tout son temps extrascolaire avec moi en révision, ou en récréation. Il te manque une résistance, un adversaire à combattre, une compagnie contre laquelle t'exercer les griffes, les dents, tu as créé un tel vide autour de toi, ce trop d'air te coupe le souffle après le confinement de ta morose conjugalité, de tes pénibles maternités. Alors tu attaques une dépression. Gare, quand même ! Cette fois, l'ennemi est de taille ! Mais tu as décidé de te bagarrer de front. Le coup des volets fermés le dimanche, ça ne se reproduira plus ! Tu as décidé que, cet été, tu partirais en vacances !... Avec moi !...

Marie a été consternée par la nouvelle : je la laisse trois semaines seule à Grenoble en août, pour accom-pagner la déprimée et Eric en Bretagne. Le premier argument que j'ai objecté à ma mère, l'argent, ne tient pas. Elle a concocté et retenu, avec l'aide de sa sœur, un séjour dans un petit hôtel familial de Dinard tous frais payés. M'a laissé entendre qu'en profiter était pour moi une occasion de récupérer un peu de ce que je l'accuse de m'avoir volé. Ce n'est pas ce qui m'a décidée, mais le regard d'Eric pendant qu'elle m'expli-quait sa façon de voir les choses. Elle en était à me dire que je lui devais bien ça (moi, lui devoir quelque chose !), trois semaines de ma présence, alors que je l'avais salement laissée tomber avec mon petit frère. On aurait cru à une scène d'épouse outragée, abandonnée, et récriminant contre l'infidélité de son conjoint, contre ses libertés volages. Elle est parvenue à ses fins : je me suis sentie coupable, responsable des errances d'Eric comme si j'étais son père, un père insouciant qui se serait tiré avec une poule et l'aurait planté là, à essuyer les larmes de rage de la cocue.

Ce n'est pourtant pas le cas, vu le nombre d'heures que je lui ai consacrées, en douce ou officiellement, depuis mon départ. Vu aussi les projets de cet été : avant la Bretagne, Eric viendra camper avec Marie et moi, ma mère me le confie (merci, maman) tout le mois de juillet, avec une liasse (oh ! toute petite) de billets de cinq francs pliés en quatre selon sa pudique habitude (c'est trop, encore merci !), et la mission de le faire maigrir, car le docteur a décrété qu'il avait bien dix kilos à perdre, et qu'elle, elle est incapable de lui imposer la moindre discipline, il regimbe tout de suite, avale n'importe quoi, et se tamponne de la diététique comme de sa première couche. C'est la cerise sur le gâteau : élaborer un régime avec ce qu'elle me donne pour le nourrir !... (Elle n'a prévu aucune participation aux frais d'essence, de toute façon, Marie et moi, on descendait sur la Côte, un passager supplémentaire ne consomme pas plus de carburant... N'a pas envisagé non plus qu'il faudrait payer le camping, et quelques petits à-côtés, une sortie par-ci, par-là, un café, une place de ciné...) Elle a calculé : un billet par week-end, le mois de juillet représente en gros tant de week-ends, ça fait tant de billets. A arrondi, par défaut. A pris sa tête de faux-cul pour déclarer : « Je ne peux pas faire plus, surtout que je dois prévoir les dépenses de la Bretagne. »

J'ai eu envie de la battre, j'ai serré les dents, les poings, les doigts sur la misérable enveloppe, j'ai dit : « Oui, merci. » Tous ces mercis que j'ai prononcés quand j'aurais voulu l'attraper aux cheveux, au col, la secouer, la déchirer, hurler : « Tu te fous de moi ? Voleuse ! Voleuse !... » Je suis une gourgandine, une courtisane détraquée d'avoir été si peu aimée, si peu reconnue par ma mère. J'ai compromis mes mains, ma bouche bien des fois dans ma vie, à des caresses et des baisers sans désir, auprès d'hommes que je voulais seulement séduire sans en rien attendre que le râle extasié de leur reddition. J'ai simulé le plaisir pour leur plaire. Mais, revenue de ces piètres feintes, de ces pauvres comédies, m'en étant définitivement guérie, je ne regrette rien de mes manigances dévergondées. En revanche, m'étouffent encore tous les mercis injustifiés, outrageants pour mes lèvres qui les prononçaient, adressés à celle qui ne méritait que la sinistre vérité de mon mépris et de ma rancune.

Notre mois de juillet à la mer a un drôle de goût. Salé-sucré. Doux-amer. Jamais je ne me suis sentie autant flotter entre plusieurs mondes, plusieurs rôles. J'ai du mal à me définir une vraie place, à goûter un vrai bonheur. Mon âme d'enfant s'émerveille de la proximité de la plage, de la liberté à y paresser des heures et des heures, de la volupté de l'apesanteur lors de nos bains interminables. Je joue dans les vagues avec mon petit frère comme quand j'étais gosse ; mon père nous emmenait parfois à La Napoule grâce à son comité d'entreprise, quelques jours à la fin de l'été. Et j'y ai découvert cette ivresse multiple : la mer, son odeur, ses bras souples et caressants, tièdes, autour de mon corps séduit. Quel berceau ! Quelles caresses pour une enfant si peu dorlotée. Quel envol que cette légèreté magique, que ces mouvements soudain si aisés, si déliés, si portés... Peut-être avais-je retrouvé la quiétude des premiers moments, dans l'océan utérin... Ici, à Portiragnes, j'ai une maman qui veille sur moi, sur moi et sur Eric. Marie me retricote une enfance, une layette de confiance et d'amour, et je me repose sur sa mansuétude, sa vigilance, ce talent qu'elle a pour aplanir les difficultés, rendre chaque moment heureux, transformer un plat de riz en fête.

Un plat de riz !... En avons-nous mangé ! Le moyen de faire autrement ? Ou plutôt les moyens ? Ici, je touche la limite de mon bonheur, je sens le pincement des frustrations. Je suis un chef de famille pauvre, et désespéré de n'offrir que si peu à ceux qu'il voudrait combler, désespéré de calculer, de supputer la note à l'épicerie du camp, trop chère pour ma modeste bourse. On ne peut acheter que des produits bon marché, des pâtes, des pommes de terre, des saucisses, de ceux qui, malheureusement, ne sont pas inscrits sur les ordonnances des diététiciens. Frustration d'Eric quand il entend se resservir. Je lui mesure les cuillerées de purée, je lui interdis le gras du jambon, je lui compte les gâteaux du goûter sur la plage, et il crève de faim, d'amertume, parfois de rage. Je deviens son bourreau. L'élément autoritaire du trio, le censeur, celui qui dit « non » quand Marie la douce essaie de le calmer :

« Sois raisonnable. Pense à autre chose. Viens te baigner ! »

Il a commencé à maigrir, de façon assez spectaculaire. Ça ne le bouleverse pas. Moi si. Je retrouve le joli petit garçon tant aimé, perdu de vue, noyé par une injuste boursouflure qui disait sûrement son mal de vivre, son deuil, sa détresse, qui le caparaçonnait, l'emmitouflait contre la méchanceté de la vie, les coups de semonce de l'acariâtre et, peut-être, ce vide que j'avais laissé en partant.

Je suis fière des résultats de nos efforts communs. Comme si je le remettais au monde, mon petit prince, mon chéri si drôle, parfois, si attachant. Si ingrat aussi. Il m'en veut des restrictions imposées sans songer à me remercier. Etrange transfert. Je deviens peu à peu sa mère, et, à ce titre, nos échanges se compliquent : je l'aime de plus en plus, et lui commence à me haïr. Longtemps après, dans des dizaines d'années, nous en viendrons au comble de cet absurde équilibre : il me quittera délibérément, divorcera de moi comme d'une femme qui vous a trop fait souffrir, ou trop adoré.

Pourtant, à cette époque-là, juillet 1971, à peine plus d'un an après la mort de notre père, ce n'est pas avec Eric que j'ai l'impression d'être mariée. Même pas avec Marie, si présente en moi, si intimement nécessaire à ma vie, à mon avenir... J'ai laissé à quatre cents kilomètres d'ici la veuve nouvellement éplorée, fraîchement entamée par une déprime à retardement, et, au fin fond de ma conscience, au tréfonds de mon âme, allez y comprendre quelque chose, j'ai la sale impression d'être celui qu'elle regrette, le mari parti, et, depuis peu, auréolé de cette gloire posthume : avoir été, au moins ça, une compagnie pour elle, une tête pensante, un meneur de barque qui gérait les comptes, prévoyait les échéances, organisait les jours, remplissait les heures, même sans sortir, sans danser, sans rire, simplement à force d'être là...

J'éprouve un remords vague, inexplicable. Jusqu'ici, c'était l'idée d'Eric abandonné, loin de moi, en tête à tête avec elle, qui me minait. Mais Eric est là, tout près, il dort dans la petite canadienne qui touche notre tente, et tandis que je m'assoupis aux bras de Marie après ma ration quotidienne de caresses, d'une façon très floue, très nébuleuse, comme une nausée lointaine, sans menace urgente encore, mais lancinante, je pense à ma mère, seule, livrée aux échos de l'appartement désert. Ai-je tué mon père, ai-je kidnappé mon frère, pour me sentir coupable à ce point ? Ai-je trahi, à la couche d'une autre femme, celle qui ne m'a jamais montré d'amour ? Suis-je une assassine, une ravisseuse d'enfant, une infidèle, une renégate, suis-je cette dénaturée qu'elle a si souvent dénoncée ?

Mes yeux s'ouvrent dans le noir de la tente, se mouillent. Quel drôle de chagrin, que je n'ose même pas confier à celle qui me berce et m'offre sa chaleur innocente... Voilà que je divague, que je m'inquiète pour l'acariâtre, l'hystérique, la voleuse... Je n'en aurai donc jamais assez de me torturer, de me fustiger, je serai toujours comme ça, à chialer clandestinement sur des causes imbéciles ?

Oui – toujours –, toujours du repentir, des regrets, de l'angoisse. Et de noirs pressentiments. Mon souci incongru à propos de l'état maternel en était un.

Trois jours avant la fin prévue de notre séjour à Portiragnes, un élan me pousse à proposer à Marie : « Et si nous allions voir ta mère, à Beaulieu ? » Beaulieu, c'est l'endroit où habite la grand-mère paternelle de Marie, qui nous a si souvent et gentiment reçues, c'est aussi celui que sa mère a choisi pour une intervention chirurgicale programmée de longue date, dans une clinique connue de la famille. Je m'explique aujourd'hui mon impulsion comme un transfert, un besoin inconscient, obscur, de me rapprocher de ma propre génitrice, de m'assurer tout de suite, de visu, de sa santé... Bien que l'idée soit loufoque et déraisonnable (Beaulieu, c'est à trois cents kilomètres, ça représente des frais et de la fatigue, et là-bas, où dormirons-nous tous les trois ?), Marie accepte l'idée, et Eric s'en réjouit. Il aime déjà les voyages, une certaine forme d'aventure. C'en est une. Quand nous commençons à démonter nos tentes, que je vois l'asile de nos vacances par terre, flasque et insignifiant, une énorme boule me serre la gorge, et j'ai envie de hurler : « Stop ! Non ! Ne partons pas ! » J'ai l'impression tragique de mutiler notre été, nos souvenirs, de gâcher, par une lubie qui ne me dit plus rien, la fin d'un merveilleux rêve. La débandade de nos affaires, lits de camp, réchaud, valises, me crève le cœur, comme une agonie précipitée. Nous étions si bien là, installés pour l'éternité. Nous avions encore trois jours de cette éternité bleue à goût de sel, à odeur de fenouil, et moi, moi, quelle conne, j'ai décidé de nous priver de ces trois jours-là, les plus beaux, sans doute, les plus délectables...

De toute ma vie, depuis, je n'ai pu quitter un lieu, déménager, chambouler l'ordre des meubles d'une pièce sans éprouver ce déchirement intense, cette affreuse brûlure, surtout quand j'étais seule responsable de ce choix : partir, déménager, transformer. Et c'est arrivé si souvent ! Comme si la mue m'était indispensable, l'abandon de la chrysalide vers une nouvelle étape, et la douleur de la métamorphose qui va avec. Grandir m'a fait mal. A chaque étage de ma construction, j'ai pleuré le passé et redouté l'avenir, pourtant farouchement appelé, avec l'impression de mourir un peu, pour devoir renaître. Sous le soleil ardent de ce camp parfumé de Méditerranée, je meurs encore, de regret, de dépit, navrée par cet essor suicidaire qui m'a fait devancer la mélancolie du dernier jour de nos chères vacances...

Marie voit ma peine, mon repentir, et demande : « Tu veux qu'on remonte les tentes ? » J'aurais pu dire oui. Elle ne se serait ni fâchée ni même agacée. J'avais peur de décevoir Eric. J'avais peur de regretter encore cette nouvelle volte-face. J'avais peur de tout.

Et je suis partie comme ça, avec la peur au ventre. Peur de ce que j'avais décidé, de ce que j'aurais pu changer, de mon incertitude, peur de moi-même et de mes coups de tête à la noix, et de mes coups de blues. J'étais en train de devenir une vraie chieuse, insupportable à tout le monde comme à elle-même.

L'accueil, à Beaulieu, a été surpris, mais chaleureux. La maman de Marie, encore dans les vaps de son opération, n'a pas réalisé. La grand-mère nous a offert l'hospitalité, nous avons vu la smala, les nombreux cousins, les oncles et tantes, un vrai bain de famille qui m'a finalement fait du bien. Retour à Grenoble par la route des Alpes. Charmante promenade. J'ai fait provision de plaisir, de tendresse partagée avec Marie, de fous rires avec Eric. Ça valait mieux, vu ce qui m'attendait.

L'appartement maternel nous offre une porte de bois, épinglée d'un petit mot de la main de ma tante : « Faites-moi savoir votre retour au plus vite. » Nous courons chez elle, où elle s'étonne d'abord de ce que nous n'ayons pas l'air d'avoir reçu sa lettre. « Quelle lettre ? – Celle que je vous ai envoyée il y a une semaine. » Il est clair que c'est notre départ anticipé du camp qui nous en a privés. Heureusement, car nous nous serions crus obligés de rentrer tout de suite, vu que la fameuse lettre nous annonçait que ma mère venait d'être admise à l'hôpital de la Tronche (je jure qu'il existe sous ce nom-là, ça ne s'invente pas), au pavillon des neu-neu... Diagnostic : très grave dépression nerveuse. Il paraît que, depuis le début du mois, elle a perdu vingt kilos. Moi qui étais contente du régime triomphant d'Eric, de ses huit kilos fondus à la sueur de nos efforts quotidiens... Nouvelle plus étonnante encore, elle a renoncé aux vacances en Bretagne ! Je devrais me réjouir, la perspective de ce séjour me pesait sur la rate. D'ailleurs, je me réjouis, sans le montrer. Jusqu'à ce que nous allions, dès le lendemain, visiter la dépressive.

Le choc. Un après-midi torride (les étés à Grenoble sont étouffants) écrase le parc du pavillon, où traînent à l'ombre des platanes quelques Arabes en pyjama rayé. On nous indique la chambre de ma mère. Nous frappons, entrons sans avoir entendu de réponse. Il y a erreur, ce n'est pas ma mère. Ma mère, c'est d'abord un chignon imposant, impeccable, des traits sévères, mais maquillés, sans doute beaux, je n'ai jamais pu m'en rendre compte seule, heureusement elle me guidait, critiquant chacune de nos connaissances féminines, la jaugeant à l'aune de sa propre esthétique, qu'elle estimait inégalable. C'est encore une recherche d'élégance, des couleurs assorties, des bijoux, souvent de pacotille, mais bien choisis. Un port, enfin, de nuque, de menton, l'altière revanche de l'ancienne petite émigrée humiliée, l'héritage de l'orgueil italien...

Derrière cette porte où nous avons toqué, gisant sur un vieux lit à barreaux de fer dont la peinture blanche s'écaille, se tient une créature prostrée au teint jaune, à la figure pointue comme un vieux citron, au cheveu terne et coupé à la diable. Une pauvre chose malingre, dont le regard hagard s'élargit dans notre direction, sans nous reconnaître. Je suis sur le point de reculer, de m'excuser, quand la chétive éberluée balbutie : « Oh ! c'est vous ! » Impossible de douter davantage, j'ai identifié la voix, malgré l'intonation mourante, malgré la langueur inaccoutumée de la plainte heureuse. Cette voix d'ordinaire si peu faite à la joie, à la gratitude, cette voix haïe, criarde, geignarde, aboyeuse, lancinante dans ses litanies, odieuse dans ses imprécations, et qui murmure : « Oh ! c'est vous ! » J'ai envie d'entamer un dialogue surréaliste, digne de *La Cantatrice chauve* (qu'a-t-elle fait de ses cheveux, ma Gorgone, ma harpie, dont le sport favori était de se crêper le chignon ?), de dire : « Oui, c'est nous. Mais toi, ce n'est pas toi ? »

Hélas, c'est elle. Elle me prend à témoin : « Tu vois ? Tu vois où j'en suis ? », m'entraîne dans une visite guidée de ses délabrements, remonte sa chemise sur ses cuisses de mouche flapies, trop vite décharnées. « Regarde ! je n'ai plus rien ! » Et d'enchaîner : « Comment veux-tu ? Comment veux-tu que je parte en Bretagne dans cet état ?... Non... je reste là. Vous viendrez me voir... »

Une angoisse abominable me tord les boyaux. J'imagine les après-midi futurs, la cagnasse du mois d'août sur la toundra jaunie du parc sinistre, et ce zombie en chemise à mon bras... Merde ! Je préfère encore me la coltiner à Dinard, en possession de tous ses moyens, bave de crapaud et couinements de sorcière. Je proteste, sincèrement effarée : « Maman ! Tu ne vas pas rester là ! » Mon exclamation l'égare, elle roule des yeux dépassés, me tend une mine chiffonnée et crayeuse, si désarmée, si perdue que je la prendrais presque dans mes bras, s'il était possible d'étreindre un fantôme. Enée au royaume des morts avait essayé. Moi, il y a longtemps que j'ai renoncé. « Regarde, regarde autour de toi ! Tu vas devenir folle ! » Ses prunelles noires viennent de gagner en précision, elle me fixe avec un intérêt soudain, qui me rassure quant à son état mental : « Tu crois ? – Bien sûr que je le crois ! Tu as besoin de changer d'air. A Dinard, tu vas respirer, t'aérer, ça te fera du bien... » Un espoir encore vague semble la séduire. Mais Dieu, qu'elle a les yeux cernés, les épaules voûtées, tout le corps écrasé, ratatiné sous le poids de ce deuil tardif et d'autant plus accablant !...

Soudain, la porte s'ouvre, sans douceur. Un visage morose apparaît. « Voulez d'la soupe ? » Visiblement l'aide-soignante ne s'éclate pas dans son boulot. Visiblement aussi, elle n'a guère fait la conquête de sa malade, qui répond du tac au tac, en singeant sa maussaderie : « Nan ! J'veux pas d'la soupe ! » Pour sa parodie, elle a retrouvé son rictus des meilleurs jours, sa gueule de mégère forcenée, sa voix de maritorne courroucée. Ouf ! La revoilà ! J'avais presque peur de l'avoir perdue ! Puis, tournée vers moi : « Celle-là, je ne peux pas la blairer !... Gracieuse comme une porte de prison ! Tu te rends compte, de la soupe à cinq heures de l'après-midi ? » Pardi, si je me rends compte ! En deux temps trois mouvements, j'ai achevé de la convaincre qu'elle n'a pas sa place dans cet asile, et qu'elle doit en sortir le plus vite possible.

S'ensuit un véritable esclandre. L'infirmière de l'étage, prévenue de l'intention de ma mère de s'en aller, va quérir l'infirmière-chef, qui tente de la raisonner : on n'a pas le droit de laisser sortir des malades sans l'avis du médecin. Le médecin ne sera là, au plus tôt, que demain. Ma mère hurle : « Hors de question que j'attende demain, j'ai un train à prendre ! » L'infirmière-chef écarquille des gobilles ahuries. « Un train ? – Parfaitement, je pars en vacances, avec ma fille, ici présente. Je ne suis pas folle, elle non plus, on s'en va ! » Panique au bureau des soignants. Coups de fil. Il est trop tard pour joindre un responsable. Ma mère s'emporte : « C'est vrai qu'ici on sert la soupe à cinq heures, et qu'après souper, il n'y a plus personne ! » Le ton monte, ma mère gesticule, on la menace d'une camisole, j'interviens avec pondération pour dire que, s'il y a une décharge à signer, je veux bien le faire, et que j'assume la responsabilité du départ de la patiente. On accepte cette solution sans me demander mon âge, on me remercie, on m'apporte les papiers à viser. Ma mère boucle son bagage en se gardant de crier ainsi qu'elle l'a fait si souvent : « Tu n'es pas encore majeure, que je sache ! » et je l'emmène, comme une petite fille. Eric nous suit, perplexe, content au fond, soulagé. Lui, le voyage en Bretagne, il s'en faisait une joie.

L'hôtel est situé au bout d'une longue rue qui monte en s'éloignant du centre de Dinard. On nous montre notre chambre : pour trois personnes, un grand lit, un petit. Un bref regard échangé avec ma mère, elle n'insiste pas. Ce n'est pas moi qui dormirai avec elle. Si, un instant, j'ai eu envie de la prendre contre moi et de la bercer, à l'hôpital où elle avait viré la casquette, l'idée du contact de son corps me fait à nouveau horreur. Il faut dire qu'elle a remarquablement récupéré, et que, depuis que le taxi nous a amenés à la gare tôt ce matin, j'ai éprouvé déjà dix fois la tentation de la gifler... Il fait beau en cette fin de journée, nous nous installons, nous descendons manger dans la grande salle. Pas de terrasse. La bouffe est honnête, familiale, assez copieuse mais sans recherche. Avant de partir dans trois semaines, j'écrirai au crayon sur la tapisserie de la chambre « A la bonne patate bretonne ».

Dès le lendemain, il pleut. Il va pleuvoir presque tous les jours. Interdits de plage, nous déambulons dans les rues, apprenons par cœur le nom des magasins. Ma mère m'horripile multiquotidiennement. Elle a décidé qu'elle avait besoin de grossir, elle s'arrête aux pâtisseries, aux marchands de glace. Mon frère m'interroge d'un œil quémandeur. Je dis : « Non, Eric, ce n'est pas raisonnable. » Moi-même je me prive pour l'encourager à résister. Mais la bécasse insiste : « Mais si, Eric, prends-en ! Regarde, il y a tous les parfums que tu aimes. » Je la fusille du regard, j'évoque le régime entrepris. Elle hausse des épaules je-m'en-foutistes. Elle est à piler.

Autre comédie dans une bijouterie. Elle s'achète des

créoles en or. Nous attendons patiemment, Eric et moi, qu'elle ait fait son choix. Elle en profite pour raconter sa vie à la bijoutière. Sa vie, c'est surtout la mort de son mari. « Vous comprenez, il faut bien que je me gâte !... Quand on a des enfants indifférents... » Œillade en coulisse de la vendeuse. Oui, madame. Les enfants indifférents, c'est nous. Surtout moi, qui suis venue m'emmerder sous les cieux pisseux de Bretagne pour l'arracher à la neurasthénie, moi dont, pour se gâter, elle dépense l'argent, qu'elle me doit...

Et elle fait la gueule. Chaque fois que j'écris à Marie. Et c'est souvent. Tous les jours, deux fois, comme Cyrano. Chaque fois que j'achète une bricole à Marie : un petit coffre en bois, un napperon, un tablier brodé. Elle lorgne mon porte-monnaie, c'est un comble. Elle se permet des allusions maintenant quand elle règle une note... Elle avait pourtant dit : « Tu viens, je paye tout. » Elle regrette, visiblement. Me croit riche, l'imbécile. Fermente de jalousie envers ma Roxane qui m'attend à Grenoble, et que je comblerai de petits riens à deux sous, pour lui dire à quel point elle m'a manqué, à quel point tout est triste, et vide, et morne sans elle. Un seul être vous manque. Je reviendrai un jour ici, à Dinard. Dans le même hôtel, la même chambre, avec elle. Je chercherai au mur le graffiti « A la bonne patate bretonne », le retrouverai avec amusement, regarderai tomber la pluie par la fenêtre en caressant ma douce, exulterai de bonheur dans les rues de cette même bourgade trouvée si triste, si insignifiante en compagnie de la grincheuse. Repenserai au bon mot de l'humaniste : « Un seul être vous manque, et tout est repeuplé... » Patience.

Le retour est chaotique. A Paris nous devons changer de gare. Il est midi. Etourdiment, nous nous installons d'abord à une terrasse pour une pause sandwich, et seulement après nous rejoignons le cordon interminable des voyageurs qui attendent un taxi. La file n'avance pas, nous allons rater notre train. Je double tout le monde, parlemente avec un type qui gère le rang. Il me dit : « Non, mademoiselle, à la queue, comme tout le monde ! » Alors je tombe à ses pieds, à demi morte d'angoisse, blême. Ma mère et mon frère accourent avec les valises, les gens rouspètent, un taxi s'arrête devant nous, et l'ordonnateur des mouvements de foule en ouvre la porte en disant : « S'il vous plaît, messieurs dames, c'est un cas de force majeure ! » Dans la voiture, mon cœur compte les secondes, comme une bombe. Ma mère m'interroge : « Tu l'as fait exprès, ou tu étais vraiment malade ? » Oh ! oui, j'étais malade. A l'idée de prolonger le calvaire de ta compagnie une demi-journée de plus, à l'idée d'inquiéter ma douce, qui m'attendait dans la soirée et que je n'aurais pas pu prévenir...

Nous attrapons notre train de justesse. J'en pleure d'énervement. Ma mère me regarde, avec une sorte de haine. Si elle pensait me récupérer avec son voyage tous frais payés, c'est plus que foutu. Elle en prend conscience définitivement, renonce à m'adresser la parole, me laisse à mon silence essoufflé, hoquetant. Quand le taxi grenoblois me dépose à ma porte, elle se débrouille pour tendre à mon baiser de convention une joue morte. Je m'en fiche, je vole déjà vers mon nid, et cette aile protectrice que je n'aurais jamais dû quitter...

12.

Une nouvelle année scolaire commence. Eric passe en troisième, Marie et moi nous préparons à entrer en licence. Yves rôde toujours dans notre horizon immédiat. Il va et vient, n'annonce jamais sa venue, nous amuse de facéties ou de naïvetés involontaires. L'autre jour, crise de folie de jeune écervelée, j'ai jeté par la fenêtre des soutiens-gorge et des culottes que je jugeais trop vieux. Voilà Yves qui se pointe le soir, faraud et guilleret. « Surprise les filles ! Regardez ce que je vous apporte ! » Il brandit notre lingerie usagée, reniée, et dont les pendeloques ont orné une bonne partie de la journée, et pour ma plus grande joie, les branches des arbres sous nos fenêtres. Nous éclatons de rire. « Ben quoi ? une lessive qui s'est envolée... Je pensais que ça vous ferait plaisir... »

Je n'ai plus retrouvé pour son corps le désir violent de notre nuit parisienne. Ce n'est pas faute d'avoir cherché. Mais les circonstances n'étaient plus les mêmes. Quand Marie s'absente, et qu'Yves se trouve à la maison, l'opiniâtre besoin d'essayer de nouveau me taraude, me pousse à le provoquer, à quémander encore une chance, juste une. Il se rend en soupirant, se déshabille, moi aussi. Nos essais se soldent par un découragement réciproque. Au mieux il bande mou, et moi je désespère de ressentir quelque chose à ses asthéniques tentatives de pénétration, qui deviennent douloureuses et fastidieuses pour tous les deux. Je râle. Il demande : « Qu'est-ce que ça peut faire ? – Ça m'énerve. – Qu'est-ce qui t'énerve exactement ? – J'ai l'impression de ne pas savoir profiter de ma liberté. – Mais quelle liberté ? – Je n'ai plus de comptes à rendre à personne, je suis une grande fille, Marie n'est pas jalouse, elle rit quand je lui raconte nos épisodes. – Et donc ta liberté, c'est de t'imposer de faire l'amour avec moi, enfin, d'essayer ? Je ne vois pas où est la liberté là-dedans. » Il a raison. Quand même, j'aimerais savoir comment c'est, de jouir avec un garçon.

Il me faudra encore patienter pour l'apprendre... Pour le moment, l'automne grenoblois enflamme lès contreforts de la Chartreuse, roussit le Vercors, verse des coulées de lave presque mauve, le soir, sur Belledonne. Septembre et octobre sont doux. J'adore les crépuscules précoces, le flot des voitures allumées qui passe sur l'avenue, vers dix-neuf heures, je me penche au balcon, les arbres exhalent un parfum de feuilles mortes, les feux de la ville scintillent, tout est en ordre, la vie a repris d'un élan neuf, s'adonne à l'enthousiasme sage de la rentrée. J'ai toujours aimé les rentrées, toujours rêvé, au cœur de mes vacances, à la reprise de mes rythmes, de mes habitudes comme à une renaissance. Je me sentais exister, rien qu'à espérer le travail futur, les efforts à venir. Rien qu'à supputer le plaisir des petites trêves, des petites pauses : le thé à cinq heures, la soirée devant un film, le marché du dimanche matin. Autant de moments de vacances, plus vraies que les vraies, qui, elles, ressemblent un peu à la mort. Et puis habiter avec Marie, tous les jours, dormir avec elle, toutes les nuits... Attendre son retour si elle n'est pas là. Eprouver cette somptueuse secousse de bonheur pur au seul bruit de sa clef dans la serrure...

Nous sommes retournées rue des Mim'. Pour le plaisir et l'émotion. « Tu te rappelles ? – Oui, ma chérie, je me rappelle. – Comme on était tristes, des fois, de se quitter le soir. – Oui, tristes, mais aussi pleines d'espoir. – Et on y est arrivées ! » Je me blottis contre elle. Elle m'embrasse. Oui, on y est arrivées, on vit ensemble, on ne se quittera plus, plus jamais, on ira d'espoir en espoir et on y arrivera toujours. On sera professeurs, toutes les deux. Et mon frère aussi, puisque je viens de le décider à passer le concours de l'Ecole normale à la fin de sa troisième. C'est beaucoup de boulot pour moi, je le sais. Un concours, ça se prépare. Il va en falloir, des bagarres et des grimaces, et des grincements de dents, et des heures de présence, de soutien, d'explication, d'encouragement...

Il vient de plus en plus souvent à la maison. C'est sa deuxième résidence. Il y a ses habitudes, ses affaires. Il dort dans le lit-canapé du salon, au-dessus duquel nous avons épinglé une photo géante de fille toute nue dans la paille, avec de gros seins. L'autre week-end, Eric a été malade, et j'ai appelé le docteur qui est venu l'examiner dans son lit. Fou rire inextinguible de mon frère, pendant et après la visite, parce que le toubib n'a pas quitté des yeux la créature de papier qui ornait le mur, ce qui a valu à l'auscultation, puis à la rédaction de l'ordonnance une mise en scène burlesque. « Je te jure ! hurle Eric. Il avait les yeux en l'air et arrondis comme s'il voyait la Vierge ! Il écrivait sans regarder sa feuille ! » Eric a ri sans pouvoir s'arrêter pendant quarante-huit heures. C'est sa manière à lui d'être dépressif. Novembre se fait frisquet. Ma mère, qui dorlote toujours ses langueurs, a réitéré sa demande : « Je voudrais que tu me sortes au moins une fois par semaine. » Rebelote. Courses à Carrefour, cafétéria. Sauf que, cette année, ça m'embête vraiment parce que Marie ne travaille plus en nocturne. Un soir où ma mère, Eric et moi traînons la grolle dans les travées archi-battues de Carrefour, la poitrine maternelle (moins arrogante que jadis, amaigrissement oblige) se soulève sur un soupir écœuré : « On va encore manger ici ? C'est toujours la même chose... » J'avoue que je sature pareillement. Ras-le-bol des repas hebdomadaires dans ce snack sinistre, de ma culpabilité à laisser Marie seule à la maison, de cette situation chiante qui veut que je ne sache plus quel sujet de conversation aborder avec la crispée, puisque je ne peux pas parler de Marie, et que Marie, c'est toute ma vie. J'en ai marre. Au risque d'une réponse indignée, d'un rictus vengeur, d'une fusillade des noires prunelles que je sais rancunières, j'ose une audacieuse proposition : « Et si tu venais manger avec Eric chez moi ? – Chez toi ? Il n'y a personne ? – Il y a Marie. Elle a cuisiné un gratin dauphinois, on a des côtes de porc au frigo... » Un instant, je la sens hésiter, rassembler son courage pour décliner l'offre, choisir, peut-être, une formule dédaigneuse et bien sentie, pousser le cri qui tue... Mais elle se dégonfle tout de go, abdique avec une miraculeuse simplicité. « Tu crois ? » Elle aussi, elle en a marre. Peut-être qu'un jour, après quelques gratins dauphinois conviviaux, quelques moments passés à la maison, quelques fêtes partagées, quelques dimanches en notre compagnie, elle me pardonnera d'être une sale gouine, et je pourrai prétendre à retrouver, avec ma dignité et mon statut de fille rentrée en grâce, sinon la tendresse que je n'ai jamais eue, du moins les droits dont elle m'a spoliée.

Sa première visite se déroule avec une légèreté étonnante. Elle arrive en souriant, affecte une toute petite gêne, pour la forme, embrasse Marie comme si elle l'avait quittée la veille. « Tu vois, Marie, on vient t'envahir. Françoise m'a invitée, ça m'a fait envie ! » Marie sourit aussi, dit : « Oui, oui, bien sûr, elle a bien fait. Vous avez bien fait. C'est une bonne idée... » Pendant que ma mère inspecte l'appartement et l'apprécie avec une heureuse surprise presque insultante, j'adresse des signaux muets à Marie, des haussements de sourcils, et d'épaules pour plaider : « Désolée... Je ne pensais pas qu'elle accepterait si vite... » Et Marie m'envoie un baiser muet, à bouche close, une de ses mimiques raphaéliques qui m'ont toujours entretenue dans l'assurance que le paradis existe, avec le bon Dieu et ses anges. J'en connais au moins un. Nous passons à table après une démonstration maternelle sur le mode de cuisson nécessaire aux côtes de porc pour les garder moelleuses. Ma mère est radieuse. Elle reprend deux fois du gratin et s'exclame : « Il y a longtemps que je n'avais pas mangé avec un tel plaisir ! » Cet hommage à la cuisine de Marie nous paraît avoir valeur de totale réconciliation. Quand je me couche auprès de ma blonde, ce soir-là, après avoir raccompagné mère et frère, je me sens contente, et rassérénée. Je parlerai à ma demi-sœur, cette semaine, lui demanderai d'arrêter les frais d'une action en justice, lui apprendrai que ma mère est revenue à de meilleurs sentiments, et que je pourrai sans doute, à force de diplomatie et de patience, la persuader de se montrer plus compréhensive avec nous.

Espoir raisonnable, quand on connaît le tempérament versatile de ma mère. Mais j'avais compté sans Momo.

Momo est une surprise printanière : comprendre qu'il surgit dans notre décor au printemps. En ce qui le concerne, il n'a rien de printanier, puisqu'il totalise soixante-six automnes, même s'il entend porter cette jolie collection clandestinement. Il a répondu à la petite annonce de ma mère (oui, elle a recommencé !) en affirmant qu'il flirtait avec la cinquantaine. Je ne sais à quel moment elle s'est rendu compte (ou il le lui a avoué) qu'il trimballait trois bons lustres de plus que les dix avoués, mais, quand je l'ai rencontré, j'ai éprouvé un choc, un vrai. Après, j'ai fait rire Eric pendant des jours et des jours en lui livrant ma description du personnage. « Momo ? Imagine deux parties d'équivalente importance, la tête, et le corps. Chacune de ces parties constituée elle-même de deux moitiés égales : le nez et le reste de la tête, le bastringue et le reste du corps. » Le « bastringue » c'est l'appellation poétique que ma mère a élue pour nommer la hernie impressionnante qui gonfle sa braguette et déforme conséquemment la jambe de son pantalon. Bref, Momo est un gnome doté de minuscules cagnettes, d'un éléphantiasis pénien et d'une courge démesurée, où s'ancre un appendice nasal qui en double le volume ; mais il sait sourire, jouer de son regard malicieux et gai sous ses broussailleux sourcils, et singe à merveille la bonté avenante d'un vieux bonhomme paterne. Bien sûr, c'est un faux-cul de première. Il va jouer dans ma vie un rôle passablement détestable et, pourtant, je ne le haïrai jamais comme j'ai pu haïr ma mère.

Avec Momo, ma mère retrouve goût à la vie. A savoir qu'elle sort beaucoup, en semaine et les week-ends, fréquente restaurants et hôtels, et me fait le compte rendu de ses soirées et séjours de rêve, sans me demander jamais si le sempiternel billet de cinq francs glissé à Eric suffit pour les samedis et dimanches où elle me le laisse systématiquement. « Tu sais, me dit-elle, Maurice est plus vieux que le camionneur. Mais il me gâte ! » et de rouler des yeux de gamine émerveillée par ce prince charmant de soixante-six balais à la tronche et aux libéralités de père Noël. Plus vieux que le camionneur, plus vieux que n'aurait été mon père aussi, impossible qu'elle n'y pense pas, qu'elle n'ait pas comparé la vétusté d'Agecanonix avec celle du « vieux birbe », « du vieux porc gelé », de « Claudius le Chevelu ». Momo n'est pas chauve, il est blanc. Tout blanc, avec un geste de vieillard, main recroquevillée, pour gratter souvent, de quatre ongles parallèles, le sommet de son dôme chenu. Ma mère riait aussi du nez de mon père, qu'elle trouvait volumineux. Un comble. On peindrait deux yeux sur le bout du pif de Momo, ça lui ferait une deuxième tête... Et elle ne verrait pas tout ça, la moqueuse, dont la prunelle avisée décelait au premier instant d'une rencontre le défaut comique, le ridicule, le tic rédhibitoire, et dont la verve méchante l'estampillait de surnoms loufoques ?... Pour Maurice, qui la promène, l'abreuve de bons vins, la régale de bonnes tables, la sort, l'encense comme une reine, flatté d'avoir à son bras cacochyme une élégante quadragénaire, elle a choisi une expression distinguée, qu'elle prononce sur un petit ton discret de pudique connivence. Elle susurre « mon ami ». « Je vous présente mon ami. » Un jour, en regardant les photos, bien après l'opération qu'elle l'encouragera à subir, elle commentera : « C'était au temps où mon ami avait encore son bastringue. »

Eric et moi, on l'appelle « Momo », ou « le Turbot ». Le Turbot d'abord à cause de sa lenteur, dont on se demande comment elle n'a pas encore exaspéré le tourbillon incessant que représente ma mère. Et puis « le Turbot » est devenu « le Flétan », allez savoir pourquoi. Sans doute pour sa façon souplement coulée de nager dans les eaux maternelles... Un moment, j'ai cru qu'à force de largesses, de bonhomie, de sourires, le Flétan allait lénifier le caractère tourmenté, emporté de ma mère. Que, autant que son ami, il serait le nôtre. Mais j'ai très vite compris que l'essentiel pour lui était de complaire à sa dulcinée, laquelle lui confia notre différend à propos du capital-décès de mon père. Au lieu de chercher à la raisonner, le Flétan la conforta dans l'idée qu'elle était dans son bon droit, puisqu'on lui avait donné tout l'argent à elle il n'y avait aucun motif d'en restituer une partie. L'affection de ma mère pour cette doucereuse poiscaille, dont elle ne voyait pas les manœuvres, seulement les prodigalités, s'en trouva accrue. Et son ami devint, sans en avoir l'air, mon ennemi.

Les choses en restèrent là : il fut convenu que, pour éviter les sujets qui fâchent, on ne parlerait plus d'argent, sinon par homme de loi interposé. Ma mère, avec sa mauvaise foi coutumière, était allée jusqu'à me dire : « Si tu n'avais pas mêlé la justice à nos histoires, je t'aurais accordé ta part. Mais puisque tu as tenu à prendre un avocat... » Pour le reste, nos rapports demeuraient inchangés, nous nous voyions toujours, Marie et moi mangions même chez elle quelquefois, et Eric, bien sûr, continuait à nous fréquenter assidûment, régulièrement lesté de son billet de cinq francs, de son cartable, de ses instabilités d'humeur et de courage... Il voyait d'un très sale œil la présence de plus en plus envahissante de Momo dans sa vie, nourrissait à son égard une vive antipathie. Un jour, je pris les dimensions exactes de son dégoût en demandant : « Tu crois qu'il la baise ? » Il eut un réel haut-le-cœur, me fusilla du regard, m'intima de me taire. Je n'insistai pas.

Il y a un an que mon père est mort. En apportant au cimetière le bouquet de ce triste anniversaire, je fais le bilan de mon chagrin. Il paraît qu'un travail de deuil dure deux ans. Je suis à mi-chemin. Je rêve encore très souvent à lui, je pleure très souvent, pour une chanson, un paysage, un mot qui me le rappellent. *Mes jeunes années* de Charles Trenet m'emmènent au pays de son enfance, je le réinvente jeune homme, me surprends à l'imaginer heureux, détendu. Je regarde les photos, dérobées à la piètre collection familiale que ma mère a oubliée au fond d'un carton. En tenue militaire, à cheval sur le lion de Belfort, il sourit. Il est beau, il a du charme. Quel sort lui a jeté l'acariâtre pour faire de ce prince charmant « Claudius le Chevelu, le vieux birbe » ? Et elle prétend qu'il lui a pris sa jeunesse...

Elle n'arrivera pas à me voler la mienne, même si ses exactions, ses égoïsmes, ses monstruosités m'obsèdent encore le soir, m'empêchent de m'endormir. Voici comment se partagent mes nuits : un long moment à tourner dans le noir, hantée par le spectre malfaisant, déformé de ma mère, son personnage enlaidi de sorcière voleuse, je sens le poison de la haine peu à peu me brûler les paupières, incendier ma révolte. Je voudrais la voir morte, crevée, définitivement, pour venger mes offenses, laver l'iniquité dont je la sais coupable, et solutionner d'un coup mes problèmes. Puis je finis par m'endormir, et c'est mon père qui surgit, plus jeune que je ne l'ai jamais connu, séduisant, chaleureux. Il me tend des bras aimants, un visage reposé. Il a ressuscité à la faveur d'un miracle qui me transporte de bonheur.

Au matin, je me réveille, amère. La camarde s'est trompée de cible. Elle a fauché la fleur et laissé l'ortie... Peu à peu, mon ressentiment s'ancre, profondément, irrémédiablement. De rêve semi-conscient, flou, le décès maternel va me devenir un souhait quotidien, une attente, une prière clandestine et fervente. Je vais me mettre à espérer la mort de ma mère, de plus en plus fort, à y penser pendant des années et des années, jusqu'à ce que le ciel m'exauce enfin, jusqu'à ce qu'une joie incrédule m'oblige à quitter le sommeil, plusieurs fois par nuit, à me pincer, à rire seule. « Ça y est ! Ça y est ! C'est arrivé ! »

Pour le moment, elle est vivante. Moi aussi. Les nuits me tourmentent, mais les journées me gonflent de désirs renaissants, une force vive, curiosité, instinct, me pousse vers les garçons de mon entourage. L'orpheline lésée s'endort triste, c'est la gourgandine qui se relève, plus obsédée de sexe que par le passé, plus affamée de conquêtes que jamais.

Surmontés le choc maussade de mon dépucelage, la déception permanente de mon inefficacité auprès d'Yves, je vais, truffe au vent, où mon destin m'appelle, triomphant à chaque regard que je sais susciter, à chaque étincelle allumée dans un œil séduit, des sarcasmes de la harpie, et des prudences de mon gardien. Crève de rage, Gorgone, tu n'as pas su me ratatiner assez, j'exulte de la volupté de plaire !... Ne t'inquiète pas, papa, il ne peut rien m'arriver !

Je croyais. Je croyais que mon amour pour Marie et son amour pour moi me protégeraient de tout, toujours. Je croyais que les mises en garde du gourou haï de mon enfance s'apparentaient aux contes de fées, que tous les dangers annoncés, toutes les menaces brandies, c'était le mythe du loup qui mange le petit chaperon insouciant. Riche d'un illusoire affranchissement, enorgueillie d'indépendance, sans cesse pardonnée de Marie à qui je disais « C'est plus fort que moi », j'ai cherché les limites où fracasser mon fragile bonheur, les lumières où épuiser mes pauvres forces d'insecte ébloui et sitôt brûlé... Quand j'ai commencé à conjurer la douleur de la mort de mon père, la courbature des rebuffades et des railleries de ma mère, la frousse de cette vie qu'on m'avait annoncée impitoyable, alors j'ai commencé à me perdre.

13.

A la fac, nous avons peu d'accointances. J'ai
entendu parler, souvent, des années d'études comme
d'une période d'exaltations : amitiés, flirts, amours,
fêtes, frénésie des examens, fièvre des résultats, facéties de potaches attardés dans une adolescence rieuse,
délivrée la plupart du temps du joug familial, du carcan
des routines. Une ambiance à la Jules Romains, ou à
la Brassens quoi, style *Les Copains*, qui laisserait au
cœur la savoureuse nostalgie de grands moments partagés, et tisserait des liens que la mort ne saurait délier.
« Jamais son trou ne s'refermait... » Nous, nous ne
rencontrons personne, fille ou garçon, qui creuse dans
notre vie et notre intimité cette porte magique, ce trou
inrefermable, qui imprime à notre mémoire l'éblouis-
sement, la gratitude d'une magnifique complicité. Il
n'y a, dans cette université, que des gens pressés, ano-
nymes, falots, des jeunes femmes déjà mariées, déjà
mères de famille, qui, entre deux biberons, tentent de
décrocher l'unité de valeur qui manque à leur licence,
ou bien des gars moches et imbus, indifférents, ou
bien encore des petits groupes déjà constitués, et dont
nous ne forçons pas l'accueil, faute de motivation ou
d'audace, toutes pénétrées que nous sommes de notre

marginalité, toutes discrètes et désireuses de ne pas susciter des soupçons, de ne pas induire des prises de conscience dont nous avons appris à redouter la méchanceté, ou l'imbécillité. A part nos vieilles copines Martine, Gilberte, à part Annie qui a réussi les IPES comme moi, nous ne fréquentons personne, nous connaissons très peu de monde.

Pourtant il faut parler de Lambert. Lambert Komela forme, avec Rigobert Obam et Jérémy Nessan Quadiou, le trio le plus drôle, le plus chaleureux, le plus vivant de tout le campus. Ces Pieds Nickelés d'origine africaine détonnent sur le troupeau blême plus encore par leur présence turbulente et gaie que par la couleur de leur peau. Leurs éclats roulent dans les couloirs, ils frappent, pour rire, de grands coups dans les parois des préfabriqués, tout tremble, les portes, les vitres s'associent à leur joie bruyante, la vie semble, avec eux, une nouba perpétuelle, que rien n'entache, ni l'exil, ni la maladie, ni les difficultés de tous ordres.

Au nombre desquelles la communication. Ça a commencé avec le premier cours. Le prof a fait l'appel, deux centaines de noms dans l'amphi bien rempli. Il a demandé : « Je n'ai oublié personne ? » Un doigt d'ébène s'est levé, une belle voix grave a résonné : « Si, moi, monsieur. – Comment vous appelez-vous ? – Je m'appelle Gehem Nessaaa Ncouaaaaadj... » Le prof a marqué un temps de perplexité. « Pardon ? » Son interlocuteur a répété, exactement sur le même ton : « Je m'appelle Gehem Nessaaa Ncouaaaaadj », la bouche grande ouverte sur ses efforts d'articulation. Très embarrassé, l'autre a cherché désespérément sur sa liste, a tenté une inscription, a renoncé à l'approximation. « Voulez-vous m'épeler ? »

Tous les yeux étaient fixés désormais sur notre exotique condisciple, qui ne s'est pas démonté : « Bien suh, monsieur. Gehèm : Gi – è – hew – è – emmeuh – igouèc... » Le prof lui a coupé la parole. « Heu ! Je vous remercie ! Vous viendrez à la fin du cours me l'écrire. »

Jérémy aurait pu s'offusquer et faire la gueule. Au lieu de ça, un large sourire à pleines dents l'a illuminé. « Pas de pwoblème, monsieur ! » et je me suis sentie touchée par sa simplicité, sa rayonnante malice, qui oubliait de se vexer, envieuse que j'étais de cette nature à laquelle il semblait impossible de s'assombrir ou de rougir. « Armstrong, tu te fends la poire. » Moi, à sa place, j'aurais été furieuse, ou mal à l'aise. Le lendemain, il entamait un rituel qui dura toute l'année : il arrivait dans l'amphi le visage radieux, les bras levés, puis tendait la main à tous ceux du premier rang déjà assis, ensuite il passait, par-dessus leur tête, à ceux du deuxième rang, toujours cordial, enthousiaste. Il était difficile de ne pas répondre à sa poignée de main, à son bonjour tonitrué. Il avait expliqué ainsi ce cérémonial : « Je m'entwaîne, pâsse que, de wetou' chez moi, je vais êtwe pwésident de la wépublique ! »

Grands moulinets de bras, également, de la part de Rigobert Obam (Higobèh). Des bras plâtrés identiquement du poignet jusqu'à l'épaule, parce qu'il avait eu un accident de vélo dans la descente de Laffrey... Il agitait en se marrant ces sémaphores improvisés. « C'est pwatique ! Maintenant, on me voit la nuit dans les couloi's de la wésidence ! » C'est lui qui, un jour, s'étant appuyé au mur grossièrement enduit d'une salle de classe, avait sali le dos de son manteau. Je l'avais brossé d'une main ferme qui l'avait fait se retourner avec surprise. « Tu étais tout blanc. – Ça alo's ! C'est bien la pwemiè'e fois que ça m'awive ! » Lui encore, qui, bousculé dans la file du restaurant, avait invectivé les pousseurs : « Sales nèg's ! » Quelque chose me rapprochait de ces garçons, me plaisait terriblement, me consolait de ma condition d'étrangère, me montrait aussi l'exemple du courage et de l'humour. Eux ne pouvaient dissimuler leur différence. Mais leur façon de clamer, en roulant leurs gros yeux, en montrant leurs grandes dents : « Attention ! Il ne faut pas m'éne'ver ! Je suis un anthwopophage ! » faisait mieux que désarmer la connerie des méfiants, elle séduisait. Il était loin le temps où j'oserais, moi aussi, m'affirmer par l'autodérision. J'avais encore bien peur, et bien mal de toutes les mises à l'index dont j'avais souffert jusque-là. Si peur et si mal que je me demande si je n'ai pas, inconsciemment, cherché l'antidote à cette déchirure dans la collection d'amants que j'ai entamée à cette époque... Et si la gourgandine avait eu simplement la trouille de n'être, irrémédiablement, qu'une sale gouine ? Maintenant, je me demande, j'hésite, je cherche à m'accabler et à me disculper ensemble. Pourquoi tous ces hommes dans ma vie, pourquoi surtout ceux qui ne me faisaient pas envie, ou qui m'effrayaient ?

Lambert Komela sera peut-être le dernier que j'honorerai de ma sincérité, et donc de mon refus. Encore que Marie m'ait beaucoup aidée, pour la dernière fois sans doute aussi, hélas, dans ma réserve.

Lambert est grand, baraqué, adorable autant que ses congénères, avec ce petit supplément d'âme qui lui permet d'avouer qu'il se sent un peu seul, le soir, dans sa chambrette. Alors nous l'invitons, Marie et moi, à une de ces fêtes que nous donnons souvent, une réunion hétéroclite de copines, de copains des copines, de petits frères et petites sœurs des copines et copains (c'est une catégorie de personnes qui compte beaucoup, pour moi, les petits frères et les petites sœurs. On verra jusqu'à quel point), de copains et copines des petits frères et petites sœurs... J'aime ce mélange des genres, des âges, je m'y sens bien comme dans une vraie famille, nous poussons les meubles, nous dansons dans notre salon, nous buvons du mousseux pas cher avec des biscuits, j'ai l'impression que je suis vraie, à ma place, et qu'on m'aime bien, et moi aussi, tous, je les aime bien... Parfois j'en attrape un, Michel, par exemple, un pote d'Eric, un ado effacé et vite ébahi, j'ai envie de le décoincer. (J'exulte toujours devant la timidité des autres, leurs blocages, leurs recroquevillements. Je deviens, par comparaison, une extravertie joviale et culottée, je me fais croire que je suis follement libre.) J'entraîne ce Michel pataud et tremblant dans un slow langoureux où je le pelote un peu, je le léchouille, je le baisote. Il a les mains moites et il soupire d'un bienheureux embarras. Après, quand sa grande sœur vient le chercher, il a l'air si abasourdi qu'elle le soupçonne d'avoir trop bu. Mais non, c'est moi, moi seule qui l'ai grisé ! et son espèce d'ivresse me grise aussi, en retour... J'ai donc du charme, du pouvoir, que je l'ai si fort ému, si fort impressionné, ce petit môme de quatorze ans, replet, balourd, que son âge ingrat n'a pas encore métamorphosé, pas de la belle manière en tout cas. Ah ! qu'il va être heureux en se souvenant de moi, qu'il va me prendre pour sa fée, sa bienfaitrice, qu'il va penser à moi avec reconnaissance et délice, qu'il soupirera, amoureux, incrédule, perturbé par ce bonheur inédit d'avoir attiré le regard, les mains, les baisers d'une femme !

Une femme !... Avec Lambert, ce n'est pas la même ! Il arrive un soir chez nous, très élégant, sa carnation de chocolat profond exalté par le choix d'une chemise pastel, d'une cravate vive. Avec cet ananas givré qu'il a acheté chez un des meilleurs pâtissiers de la ville, avec sa manière de danser tout de suite, magnifiquement à l'aise, pénétré de musique, joyeux et simple, c'est toute l'Afrique qu'il nous apporte, une Afrique contrastée, ancestrale comme ses chorégraphies primitives, et moderne, charmeuse et soignée comme sa mise. Un cercle s'est formé autour de lui, pour l'admirer et permettre à ses grands bras, à ses longues jambes, les figures nécessaires au ballet époustouflant qu'il improvise sur la musique. Il est très beau, très exalté, et finit par occuper tout l'espace et toute l'attention de notre salon. Histoire de le calmer un peu, et de permettre à chacun de respirer, je balance un slow sur le tourne-disque. Alors il nous attrape à la taille, Marie et moi, chacune par un de ses immenses bras, et nous entraîne dans une promenade chaloupée, une étreinte à trois, dont il est l'axe de symétrie, le pivot, le moteur chaud à notre flanc, et grondant tout bas, chantonnant sur la rengaine, de sa voix de broussard. Au gré de la mélodie, il resserre la ceinture torride de son emprise, oblige nos deux têtes à se rapprocher de sa bouche, et demande : « Vous viendwez visiter ma cahute ? Je vous le ju'e. C'est tellement petit, il faut le voi' pour le cwoi'e. » Il sent bon. Son visage, ses yeux luisent d'un éclat irréel dans la pénombre. Il est, contre mon corps, un rempart de chair vivante, palpitante, infiniment solide, un mur de muscles, une forteresse invincible et fondante, et j'aimerais traverser la vie ainsi, protégée de tout, de tous, par son bras de guerrier pacifique, dont je sens la puissance douce à travers le linge fin de sa chemise. A cet instant précis, je sais qu'il réalise complètement mon idéal masculin, même si j'ignorais jusqu'à présent en avoir un. Depuis l'Ivanhoé de mon enfance et Joss Randall, j'avais oublié de fantasmer sur des visages et des corps d'hommes. Exception faite des photos pornos procurées par Christine, et qui m'avaient livré, de l'anatomie masculine, des révélations à la fois précises et phénoménales. Mais sur ces clichés, ce n'était pas les hommes qui m'avaient fait rêver. C'était leur sexe. J'ai toujours nettement différencié les deux. Au point que la plupart des hommes qui m'ont séduite ou que j'ai aimés auraient très bien pu n'avoir dans leur pantalon que le doux, informe, fantomatique vallonnement qui finissait le ventre de mes baigneurs de petite fille (en ce temps-là, on était loin d'imaginer des poupées réalistes jusque dans leurs culottes) ; dans d'autres circonstances je me serais accommodée de rencontrer, pour le seul plaisir de mes sens, un phallus bien gorgé, bien huilé, bien docile, sans rien autour, ni corps, ni visage, ni âme, juste un godemiché charnel, vivant mais détaché du reste qui aurait été « grisé », « flouté » comme on dit aujourd'hui. Exactement l'inverse des pages de ces *Paris-Hollywood* que m'avait montrés Charly : les filles s'offraient nues à l'objectif, mais leur pubis et leur entrecuisse n'existaient pas, une brume les voilait, niait leur vraie féminité. Moi j'aurais voulu le contraire. J'aurais voulu croiser dans ma vie ce prodige : un homme (plusieurs à la fois peut-être) totalement inconnu, invisible, gommé par un brouillard surnaturel, hormis à l'endroit stratégique du divin appendice et de ses attributs. Un appareil génital en bon état de marche, arrogant quoique asservi à mes appétits, arrimé à un corps spectral...

Hélas, j'ai quelquefois rencontré des hommes, dont j'ai pu ignorer qu'ils possédaient un sexe, mais jamais un sexe sans l'homme derrière... C'est pourquoi une des images les plus violemment érotiques qu'il m'ait été donné de contempler est, dans un documentaire japonais, cette palissade aménagée de trous par où des inconnus passent, incognito, leurs verges. Des geishas les branlent et les sucent, sans chercher à savoir quelle tête ils peuvent avoir. Je suppose que cette pratique, en protégeant l'anonymat des clients, les excite beaucoup. Moi, c'est la fille que j'envie, dans cette situation. Sauf qu'à sa place, je me débrouillerai pour profiter totalement des circonstances, et me faire pénétrer.

Au moment où Lambert me souffle à l'oreille son invitation bouillante, je suis loin de ces divagations. Je m'abandonne à un bien-être qui baigne mes sens sans rien appeler d'autre, que ce parfum d'homme coquet, cette chaleur irradiée de son être, propagée instantanément au mien, les notes graves de cette voix suave, de cet accent délicieux, à mon tympan séduit. Je voudrais que ce type me convoite comme je le convoite : pas sexuellement, mais de tout son corps, de toute son âme, qu'il m'embarque avec lui, qu'un miracle me soude à lui et que je sois désormais partie de sa vie, de sa pulpe, que nos respirations, nos fibres, nos espoirs se fondent, se mélangent, qu'il me tienne plus fort encore, plus serrée, plus petite dans son bras, qu'il devienne mon géant, mon protecteur et mon esclave, mon King Kong, et moi, sa microscopique idole, sa poussière précieuse, qu'il m'aime et me vénère à tout saccager pour moi, tout défier, tout réduire, et que, parce qu'il est immense et moi si petite, il ne cherche jamais, jamais à me baiser...

Le mythe du grand gorille a son revers d'épouvante. Nous sommes allées dans sa chambre, Marie et moi. Il était content, il riait fort, identique à lui-même. Il tâchait d'étendre les bras, et nous montrait qu'il ne pouvait pas, limité dans son grand écart par l'étroitesse des murs. « Vous voyez, je vous le disais, je ne peux pas m'étiwer sans cwever les cloisons ! » Et puis il a refermé les bras sur nous, comme pendant le slow où j'avais extravagué. Mais il faisait jour, ses yeux luisaient plus férocement, dépourvus de la magie bleutée du soir. Il nous a senties nous révolter, résister. Il a dit, toujours en riant : « Vous ne voulez pas ? Toutes les deux ? Toutes les deux à la fois ? Il y en a bien pou' deux : je suis twès twès puissant ! » Au secours, mon Dieu non ! Nous ne voulions pas ! Je ne voulais pas. « Je ne peux pas m'étiwer sans cwever les cloisons !... » Quelle horreur ! Nous nous sommes enfuies, mues par une terreur différente. Marie refusait les compromissions, les complications, et tout simplement l'idée d'une expérience dont elle n'envisageait pas l'intérêt. Moi, je voyais mon idéal masculin basculer dans la caricature, la belle image révélait son négatif, le noir devenait blanc, tristement, blanchâtre, blanc sale de peau, d'âme, et l'émail éclatant de son regard lumineux, de son rire sincère noircissait, se faisait diabolique, menaçant, vilainement banal. La petite fille inquiète, que les vieilles légendes angoissaient, s'est réveillée là, dans l'antre d'un ogre au rire tonitruant, à l'appétit féroce. Il fronçait sur nos parfums de chair fraîche des narines de monstre, allongeait un mufle de prédateur... Jadis, j'avais été ce petit chaperon rouge, tout rouge de son premier sang, tout petit devant les menaces de la vie, les vraies, les imaginaires, affolée pour une silhouette d'homme derrière moi dans la rue, pour un regard inconnu, et détalant à perdre haleine comme devant le loup profiteur de naïveté, dévoreur d'enfance.

Dans cette chambre où nul ne m'avait contrainte à pénétrer, où je n'étais arrivée ni par hasard ni par rapt, et encore moins par innocence, je n'étais plus le petit chaperon rouge. J'étais Poucet, cherchant sa route, jeté aux ténèbres et aux dangers, perdu exprès par ses parents qui n'en voulaient plus, qui peut-être n'en avaient jamais voulu, et chargé d'âme. Ma famille, ma fratrie, ma responsabilité chère, c'était Marie, si souvent mon aînée pourtant, si souvent raisonnable à ma place, mais que j'avais entraînée là parce qu'une lumière illusoire brillait dans la nuit de nos doutes... La maison de l'ogre ! Havre fallacieux où il s'apprêtait au festin, et que serait-il resté de nous, alors, de notre histoire à peine ébauchée et déjà finie ? Il était une fois deux princesses qui s'aimaient très fort. Mais un jour un croque-mitaine les attira chez lui, un beau croque-mitaine élégant qui savait parler aux jeunes filles, dont la voix de miel suscitait les rêves avec les propositions gourmandes, ananas givré et coco flambé... Oh ! le pain d'épice de sa peau, et son arôme de vanille !... Hansel et Gretel, avec ce genre d'arguments, avaient failli finir au four. Lorsqu'elles sentirent qu'elles risquaient de passer à la casserole, les deux princesses se carapatèrent loin des charmes vénéneux de la canne à sucre, poursuivies par un rire caverneux, encore que incrédule : « Je ne vous fais pas peu', tout de même ? »

Oh ! que si ! il nous avait fait peur ! Je décidai désormais de ne m'intéresser qu'aux petits garçons.

14.

C'est avec l'un d'eux que commence ma vraie découverte de l'homme. Je veux dire de son intimité, de sa sexualité. De son pouvoir érotique aussi. La révélation m'advient par Mickaël, le petit frère de Martine. J'aime les petits frères. J'aime le mien, ceux des copines, leurs petites sœurs. J'aime l'idée que nous pouvons, à notre maladroite et modeste façon, les protéger, les guider, leur ouvrir des portes, leur soulever des petits coins de rideau qui, pour nous les aînés, sont restés longtemps fermés, sans personne pour comprendre nos curiosités, et y accéder ; nous ne sommes pas leurs parents, ces adultes crispés sur des préoccupations d'adultes et loin de notre monde. Nous ne sommes plus des enfants, notre bout de chemin parcouru, débroussaillé, est un cadeau que nous pouvons leur faire, un cadeau gratifiant pour nous aussi qui devenons importantes, renseignées, généreuses de notre temps, prodigues de notre liberté. Les petites sœurs de Marie ont le droit d'aller à une fête si Marie les y chaperonne, la possibilité de se rendre au cinéma quand Marie les y emmène. Devant elles, devant Eric, nous bavardons librement, ils nous écoutent aborder des sujets qui les étonnent, les amusent, les choquent agréablement. Ils nous envient peut-être, ils nous admirent. Ils se confient à nous et attendent en retour la complicité et la solution de leurs problèmes. J'adore ça. C'est ma vocation de professeur qui est contenue dans cet échange, cette joie que j'éprouve à partager ce que je sais, ce que j'aime, à initier, à forcer un peu le jeu, à cabotiner comme plus tard je le ferai sur l'estrade. Ce que mes parents ne m'ont pas donné de confiance et d'estime, ce qu'ils n'ont pas su engendrer chez moi d'assurance et de rayonnement, c'est mon petit frère, les petits frères des autres qui me l'offrent...

Mickaël constitue un des meilleurs publics qui soient. Souvent bougon, voire renfrogné, il octroie à qui sait trouver le chemin de son âme la récompense d'une drôlerie irrésistible, nourrie de grimaces et d'onomatopées, et la fraîcheur d'une sensibilité insoupçonnée, cachée sous sa carapace molletonnée de chair rebondie, de graisse protectrice. Mickaël est obèse. Même en été, on dirait qu'il a sur lui deux ou trois épaisseurs d'anoraks. Sa démarche lourde de plantigrade à grosse fourrure ne laisse pas prévoir qu'il a le sens du rythme et que, désinhibé par une compagnie amicale, il bouge bien. Il nous fait cet honneur, quand il vient chez nous avec sa sœur, de se sentir à l'aise et de se lâcher. Il danse alors avec conviction, avec emphase, aussi démonstratif que Lambert, et beau d'autre façon. Son visage rond, très charnu, aux lèvres pulpeuses et bien dessinées, présente une régularité séduisante, avec cette particularité émouvante de cernes profonds sous ses yeux vifs, qui lui font un regard de gosse aux abois, de héros triste. Je touche souvent ses cheveux, mouillés par son jerk effréné, noirs et bouclés, joliment ébouriffés. Je touche aussi sa joue ruisselante et rosie aux rythmes de ses trémoussements. Je ne répugne pas à me coller contre son corps humide et confortable pour le slow du répit. Il est encore essoufflé, son haleine précipitée me chatouille le cou, je le serre plus fort, mes bras ne font pas le tour de son torse, son ventre soubresaute, communique au mien une étrange respiration, une trépidation prometteuse de je ne sais quel bonheur... Une goutte de sueur tombe de son front directement entre mes seins. Si ce n'est pas un signe...

Un jour, nous allons passer le week-end chez Martine. Ses parents, adorables, nous montrent le nouvel aménagement de leur sous-sol : une chambre pour Mickaël, parce que la cohabitation avec son aîné devenait difficile (les B. ont cinq enfants, Martine est la seconde, Mickaël est au milieu), et une chambre d'amis, que nous occupons ce soir-là Marie et moi. Nous sommes donc les voisines de palier de Mickaël. Au moment du coucher, il frappe à notre porte, plus poupin, plus nounours que jamais dans son pyjama en éponge rouge. Il me tend un livre. « Tiens, c'est le truc dont je t'ai parlé. » Il s'agit d'un manuel d'éducation sexuelle, dont les informations sont traitées avec une poésie moderne et largement teintée d'humour. C'est marrant comme la gent masculine utilise souvent ce procédé du prêt littéraire pour entrer en une certaine forme de communication... J'ai déjà vécu la scène plusieurs fois, dans des circonstances autres et avec des résultats chaque fois différents. Cela avait commencé avec le bouquin de Marc, qui traînait négligemment sur sa table de chevet. J'y avais découvert, avec l'exaltation d'un naufragé qui aperçoit la terre ferme, le mot « masturbation », brillant des mille feux d'une trouvaille fantastique. Mon histoire personnelle en avait été quelque peu chamboulée, sans incidence pourtant sur mes relations avec le propriétaire du livre.

Quelque temps après, Philippe m'avait prêté délibérément *Histoire de l'œil*, de Bataille. Pourquoi ? Cette question était demeurée sans réponse pour moi, qui m'étais ruée au cabinet afin d'éteindre le brasier que les audaces inouïes de Bataille avait allumé...

Des années plus tard, Charly avait tourné sous mes yeux froids les pages de ces *Paris-Hollywood* dont il espérait le miracle de ma fièvre. But avoué, transparent en tout cas, mais peine perdue...

Adossées à nos oreillers, confortables sous la couette de ce lit inhabituel, Marie et moi feuilletons ensemble l'ouvrage vulgarisateur, dont les fantaisies nous font sourire. Nous éteignons. C'est bon d'être là, toutes les deux, dans cette maison complice de notre tendresse dont personne ne s'offusque. Et puis ce livre est drôle, suggestif dans ses démonstrations, une invitation à la douceur, à la joie naïve des caresses. Le moment reste dans mon souvenir comme une des plus merveilleuses soirées de ma vie. A cause de la couche douillette, de la lumière rose sous notre porte, à cause du plaisir facile, et des rêves éveillés qu'avait appelés notre lecture... Après je me suis relevée.

« Où tu vas, biquette ?

– Je vais rendre le livre à Mickaël. »

Il ne dormait pas. Il m'attendait.

Il a tout de suite ouvert son lit. Et il a quitté son pyjama. Sans même éteindre sa veilleuse. Le don candide de toute sa volumineuse personne, sa confiance simple m'ont bouleversée. J'avais eu jusque-là peur des regards sur moi, je me pensais mal faite, empâtée, avec ce ventre capitonné qu'incriminait mon père, cette absence de taille que décriait ma mère, et ces hanches trop larges que me reprochaient les miroirs... Et voilà qu'avec Mickaël je me découvrais autre, plus si moche, si épaisse que je l'avais toujours craint, mais fine à ma façon et voluptueuse à la fois comme les modèles de vieux tableaux dont je n'aurais pas su dire l'époque, mais qui me revenaient en mémoire brutalement. Comme j'avais été bête de croire aux moqueries maternelles, et de m'imaginer qu'il n'y avait de joli, de féminin que les créatures ascétiques des magazines ! Avec Mickaël, m'apparaissait la beauté dense, vivante de la chair. Je m'étais déshabillée aussi, j'étais contre lui, minuscule à son flanc généreux et paradoxal de môme qui attendait, de mes cinq ans d'aînesse, la Révélation Fabuleuse, et avec l'absolution de ses disgrâces, le baptême de l'amour des femmes. Nos jambes s'étaient mêlées, il m'avait prise dans son bras, ma joue reposait sur le coussin moelleux de sa poitrine, ma main s'amusait à des voyages circulaires sur la planète de son ventre. J'ai enfoui ma bouche dans son cou, près de son oreille, pour murmurer l'invraisemblable aveu : « D'habitude, j'éteins la lumière, parce que je me trouve trop grosse. » Il a eu un petit rire très doux, pas du tout incrédule, il a demandé, sans humilité ni amertume excessives : « Toi, grosse ? Tu rigoles ? Qu'est-ce que je devrais dire ? » Et il a posé une nouvelle question, tout bas : « Tu veux faire l'amour avec moi ? » Et comme j'ai dit oui, il a resserré son bras à mon cou, a poussé un énorme soupir. « J'ai peur...

— De quoi ?

– J'ai peur de t'écraser ! » On a ri ensemble, et j'avais encore la bouche ouverte quand il a posé dessus la sienne, savoureusement comestible et habile...

Après, tout est allé très vite. Il y avait entre nous une telle connivence qu'une seule imperceptible pression de son bras m'a invitée et convaincue ensemble. Je me suis étendue sur lui, l'ai chevauché, ai cherché sous mes fesses, au prix d'une reptation et de deux déhanchements, l'hommage vigoureux de son émoi, et m'y suis arrimée d'un coup, d'un long, ample, magnifique coup bien huilé, comme si je venais de trouver la pièce du puzzle qui manquait à ma géométrie, comme si, depuis longtemps, depuis toujours, j'avais porté béante en moi cette faille par où le recevoir, et avec lui, enfin, accueillir l'homme et ses merveilleux pouvoirs, et son merveilleux langage de volupté, son merveilleux sésame façonné pour ma joie, ni trop gros, ni trop petit, ni menaçant, ni cruel, ni arrogant, ni mièvre, un trait d'union velouté, ferme, intelligent, un miracle de perfection sensible, une baguette, un bambou magiques qui donnaient, avec le bonheur, l'espoir d'un bonheur meilleur encore, et, avec l'espoir, son rassasiement immédiat... Mickaël avait fermé les yeux, et coiffé chacun de mes seins de deux paumes extatiques. Ses traits fervents, la trace humide de notre baiser sur ses lèvres entrouvertes, son recueillement m'enivrait autant que le prodigieux ambassadeur qu'il dépêchait vers moi, et que mon ventre n'en finissait plus de fêter, battant comme mon cœur, et comme lui exalté, détraqué de plaisir, ébahi d'une somptueuse surprise. Je bougeais à peine. Ma frénésie était interne, je refermais sur sa chair une orchidée puissante entêtée à le boire, une pieuvre affolée de sa propre étreinte, chaude d'un orgasme océanique et profond, au ressac interminable. Une vague immense d'amour et de reconnaissance m'envahissait, noyait mon âme sous un flux attendri et presque mystique, une prière involontaire me montait au cœur, merci, mon Dieu, ça existe, désormais j'y croirai ! Désormais cette félicité d'être fille pour un garçon, et par lui comblée, ô lumineuse étymologie ! De devenir son nid, son havre, une forteresse où se réfugier, une enceinte où s'enfouir.

Une enceinte... Je n'y pense pas. Je ne pense plus aux prophéties des méchants, des tristes. Je ne pense qu'au prodige du moment : moi jouissant de l'invasion divine. Merci, mon Dieu ! Quel sacré truc vous avez inventé là, rien que pour ça on est obligé de croire à votre immense tendresse, à votre malice, à votre humour, à votre bienveillance... Moi, passionnée d'une pénétration si longtemps redoutée et haïe, captivée d'un délice si longtemps convoité, jusque-là différé, lointain et mystérieux, et peut-être irréel comme le Graal... Mon Perceval laisse paraître sur son visage renversé une émotion égale à la mienne, une stupéfaction consentante et ravie, il ouvre les yeux et la bouche pour ce cadeau murmuré, cette plainte de martyr transporté : « Oh ! mon Dieu ! Je jouis ! » Il a dit : « Oh ! mon Dieu ! », je m'en souviens, je m'en souviendrai toute ma vie, c'était une prière émerveillée qui rejoignait la mienne, un credo primitif et charmant, il a dit : « Oh ! mon Dieu ! Je jouis ! » avec l'étonnement incrédule d'un miraculé, et, comme lui, j'avais envie de balbutier mon magnifique effarement, de commenter cette grande extraordinaire première fois, de chanter la splendeur de ma découverte, la faramineuse suavité de son sexe dans le mien, la magnifique harmonie de nos deux rêves, de notre voyage l'un vers l'autre, de notre rencontre en plein cœur de l'invraisemblable, au plus beau de l'arc-en-ciel, au plus fou du plus doux, au brillant de l'étoile, au velours du soleil... Mais les cris n'explosaient que dans ma tête, sans franchir mes lèvres. Perceval, mon chevalier si humble, si pur qu'à toi seul fut donnée la clef de la quête, et le pouvoir aussi de formuler ta joie. J'ai eu d'autres garçons, depuis toi, d'autres hommes, beaucoup. Beaucoup d'amants, beaucoup d'étreintes. Beaux coups d'épée dans l'eau froide de ma solitude. Quel sortilège t'a guidé vers les secrets de ma chair, quelle grâce, quel sort y avait-il sous ta grossière armure, quelle gentillesse en ton cœur, quelle foi en ton regard pour, au premier instant de nos noces, que mon ventre t'accepte et te célèbre avec autant d'ardeur ? Et pour qu'à tes mots simples je touche enfin au rivage inconnu des charmes masculins ?

Tu étais un ange insoupçonné, et j'ai eu ce privilège de croiser ta courte route sur cette terre. Tu es mort très jeune, tu as échappé à la pesanteur de ton corps encombrant qui avait pourtant su m'éblouir. En s'envolant, ton âme candide et douce a-t-elle emporté un peu de la mienne ? Un peu, juste le reflet irisé, le souffle ténu d'un fantôme de jeune fille rebelle, et que l'homme effrayait...

Après notre histoire, si éphémère fût-elle, je n'ai plus été la même.

Je ne voulais pas renoncer si vite à cultiver cette chance d'avoir trouvé Mickaël sur mon chemin. Je craignais qu'il ne fût l'unique détenteur d'un don que je ne rencontrerais jamais ailleurs. Je craignais aussi que le miracle ne se reproduisît plus, même avec lui, et il me fallait à tout prix vérifier, à tout prix recréer des circonstances propices à le susciter de nouveau. Marie levait au ciel ses yeux de Madone inquiète en se demandant où cette affaire risquait de nous mener. Martine s'attendrissait du dépucelage de son frère, que je semblais avoir pris en main, et très à cœur, au point de vouloir recommencer ce qui, s'il s'était agi d'une initiation, n'aurait dû avoir lieu qu'une fois. En fait, elle se trompait en pensant que je déniaisais son cadet. Il s'agissait plutôt du contraire. Mais qui aurait pu se douter, en comparant l'image de séductrice – de gourgandine – que j'avais déjà acquise à force de couratages ici et là, de papillonnages divers, et celle, enfantine, pataude, de Mickaël, qu'il avait beaucoup plus à m'enseigner que réciproquement ? A son contact, j'avais déjà appris la simplicité d'une tranquille impudeur, et que le plaisir est un cadeau impromptu qui répugne à la mise en scène. Martine disait : « Il est amoureux de toi, ça le rend beaucoup plus agréable. » Marie disait : « Aïe !... » Moi, je me demandais où et quand j'allais pouvoir le revoir, il n'était pas si facile de le faire venir chez nous, il habitait loin, ne jouissait d'aucune autonomie, obéissait à des rythmes scolaires et familiaux bien réglés...

C'est à ce moment-là que ma rosse de mère, d'une façon totalement inattendue et même assez surnaturelle quand on connaît la teneur de nos rapports, m'a soufflé involontairement la solution, en me tendant, après quelques torsions de gueules et réticences dûment exprimées, les clefs du « Taudis » de Vaujany. J'avais émis le souhait d'y passer nos vacances de Pâques, avec Marie et Eric, et, sans doute chapitrée et utilement conseillée par Momo qui avait envie d'une escapade en tête à tête avec elle, elle avait cédé. C'était la première fois depuis la mort de mon père qu'elle m'autorisait à occuper la baraque... « Tu vois qu'elle revient à de meilleurs sentiments », fis-je observer à ma sœur aînée qui ajouta à ma joie en me proposant, si je voulais emmener des copains, l'accès à sa propre résidence secondaire, située juste au-dessous du « Taudis ».

S'organisa une véritable expédition collective, les petites sœurs de Marie furent conviées, puisqu'on avait, grâce à ma sœur, la place de les loger, et, on s'en doute, j'en profitai pour inviter Mickaël. Il obtint de ses parents la permission de nous rejoindre deux jours. Il prendrait le car jusqu'à Allemont, et Marie et moi irions l'y chercher en voiture. Peut-être ai-je gardé, dans mes multiples et vastes cartons à souvenirs, la petite carte qu'il m'envoya à Vaujany pour confirmer son arrivée, et où il avait écrit, d'une main de gosse : « S'il te plaît, ne m'oublie pas. » Sans doute ne s'était-il jamais éloigné seul de chez lui, sans doute ne s'en était-il jamais remis à une écervelée fantasque, aux lubies parfois drôles, mais déroutantes. Il avait peur que, changeant tout à coup d'avis, ou d'état d'esprit, ou de préoccupation, je ne le laisse en plan sur le bord de la route, avec sa valise... J'eus honte de son angoisse, honte de la lui avoir inspirée. Moi qui m'étais enorgueillie de sa confiance, je lui occasionnais donc un doute aussi grave... Comment me voyait-il ? Capricante au-delà de mes apparences, légère jusqu'au mépris, égocentrique plus encore que ne le révélaient mes attitudes gourgandines, inconstante, lançant en l'air des propositions sans suite comme des bulles de savon. Moi, t'oublier, ma chère découverte, mon écuyer qu'un seul coup d'épée a sacré roi ? J'étais ce roc insensible et figé, tu as défié la légende, l'as déroulée à l'envers, où les glaives impurs jusqu'ici ont échoué, tu as planté le tien, sans forfanterie, insouciant de ta gloire, inconscient du prodige, tu m'as donné, en me dépétrifiant, ma dimension féminine, tu as conjuré le sort, changé mon histoire, mon destin peut-être, et je t'oublierais ? Petit frère perdu, jeté sur les chemins à la poursuite d'un fugace bonheur que je t'ai donné moins que je ne te l'ai soutiré, je t'oublierais ?

Dans la chambre rose et tiède de la maison de ma sœur, tu avais encore ton pyjama rouge, et tu l'as encore abandonné avec le même naturel, et le même miracle s'est accompli, tu as dit la même prière avec la même voix : « Oh ! mon Dieu ! Je jouis. » Cette fois, j'ai trouvé juste assez de courage pour une naïve formule dédaigneuse d'éloquence, j'ai soufflé « moi aussi ! », étonnée de savoir parler au plus fort de la tourmente, et d'en éprouver un bonheur accru... Tu venais, toujours sans le savoir, de débonder un second verrou, je n'étais plus enfermée en moi-même, captive muette de mes sens et de mes fantasmes, je venais de parler, et ces deux pauvres mots, pour répondre à ta plainte, n'étaient que le début de la longue, très longue, interminable didascalie du plaisir qui, un jour, deviendrait une moitié de ma vie.

Non. Je ne t'oublierai jamais.

15.

Je n'oublierai jamais non plus Philippe. Autre petit frère, autre chevalier. Philippe est le cadet de Jean-Yves, à qui je dois mon premier baiser, répulsion et fascination mêlées. Au temps où Jean-Yves lorgnait mon embryon de gorge et se hissait sur la pointe des pieds jusqu'à ma bouche ébahie, Philippe était un bambin rose et blond, infiniment joli, et doté, déjà, d'une personnalité affirmée, butée, ombrageuse parfois, mais délicate aussi et malicieuse, aux fantaisies charmantes. Il a tout gardé. Son casque de cheveux blonds jusqu'au cendré, sa physionomie raphaélique à la peau claire, un regard lumineux. Encore aujourd'hui, je ne peux voir certaines plastiques masculines, David Bowie, par exemple, sans penser à lui. Un David Bowie enfantin, moins émacié, plus plein, plus rond au dessin de la joue, plus lisse au contour des lèvres, mais avec cette même belle gueule froide, où les émotions passent sans rien attendrir, ni l'éclat d'acier d'un regard royal ni la façon un peu méprisante de sourire.

Philippe a grandi en prince que n'ont jamais humilié l'acné de la puberté, le ridicule de la mue. Il a conservé son corps svelte en dédaignant toute forme de sport, a cultivé son élégance naturelle, évolue dans un monde étrange de fantasmes solitaires avec, pour seule obsession affective, l'amour de son chien. C'est à lui, lorsqu'il s'éloigne de la maison, qu'il envoie des cartes postales et il demande à sa mère de les lire à l'intéressé. Il a inventé un langage pour parler à son ami à quatre pattes, je me souviens encore de certaines formules : « Bigne, gougne, gagnou pitche ! »

Un jour, je l'ai dit, il m'a prêté un livre. Un livre terrible. Un incendie de mots, un brasier d'images, qu'il m'a tendu, les prunelles limpides et le geste assuré, sans paraître en connaître la teneur, du moins, sans paraître en avoir été je ne dis pas brûlé, mais ne serait-ce que touché. Quand mes yeux se sont posés sur la prose de Bataille, mon esprit, mon âme ont été aspirés dans un vertige tourbillonnant, j'ai oublié le monde et la vie ordinaires pendant tout le temps que mon corps a pu supporter la lecture, tout le temps que j'ai pu différer l'assouvissement du désir infernal suscité par ma découverte, j'ai oublié aussi que cette découverte, c'était Philippe qui me l'offrait, comme il m'aurait offert, indifférent à sa valeur, ou ignorant de son prix, un inestimable trésor... Ce livre a été ma bible pendant des années, ma référence chère, la perle de ma mémoire. Je l'ai rendu tout de suite à son propriétaire, qui me l'aurait donné si je le lui avais demandé. C'était inutile, il était gravé en lettres de feu sur les pages vierges de ma pudeur, le buvard avide de mon ignorance, il brillait de l'éclat du diamant, comme lui somptueux, comme lui dur, blessant, hypnotique. Je savais, depuis que je l'avais dévoré en une seule et suffisante lecture passionnée, la beauté possible, la magnificence éventuelle, sans doute rare mais d'autant plus évidente, de l'art pornographique...

Hélas, il s'agissait bien d'art et non de vulgaire mode d'emploi. Lorsque Philippe m'eut fait comprendre longtemps après l'épisode du livre prêté, qu'il s'en remettrait volontiers à moi pour une certaine forme d'éducation, je fus flattée, et très tentée. Mais le livre, qui aurait dû être entre nous un trait d'union efficace, ne fit que nous nuire. Lorsqu'il me l'avait confié, remise enfin de ma stupéfaction énorme, j'avais pensé qu'il avait, en matière de sexualité, des années d'avance sur moi. Je le lui avais rendu sans commentaire ni manifestation d'aucune sorte, de l'air entendu d'une qui en avait déjà lu et connu bien d'autres. Il avait sûrement pensé à son tour que j'étais blasée en ce domaine du sexe, en tout cas très aguerrie. Il s'imagina donc, par la suite, confier son dépucelage à une servante d'Eros, que ses allures affranchies, sa vie marginale, ses mœurs hors normes désignaient comme l'initiatrice idéale.

Comme Mickaël, il me faisait cadeau de sa confiance, et me rendait l'hommage d'une admiration souvent amusée. Mais ce cadeau, cet hommage, de sa part, m'embarrassaient presque, me piégeaient dans mon rôle de gourgandine qui devait se montrer à la hauteur de son image. Là où Mickaël ne m'avait rien demandé, sinon le partage consenti d'un moment d'abandon, Philippe parut exiger une méthode, des recettes infaillibles, des trucs techniques qui eussent pu le métamorphoser comme d'un coup de baguette magique en séducteur confirmé. C'était beaucoup trop attendre de moi, et beaucoup trop m'idéaliser. C'était jeter de l'huile sur le feu intérieur, la brûlure secrète qui dévorait la gourgandine, encombrée de ses vieilles pudibonderies, de ses tabous, de ses culpabilités, de ses complexes, de ses frousses, et cependant avide de paraître libre et renseignée. En fait, j'étais beaucoup plus pucelle que lui, qui m'avait donné rendez-vous un soir dans sa maison de Vaujany, pendant ces vacances de Pâques que nous y passions avec Marie, ses petites sœurs et Eric. Philippe avait cinq ans de moins que moi, mais alors que j'avais bataillé interminablement pour obtenir qu'on me prête les clefs de la résidence paternelle, lui jouissait depuis des années de ce privilège, avait à sa disposition toutes les chambres de la grande demeure de ses parents, pouvait y inviter des copains à sa guise, recevait au coin de la cheminée en grand seigneur, distribuait les duvets et les appartements avec l'aisance et la bonne conscience d'un garçon aimé par sa famille, respecté dans ses fréquentations, approuvé et soutenu dans ses projets. Tout nous opposait, sauf certains petits grains de folie, pas toujours simultanés, mais réciproquement salués, comme au jeu d'échecs un joli coup de l'un ou l'autre adversaire peut faire leurs délices communes.

Petit, il avait adoré des histoires que j'inventais pour mon frère et lui, les saynètes, les scénarios où il ne dédaignait pas de figurer. S'était régalé de ses rôles : un prince dans un carrosse (j'avais transformé un vieux landau qui sortait de cette caverne d'Ali Baba que constituait sa grange), un visiteur promené par un agent immobilier, qui lui faisait découvrir l'appartement le plus grand du monde (nous arpentions des prés vastes : ici, la cuisine, là le premier salon...). Il avait ri au mariage des cannes où j'avais officié en grande prêtresse pour unir par une célébration bien organisée sa canne à celle de mon frère ; puisque ces deux bâtons de montagnard les accompagnaient partout dans leurs pérégrinations sur les sentiers, j'avais décrété qu'ils devaient être fous l'un de l'autre et qu'il fallait légaliser la situation. Dentelles et rubans autour des deux objets de bois, et messe sur fond musical très solennel dans l'obscurité de la grange. La mère de Philippe avait conséquemment tiqué, en prétextant que je finirais par égarer l'esprit de son cher petit à force d'élucubrations farfelues. Il m'était difficile de lui répondre que Philippe, très imaginatif de tempérament, n'avait pas besoin de maître en matière de loufoqueries, lui qui m'avait demandé de poser en combinaison sur la plus belle tombe de Vaujany (je me souviens du scandale occasionné) ou, sur la balançoire de son jardin, avec un sein nu qui sortait de mon corsage. Il avait l'intention de réaliser une collection de photos d'art très avant-gardistes pour l'époque, et je ne voyais pas au nom de quoi lui refuser ce qu'il me présentait comme un service à lui rendre, et qui, de plus, m'amusait beaucoup.

C'était aussi un service à lui rendre que de venir le rejoindre dans le lit qu'il avait préparé pour la grande cérémonie de son dépucelage. Il m'y attendait avec un calme satisfait, tout était en ordre, la couche dûment tendue et ouverte, une lampe choisie judicieusement dans le bric-à-brac du rez-de-chaussée diffusait la lumière exacte qu'il avait voulue, avec le soin du détail qui le caractérisait, il avait pensé à tout, même à la bouteille d'eau dont nous aurions besoin pour étancher la soif des grands sportifs et des grands conquérants. Je n'étais pas aussi sereine que lui, l'âme barbouillée du remords d'avoir laissé Marie seule avec la marmaille intriguée de ses sœurs, troublée encore parce que Eric s'était montré grognon, malade d'une jalousie ambiguë, incapable de décider si l'idée que sa sœur lui prenait, même momentanément, son copain, le blessait plus fort que l'idée du contraire...

Bien qu'apprêtée, la chambre offrait un inconvénient majeur : le chauffage de fortune que Philippe y avait installé n'en avait conjuré ni l'humidité ni le froid. Je me glissai dans des draps gelés, contre une chair plus gelée encore. Je tremblais de frissons qui ne devaient rien à l'exaltation, Philippe tremblait aussi, une appréhension soudaine lui était venue, la crise d'angoisse qui précède l'extraction d'une dent ou la piqûre d'une prise de sang. Nous avions si peur l'un de l'autre, lui parce qu'il craignait de ne pouvoir profiter de mon enseignement, moi parce que je me sentais incapable de le lui prodiguer, que nous en oubliions notre sincère tendresse de naguère, et qu'un enlacement spontané et fraternel eût pu, au moins, remédier à la rigueur du climat ambiant et nous réchauffer. Il n'y avait plus rien de spontané et de fraternel entre nous. Il n'y avait plus que le trac d'un professeur sans compétence face à un élève épouvanté.

Ô griserie salvatrice de l'instinct pédagogique !... L'enseignement, tout le monde a pu s'en rendre compte, ce n'est pas la culture, c'est la façon de la transmettre, si minime soit-elle. Mieux vaut un modeste bagage, et beaucoup de savoir-faire, qu'une énorme érudition dépourvue de didactique. J'improvisai donc une sorte de cours tout à fait spécial, d'abord très théorique. Ce pauvre Philippe était raide comme un passe-lacet, sauf à l'endroit où il l'aurait fallu, et je ne me sentais pas plus motivée, mon corps crispé par le contact frisquet de la literie répugnait à l'abandon, mes mains eussent été gourdes, à tous les sens du terme, si j'en avais tenté quelques manœuvres, ma bouche se gardait d'amorcer le moindre simulacre de baiser, révulsée d'avance par un protocole sans élan. Je savais peu de choses de l'amour en général, et des garçons en particulier. Mais j'avais appris avec Charly que, contrairement à ce que Pascal avait prôné dans ses *Pensées* – « Commencez par prier et vous finirez par croire » –, la foi ne vient pas avec la pratique. Yves, lui, m'avait inculqué l'inefficacité absolue de mises en scène laborieuses, pour lesquelles, d'ailleurs, j'étais très peu douée, et que le désir est une fête absolument improvisée, étrangère à tout projet, à tout programme, à toute organisation. Ce que Mickaël avait corroboré, à sa manière : sans artifice et sans calcul, il m'avait communiqué une fièvre impérieuse dont j'avais été clandestinement stupéfaite. Clandestinement, puisque je n'avais pas osé lui dire : « Comme c'est drôle que je jouisse avec toi, alors que tu n'as rien fait pour ça, ou si peu !... » Cependant nos étreintes n'étaient pas restées muettes, il avait exprimé son plaisir avec des mots d'une puissante simplicité, j'avais même connu cette volupté d'y répondre, d'entendre ma propre voix, métamorphosée d'émotion, prononcer l'incroyable aveu... Voilà ce qu'il m'avait révélé, le doux Mickaël, séducteur improbable et pourtant efficient, le pouvoir des mots, non pas tels que Bataille me les avait livrés, flambant dans l'or en fusion d'une somptueuse obscénité littéraire, mais humains, touchants de candeur, de sincérité, des mots pour se plaindre et s'extasier ensemble d'une merveilleuse souffrance que je lui infligeais, pour m'en remercier, pour m'y inviter...

Avec Philippe, j'ai tenté les mots. Oh ! pas les plaintes encore, ni les impératifs fébriles, ni les exclamations pâmées, ni rien d'un délire amoureux inspiré par la folie des sens. Juste les mots du corps, du sien, du mien, et, éventuellement, de leur rencontre. Ce que je n'osais pas toucher, je le nommais. Le discours m'était plus facile que le geste, encore qu'il m'ait paru extrêmement ardu et périlleux d'adopter un vocabulaire qui ne fût ni cucul, ni trivial, ni médical. Le choix d'un glossaire sexuel que n'inspirait pas la passion, qui ne s'adressât ni à un tout-petit, ni à un élève du cours de sciences naturelles, ni à un camarade de garnison, me fut, nous fut, je crois, un exercice profitable. Car, ainsi que j'avais été sensible, chez Mickaël, au don superbement confiant de sa nudité imparfaite, Philippe le fut chez moi, à celui de mes efforts verbaux sincèrement appliqués, visiblement laborieux. Chaque terme élu m'était une aventure, et lui était un présent. C'est ainsi qu'il le reçut, avec son intelligence, sa finesse naturelle de dandy que l'inexpérience n'insultait pas, et il comprit qu'autant que lui, plus que lui, j'étais en train de perdre une virginité dont je lui faisais l'offrande, et dont il estima le prix. Pour l'homme, j'avais déjà écarté un certain nombre de fois mes jambes, sans ressentir l'impression d'octroyer de moi le plus intime, ni le plus précieux. En revanche, la brèche ouverte par Mickaël, lorsqu'il m'avait inspiré mon premier soupir, était une fenêtre sur mon âme, par où désormais je ferais l'amour plus qu'avec mon ventre. Avec lui, j'avais franchi le mur du son, du son proféré, articulé, j'avais senti l'explosion suscitée, le « bang » du silence déchiré, un long silence de petite fille enfermée dans ses hontes. Avec Philippe, je devenais Shéhérazade, par la grâce de son écoute attentive et reconnaissante, et mes paroles, à son oreille, sans l'amener encore aux bords pantelants d'une folle convoitise, le détendirent pourtant, me le livrèrent tiède et souple, et consentant aux tentatives qu'enfin je risquais. Quel souvenir précis me reste-t-il de cette nuit, sinon celui d'un petit garçon attendri, rapproché, noué de tout son être à mon cou et mes jambes, et qui me confessait : « Je suis content que ce soit toi, parce que je crois qu'en fait je ne bande que pour les garçons. »

Curieusement, une histoire commença entre nous. Entre ce petit garçon qui ne bandait que pour les garçons, et cette grande fille dont il faisait, à son insu, une femme. Oh ! Je lui dois plus qu'il ne m'a jamais pris ! Je lui dois l'accablante, enivrante responsabilité sinon de son bonheur, du moins de son espoir doucement étonné : il était donc capable de chérir ailleurs que chez ses semblables, ce petit prince égaré ? Et si j'étais la rose unique de son jardin ? Et s'il ne m'en aimait que davantage ?... Je lui dois des rendez-vous délicieux, clandestins comme l'avaient été ceux de mon petit frère, aux portes du lycée Champollion. Des billets doux, enthousiastes, amoureux. « Nous deux, c'est roupipi nounou. Gagnoupitch ! » Car il me parlait comme à son chien, ce que je considérais à juste titre comme un honneur insigne. Je lui dois ce pendentif d'ambre, choisi pour moi parmi les trésors d'un magasin exotique dont il adorait les parfums indiens comme autant d'invitations au rêve. Bijou rond et dense, enchâssé dans une dentelle d'argent, et entre mes seins, au bout d'une longue chaîne, pesant un poids charnel. Philippe était tout entier représenté dans ce collier d'un lointain et mystérieux pays, joli, poli et appelant la caresse... Le premier contact en paraissait froid, mais vite on apprenait à le chauffer au creux d'une main arrondie qui s'émerveillait de sa perfection...

Je lui dois aussi ça : m'avoir appris à le chauffer au creux d'une main arrondie qui s'émerveillait de sa perfection... Nous étions au cinéma, et pour la première fois avec lui condamnée au silence, je déléguais à mes mains l'ambassade de ma tendresse. Nous n'étions plus dans le lit glacé de sa maison de montagne, mais dans la chaude obscurité d'une salle dont les fauteuils profonds incitaient à la détente. Impossible de murmurer à son oreille sans que le film couvrît ma voix, impossible de parler plus fort que la bande-son...

Alors mes gestes sont devenus bavards, experts à mimer les mots du désir, substituant à chaque prière une caresse, remplaçant chaque exclamation, chaque plainte, chaque invite par une pression, un effleurement, une étreinte... Mes doigts voyageaient sur sa cuisse, dansaient un ballet lascif et infiniment répété d'arabesques légères, puis plus appuyées, puis de nouveau légères, et à chaque voyage, à chaque ronde, mes phalanges s'allongeaient davantage, au point de toucher bientôt le renflement séduit de sa braguette, et y concentrer toutes leurs manœuvres. Le chauffer au creux d'une main arrondie... Oh ! cher bijou ! chère trouvaille de cet émoi masculin sur lequel régner en maîtresse capricieuse, en artiste inspirée... Jusqu'à ce petit prince conquis, haletant dans l'ombre et soulevant les hanches à la rencontre de mon génie, j'ignorais l'ivresse de sculpter, à même la chair de l'homme, le sceptre de mon pouvoir. Lorsque, adolescente encore, je plongeais la main sous le linge de Thierry, j'y trouvais sa jeune virilité aux aguets, et mon rôle se limitait à lui faire baisser le nez en quelques secondes qui ne me semblaient pas éblouissantes. Plus tard, avec pas mal d'autres, j'ai peaufiné la méthode, me suis rassurée à ce sortilège que je leur infligeais, quand je les sentais trop arrogants : victimes de mes pratiques, ils se rendaient vite, se flétrissaient aussitôt, je riais de l'infaillibilité castratrice de mon savoir, du piège où tombait leur imbécile libido masculine : ils croyaient que je servais leur culte quand je les émasculais... Avec Yves, le piège s'était inversé. Trop imbue de mes diableries, je pensais facile de modeler à volonté ce que je m'étais toujours amusée à réduire. – Ne comptons pas Charly, que, paradoxalement puisqu'il fut mon premier amant, je n'ai jamais eu l'impression d'avoir touché, je veux dire touché de mes mains. – Le corps rétif, la sexualité ombrageuse d'Yves s'étaient chargés de me démontrer que, à tout poison concocté, on devrait d'abord trouver l'antidote. Jamais je n'avais pu façonner délibérément sur lui ce qui m'avait si souvent été donné tout prêt ailleurs, et que j'avais toujours démoli sans en admirer le miracle. J'étais comme un gosse qui aurait écrasé tous les châteaux de sable rencontrés, et qui soudain s'apercevrait de son incapacité à en seulement construire un seul... Dans le noir imparfait de cette salle de cinéma, Philippe devenait mon château de sable, le premier, le plus beau, et je percevais sous mes doigts inspirés l'élaboration de son architecture, durcissement des assises, essor du donjon, toujours plus fier, et que j'eusse voulu élever interminablement.

Mon œuvre dura tout le film. Deux heures à jouer

à la bâtisseuse de l'empire des sens, à l'enchanteresse d'un Kamelot flamboyant, à la créatrice d'un univers palpitant et gorgé qui réclamait son apocalypse et menaçait d'exploser à chaque instant. Deux heures à organiser et différer le séisme, à retarder la déflagration... Nous sommes rentrés ensemble ce soir-là, dans le petit appartement de la rue Ampère, nous nous sommes couchés dans le lit-canapé du salon, celui de ma nuit de noces avec Marie, celui de mes échecs avec Yves. J'avais à mon flanc un jeune mâle pressé, fiévreux, arc-bouté sur l'éperon brûlant que j'avais longtemps forgé, un jeune mâle impérieux dont il ne m'était plus possible de repousser l'assaut, et tandis qu'il avait encore, dans mon cou, des mots de petit garçon ébahi – « Ce que tu m'as fait au cinéma ! Ce que tu m'as fait ! Jamais, jamais on ne m'avait fait ça ! » – où se mêlaient déjà des mots d'homme – « Tu m'as rendu fou ! Fou ! Je suis fou ! » –, j'ai senti son invasion brutale et précise, son coup de lance victorieux, sa danse trépignée, frénétique, sa paralysie tragique au sommet de l'extase, toute la fulgurante chorégraphie du plaisir enfin consenti, et ce flot en moi, ce flot de sa joie, en trois ou quatre salves gémies, je l'ai entendu crier comme s'il mourait, comme si ce javelot dont il venait de me poignarder s'était retourné contre lui-même, et j'ai su que je ne l'oublierais jamais.

Après il a dit : « Pardon, pardon, je n'ai pas eu le temps de mettre une capote. Tu crois que c'est grave ? » Et je l'ai consolé, ma main rendue à son innocence dans ses cheveux de petit page...

Je t'ai aimé, Philippe. Quand je vois ta photo sur la tombe ancestrale, au cimetière de Vaujany, j'ai envie de pleurer. Toi aussi, comme Mickaël, tu es mort très jeune. Tu es mort de cette maladie cruelle qui a tué tant de garçons qui préféraient les garçons. Est-ce ma faute ? T'ai-je trop peu donné, quand tu m'éblouissais si fort de mes nouveaux pouvoirs de femme ? Nos routes marginales se sont tôt croisées, et vite séparées. Mais leur carrefour m'est un souvenir cher qui fait partie de mon itinéraire. Je t'ai aimé comme j'aimais mon petit frère, fière de savoir des choses que tu ignorais, de pouvoir t'attendre en voiture à la sortie de tes cours et te raccompagner où tu voulais, de te conseiller si tu en avais besoin, de te faire rire, de t'éblouir un peu, plus adulte et plus mûre, plus sûre, plus belle et épanouie sous ton jeune regard qui, en m'admirant, me grandissait.

Je t'ai aimé tout en aimant Marie, et comme elle, je t'ai trompé, pas trompé vraiment, non, puisque je ne me cachais pas, puisque chacune de mes frasques était plus qu'avouée, plus que transparente, évidente. J'avais trop pâti de toujours me cacher aux yeux de mes juges, j'entendais que l'on me voie désormais dans ma réalité de gourgandine, et qu'on m'absolve, et qu'on me chérisse encore, malgré tout. C'est à cette époque que l'ostentation, l'impudeur de mes passades, coups de cœur fugaces et histoires sexuelles plus éphémères encore, se sont mis à me devenir une drogue. J'avais été longtemps clandestine, une mue attardée me métamorphosait maintenant en exhibitionniste désinvolte et cruelle. Je t'ai aimé et je t'ai fait souffrir. Orgueil et humilité mêlés. Vanité revancharde de celle qui se croyait désormais libérée des jougs de la convention, modestie aveugle d'une écervelée inconsciente de sa véritable importance, et de la portée de ses actes. Un soir de fête, encore un, tu es venu chez nous avec des copains. Nous avons bavardé, plaisanté, fumé, bu. Marie est restée très raisonnable, un peu en retrait, mais indulgente à nos fous rires. Au moment de notre départ, j'ai décrété que je ne voulais vous dire au revoir que un par un, dans mon lit. Mon caprice a suscité des exclamations tentées, très égayées. Marie a levé les yeux au plafond, quelqu'un a lancé : « Qui commence ? » et toi, tu as dit : « En tout cas, moi, je passe le dernier. »

Quand ton tour est arrivé, comme les autres tu as frappé à la porte, et comme aux autres je t'ai tendu les bras. Tu ne boudais pas, tu souriais, tu t'es blotti contre moi. « Pourquoi le dernier, et pas le premier ? ai-je demandé. – Je voulais les effacer. Tous. Je suis jaloux. »

Je n'ai jamais entendu cette confession, « Je suis jaloux », prononcé sur un ton aussi neutre, aussi dénué de rancœur, d'amertume. Tu ne me reprochais rien, tu ne te plaignais pas, ne revendiquais pas, ne menaçais pas. Ta sobriété m'a touchée et alertée ensemble. Tu t'appliquais au respect d'un code de liberté que nous n'avions jamais mis au point entre nous, mais, sans tricherie ni caricature, tu me prenais bel et bien au piège de ta tendresse malmenée. Nous n'avons pas fait l'amour, alors. Un seul baiser dans ta chevelure d'ange a suffi, j'espère, à te rassurer : tu les avais effacés. Tous.

Mais j'ai commencé ce soir-là à me dire qu'il fallait que je m'éloigne de toi.

16.

De ce soir-là, j'ai gardé l'impression d'une révélation. Celle du lien particulier qui se tissait entre Philippe et moi, beaucoup plus solide et profond qu'il n'était prévu, et que je ne me l'étais autorisé. Sa jalousie avouée, et le remords qu'elle m'occasionnait, m'ouvraient les yeux : nous avions dépassé le stade d'une plaisante aventure, et, si j'avais consenti, avec un trouble embarrassé mais délectable, à être un moment son maître, je refusais de devenir sa maîtresse. C'était à la fois trop périlleux, trop compromettant pour ma vie de couple avec Marie, et trop restrictif car je jugeais que mon éducation personnelle n'était pas terminée.

Preuve en était cette amnésie qui m'était advenue à l'instant où Philippe s'était assis après les autres à mon chevet et m'avait confessé : « Je suis jaloux. » Sa déclaration, en me bouleversant, m'avait montré quelle place il tenait déjà dans mon univers et mes préoccupations, au point d'occulter ce qui venait de se passer, entre ses camarades et moi, de l'occulter pour toujours, et presque complètement. Je dis « presque » car un seul souvenir précis surnage dans le brouillard confus de cette fin de soirée. Combien de garçons étaient-ils ?

Mystère. Je dirais trois ou quatre. Et qui ? Là encore, j'ai oublié. A peine revois-je une physionomie, un blond coiffé très ras, avec des éphélides et un sourire gouailleur. Qu'ai-je fait avec eux ? Rien, si ce n'est peut-être les embrasser, ou rire et plaisanter.

Mais il y avait Jean-Charles. Lui apparaît plus nettement sur la pellicule floue de ma mémoire. Comme Philippe, il avait l'air d'un ange. Mais un ange brun avec une auréole de boucles envolées, très longues, qui lui faisaient une tête de fille, et des yeux clairs dans sa bouille ronde. Pourquoi celui-là m'a-t-il marquée plus que les autres ? Avec lui, il s'est passé quelque chose qui m'est revenu après le départ de la petite troupe, après que j'ai serré Philippe contre moi en lui jurant, sincèrement, qu'il les avait tous effacés. La réminiscence brutale m'est advenue dans le noir, tandis que Marie s'endormait à mes côtés. Une sorte d'éclair m'a illuminé la tête et incendié l'âme : j'avais fait l'amour avec Jean-Charles ! Non, ça ne pouvait pas s'appeler comme ça. Il m'avait fait l'amour... Non plus. Sa fièvre rapide et solitaire ne m'avait pas contaminée, pas même invitée. Il s'était fait l'amour sur moi, voilà exactement ce qui était arrivé ! Il était entré dans la chambre, avait défait son pantalon si vite que je n'avais même pas vu sa chair, s'était jeté sur mon corps. Avec sa gueule de séraphin, ses prunelles de paradis, ses joues rondes de poupon candide, il s'était livré à une gesticulation grotesque que j'avais subie, la chemise au nombril et les genoux ouverts, sans plaisir ni révolte, avec pour seule, colossale émotion la surprise de l'entendre proférer un commentaire inattendu dans sa bouche de bambin, un commentaire grossier et cinq ou six fois répété au rythme de ses saccades, comme pour cravacher et ponctuer le plaisir qu'il se donnait : « Oh ! Ton cul ! Ton cul ! Ton cul... » Ça ne ressemblait ni à une prière, ni à une louange, ni même à un délire érotique. Juste à une formule magique « Tonku, Tonku », une incantation de sorcier en transe qui célébrait une messe superstitieuse.

Quelques heures après, le flash de cette brève mais intense prestation m'ouvrait les yeux dans la nuit et faisait battre mon cœur d'un scandale rétrospectif et délicieux. Nouvelle perle dans mon coffre à découvertes, nouvelle pierre à l'édifice de ma connaissance sexuelle, nouvelle pièce à ma collection. J'y comptais déjà des gestes audacieux, des photos incendiaires, des silences ambigus ou troublants, des plaintes extasiées, des gloses tendres, les explications claires et hardies des dictionnaires, les déclarations tragi-comiques d'Yves, la poésie barbare des récits de Bataille, des soupirs, des mots d'amour osés à mi-voix, tout un langage visuel, mimé, écrit, articulé, gémi, chuchoté, mais jamais encore on ne m'avait donné ça, le mot trivial, plus obscène encore d'être psalmodié sans logique, sans syntaxe, presque sans contexte, « Tonku, Tonku », le mot charnel et pourtant désincarné, comme une drogue de l'esprit, un fouet à fantasmes, un SOS dans le naufrage du plaisir, le sésame salvateur et dévastateur ensemble. Jean-Charles s'était envoyé très haut, très loin, rien qu'avec sa mélopée, je l'avais vu se raidir puis s'écrouler de bonheur, et j'étais pour si peu dans ces transports, à peine un prétexte, son refrain exalté seul l'avait galvanisé et ébloui.

Comme j'avais envié le talent de Bataille, je me mis à envier la spontanéité, la crudité candide de cet angelot qui s'autorisait la transgression, et se gargarisait d'une indécente exclamation. Saurais-je un jour, moi aussi, ouvrir ces vannes secrètes verrouillées au fond de chaque être civilisé, bâillonné par des siècles de morale et de pudibonderie ? On interdit les gros mots aux enfants qu'on prétend bien élever, en omettant de leur en recommander le choix et l'usage dans des situations très privées, très particulières où, grandis et aptes à une certaine forme de communication, ils en savoureront toute la magie et toute la gloire...

Gros mots... Si imposants, farouches, si puissants et adultes face aux petits mots des interlocuteurs impubères sans flamme ni imagination. Mots crus, gaillards, pour réveiller les sens que la bouillie trop cuite des bons usages endort. Mots verts pour éclabousser la grisaille ronflante des amours aseptisées, le pastel gnangnan des romans à l'eau de rose, mots salés, épicés, poivrés, pimentés, pour relever, piquer, brûler, éperonner, banderiller, bander... Jean-Charles m'a offert « Tonku », j'en veux d'autres, qu'on m'en jette, qu'on m'en invente, qu'on m'en chante, qu'on m'enchante, et qu'on suscite aussi ma réponse incroyable, qu'on m'entraîne dans cette partition inouïe, cette symphonie splendide, cette audace merveilleuse de l'obscénité, cette liberté chatoyante, ce lyrisme, ce flamboiement d'une pornographie amoureuse et fervente ! Quand saurai-je ? Quand pourrai-je ? Qui sera digne de m'inspirer la riposte, et peut-être même l'initiative, d'une divagation impudique, d'un délire scabreux, et, offrande inestimable, la reddition de ma pudeur, mon âme livrée, déshabillée, révélée par des mots que la terreur retient et pétrifie en moi ?

Le temps n'est pas encore venu, la gourgandine

restera longtemps muette, ou autorisée seulement au langage châtié de ses enfermements. Châtié, puni. Privé de sortie, de liberté. Châtié, châtré. Privé de couilles. C'est ça. J'avais un langage sans couilles, féminin, celui des petites filles bien élevées. Je m'en sentais mutilée, comme si l'éducation reçue m'avait été une sorte d'excision. Je me surprenais, avec le souvenir du rapide moment où Jean-Charles s'était déchaîné sur moi, à envier sa masculinité. Je ne dis pas sa virilité. Ce ne sont pas ses attributs que je convoitais, mais son aisance à la parole. Même indigent, son commentaire me semblait permis, dicté, par une faculté de garçon à nommer l'innommable, à le répéter, insouciant de ridicule ou d'impudicité.

Mais je ne resterais pas claquemurée toute ma vie sur des silences mornes, il n'en était pas question. Un jour, je ferais du langage amoureux mon art et mon combat, même s'il me fallait, un peu, changer de sexe. Si la verge ne me poussait jamais, la verve m'en tiendrait lieu. A une lettre près, j'entrerais dans le camp des beaux parleurs, des chantres du désir, et j'inventerais pour mieux plaire et mieux jouir, de terribles litanies...

Jean-Charles est resté gravé dans ma mémoire pour sa seule licence verbale. Je ne l'ai jamais revu, il est tombé de ma vie comme un fruit desséché avant d'avoir éclos, alors que son éclat m'avait si fort émue. On m'a dit qu'il était mort... C'est longtemps après que l'information, quoique vague et non certifiée, m'a troublée... Quoi, lui aussi ? Un fantôme de plus, dans la liste de mes initiateurs... A croire qu'un sortilège étrange les avait condamnés, que le fait d'avoir plus ou moins longuement croisé mon chemin leur avait porté malheur... L'idée m'effrayait et me séduisait. C'est qu'une mante religieuse commençait à s'agiter en la gourgandine désenchantée, écœurée des vilenies masculines. Mais il faut se garder d'anticiper, je suis encore à l'ère des grandes découvertes, ma blanche caravelle vogue sous un ciel ignoré, aux bords mystérieux du monde virginal, et lorsque je vois une île, me voilà un conquérant comblé.

Chaque soir, espérant des lendemains épiques,
l'azur phosphorescent de la mer des Tropiques
enchantait leur sommeil d'un mirage doré...

Oui, ce printemps 1972 ressemble à un mirage doré... Ma mère, malade d'un fibrome, a dû se faire opérer. Elle s'est laissé convaincre par Momo de passer sa convalescence en maison de repos. Eric habitera chez nous pendant ce temps-là. Ça tombe bien, parce qu'il est dans la dernière ligne droite pour son concours d'entrée à l'Ecole normale. Et la radine, si elle n'augmente pas le tarif riquiqui de la pension qu'elle me verse pour le nourrir, lâche au moins du lest sur un terrain précieux : elle m'abandonne définitivement les clefs de Vaujany, puisque de toute façon elle n'envisage plus de partir en vacances sans « son ami », et qu'il lui serait sans doute assez délicat de recevoir, au vu et au su de la famille de mon père, et dans sa maison même, le vieux débris qui l'a remplacé...

Marie et moi avons obtenu notre licence sans problème. Les révisions d'Eric, les petits boulots de Marie, quelques cours particuliers que nous donnons ici ou là nous retiennent à Grenoble, mais la fin du mois de mai est si belle et chaude que chaque week-end nous nous évadons vers mes chères montagnes. Nous y allons quelquefois en semaine, y revoyons Philippe, y recevons une nouvelle fois Mickaël. Je me souviens d'un après-midi particulièrement torride où nous nous arrosons, tout nus, dans le pré de ma sœur. Que s'est-il passé pour que mes complexes et la hantise de montrer mon corps en pleine lumière aient soudain disparu ? Mickaël et Philippe ont été de puissants sinon définitifs remèdes à mes inhibitions. Le premier parce qu'il était obèse, et ne semblait pas redouter autant que moi les regards ; du moins, même s'il ne s'agissait que d'une apparence, avait-il trouvé, dans une certaine forme d'ostentation, la parade homéopathique à la raillerie. Quant à Philippe, il était si amoureux de mes frasques, valorisait si fort en moi ce côté fantaisiste que j'aurais fait à peu près n'importe quoi pour éclairer dans ses prunelles bleues l'étincelle amusée et conquise que j'avais appris à aimer. Ce jour-là, nous sommes une petite troupe à nous prélasser au soleil dans l'herbe déjà haute. Le terrain de ma sœur est un grand champ qui domine la route vers laquelle il descend en pente raide. Lorsque je me saisis du tuyau branché sur le bassin et que je propose : « Si on s'arrosait ? », une des jeunes sœurs de Marie, qui font partie de la fête, objecte : « Mais on n'a pas de maillot de bain ! – Broutilles ! On n'en a pas besoin ! » dis-je. Philippe rit déjà : « Non ? Tu ferais ça ? »

J'ai envie de l'étonner, envie de les secouer, tous, de leur fabriquer un souvenir grand teint, qui résistera au temps, dont nous parlerons ensemble, plus tard, lorsque les années nous auront transformés en adultes stéréotypés, bien soucieux des convenances, bien sérieux. « Tu te rappelles, quand on s'est mis tout nus dans le champ de la Jeanne ? On se courait après avec le tuyau d'arrosage, et les types qui passaient sur la route pour aller aux foins nous regardaient comme des Martiens ! » Cette folle après-midi a sans doute dégénéré en rendez-vous amoureux avec Philippe ou Mickaël, ou les deux peut-être, l'un après l'autre. Pas ensemble tout de même. Je n'en étais pas là de mes expérimentations. Pas encore...

Nous avons conduit Eric à son concours. Bichonné, chapitré, galvanisé de soins et recommandations multiples. Il avait été longtemps mon enfant. Il était devenu le nôtre, Marie savait le consoler, l'écouter, le dorloter, elle lui manifestait une affection qui me bouleversait de reconnaissance. Ça, et les remords que je me collais quand je faisais les quatre cents coups, et tous les pardons qu'elle m'accordait d'avance, tous ses stoïcismes, ses silences sans reproche, sa façon de secouer la tête avec un soupir à peine énervé, dénué de rancune mais non d'amusement parfois, pour dire à quel point j'étais une sale gosse, à quel point il fallait de la patience avec moi... Je l'aimais de plus en plus, de plus en plus fort, de plus en plus loin en moi, jusqu'à me réinventer une enfance dans ses bras, une naissance dans son ventre, je l'appelais « mamita », je cultivais les caprices et les enfantillages exprès pour la voir céder, pour lui donner le bonheur de me faire plaisir, et ce bonheur m'inondait aussi, par éclaboussement, débordait jusqu'à mon cœur, le noyait d'amour. J'étais si heureuse, avec toi, mamita... A ne même plus redouter les jugements des imbéciles, les aigreurs des méchants. Ta tendresse me rassérénait, lénifiait mes peurs, aplanissait les obstacles. Ton rayonnement était un sésame puissant, un laissez-passer vers la liberté d'aimer, une façon pacifique et resplendissante d'imposer le respect... A Vaujany, mon cousin Michel nous croisant bras dessus, bras dessous nous a saluées l'autre jour d'un « bonsoir, messieurs-dames », ironique mais débonnaire. Ma sœur et son beau Rital de mari nous appellent « les filles » ; et tout le monde sait bien ce que la formule recouvre mais notre union n'a pas l'air de les traumatiser. Au contraire, ils nous demandent souvent de menus services, garder leur bébé – une petite fille blonde assez difficile, mais tu t'y prends si bien ! –, prêter des livres à leur aîné, ouvrir leur maison de Vaujany avant leur arrivée pour y mettre le chauffage. Ils nous accueillent chez eux, nous permettent de loger quelquefois du monde dans les chambres de leur résidence secondaire – c'est ainsi que j'ai dormi, non couché, avec Mickaël. Peu à peu j'ai l'impression que les difficultés s'aplanissent, difficultés de vivre ensemble au grand jour et d'affronter le monde des « régulièrement constitués, régulièrement sexués ». Notre copine Annie s'est mariée, elle attendait un bébé. Mais elle n'a pas fait comme Joëlle, ne nous a pas cachées aux yeux de son mari. Au contraire, nous nous fréquentons, leur couple nous fait du bien, drôle et amoureux, le nôtre ne les dérange pas. La société n'évolue pas très vite, et même, elle n'évolue pas du tout. Mais il y a des exceptions ici et là, des gens moins bornés que les autres, auprès desquels je ne me sens plus monstrueuse. Bientôt la recherche frénétique de ma vraie sexualité, le besoin de constater et de prouver que je suis « normale », que je sais l'être, ne pourront plus servir de prétexte à mes escapades, qui continueront de plus belle... Folle que je suis, ce n'est pas une assurance, une confiance nouvelles que je cherche. Même pas la consolation d'avoir si peu séduit ma mère... C'est ma perte. Une pulsion masochiste, destructrice me pousse sur un chemin dangereux, et le mirage doré de ce magnifique début d'été referme peu à peu sur moi le piège de ses vénéneuses délices.

Nous montons sur la jolie route de Saint-Hilaire-du-Touvet où ma mère se repose, gaie et fraîche, débarrassée de son fibrome. Pour la première fois on lui a enlevé quelque chose du ventre pour la soulager, l'alléger. Ses deux accouchements n'avaient été le début que d'une longue série d'empoisonnements, le démarrage d'un chemin de croix, dont les fardeaux que nous sommes, Eric et moi, chacun pesant son poids différent de problèmes, ont été copieusement informés de leur nocivité, de leur inopportunité... Aujourd'hui est un jour extraordinaire, un jour béni où ces deux fardeaux, l'un ayant depuis quelque temps porté l'autre, arrivent prodigues d'une excellente nouvelle : Eric a réussi le concours de l'Ecole normale !

Momo lève au ciel ses bras de gnome, « Bravo », ma mère se fond d'un large sourire, esquisse une pirouette, « Ah ! que je suis contente ! », elle embrasse Eric, le félicite, me félicite, m'embrasse, embrasse et félicite Marie... La joie lui fait perdre les pédales, elle associe à notre bonheur sa voisine de chambre qu'elle a surnommée « la Comtesse », l'embrasse aussi, la Comtesse la prend dans ses bras, les voilà embarquées dans une valse qui les essouffle moins que leur fou rire. Puis la Comtesse s'éclipse pour chercher un nouveau paquet de cigarettes. « Ouais les p'tits loups, graillonne-t-elle, sans mes clopes, chuis foutue ! Tous les vices ! » L'œillade égrillarde qu'elle a lancée à Momo nous intrigue, alors il s'approche de nous, nous attrape Marie et moi chacune par un coude et, sur le ton de la confidence : « Je crois qu'elle est un peu gouine, hein, mon petit ? » « Mon petit », c'est ma mère, qui opine joyeusement, « Oui, oui, ma main au feu qu'elle l'est ! D'ailleurs, elle me drague ! Mais qu'est-ce qu'on rigole ! » Cette scène étonnante se tient sur le toit du sanatorium, une terrasse en plein ciel, un belvédère sur le paysage bucolique et plein d'innocence de la belle Chartreuse. J'ai une photo de l'endroit, on y voit ma mère et la Comtesse enlacées pour la pose, et riant comme deux collégiennes. Je ne peux pas la regarder sans éprouver une douleur vague, le regret que laisserait un rendez-vous raté...

17.

J'ai beau faire des efforts, je ne me souviens absolument pas de la façon précise dont tout a commencé avec Mario.

C'était à l'époque du mirage doré. Blondeur des blés, à Vaujany où nous allions de plus en plus souvent, champagne du soleil, feu des pentes neigeuses par les soirs qui flamboient, miel des cheveux de Marie. Il en était amoureux. De ses cheveux, d'elle, et de sa suavité de Madone. Et c'était moi qu'il taquinait. Il aimait ma vivacité, la verdeur de mon langage, mes répliques cinglantes, il disait : « Ah ! Tu es bien une Ritale, toi, tu es du même pays que moi ! » Il venait seul à Vaujany, de plus en plus souvent. Seul ou avec le bébé. Il prétendait qu'il avait besoin d'air, de campagne, de cultiver les légumes, de couper de l'herbe. En ville, il dépérissait. Il prenait un air gourmand pour nous inviter à manger. « Je vais faire une vraie salade verte du jardin, et des patates sautées ! Il n'y a rien de meilleur... Hum ! Des petites patates toutes tendres, ça vous dit ? » Il avait une mimique tentatrice, la tête penchée, l'œil réduit à une fente malicieuse, les lèvres arrondies comme pour un baiser. Il était beau et attendrissant, Marie se laissait avoir, elle raclait les patates. Parfois, je cuisinais aussi. Je faisais du riz, comme M. Lebourg m'avait appris, en l'améliorant. Mario en raffolait. « Ta sœur ne sait pas faire le riz comme toi. Toi tu es ritale, tu as ça dans la peau ! » Ça m'amusait, je revoyais mes pauvres débuts, mes essais caramélisés au fond d'une casserole, mais je ne le détrompais pas. Il était le premier homme à qui je préparais à manger, le premier à s'asseoir avec enthousiasme devant une assiette que je lui avais remplie, le premier à m'honorer de son appétit, de ses compliments, de ses exigences. « Fais-moi un risotto ! Avec beaucoup de poivrons cette fois ! » J'avais la coupable impression de rejoindre à travers lui un itinéraire rassurant, balisé, de me complaire à ce semblant de destin féminin. Parfois aussi, je dansais pour lui. Il me proposait des rythmes latins, applaudissait à mes déhanchements, célébrait mon sens de la musique et de la fête, et, rien que pour lui plaire, je me trémoussais à perdre le souffle, mon visage en feu changeait de couleur sans rougir, brunissait d'un hâle, d'une fièvre qui me fardait à mon avantage, il disait avec une émotion sincère : « Tu es belle quand tu danses » et pour ce seul hommage, j'aurais dansé des nuits entières, jusqu'à tomber, Salomé désintéressée, uniquement animée du désir de son admiration...

Marie, moins tapageuse, plus douce que moi, plus vite effarouchée, réveillait chez lui les bons instincts du macho, protéger, rassurer, abdiquer avec simplicité devant des tâches délicates et ingrates. Quand le bébé était sale, il s'en remettait à Marie pour le change des couches, à elle aussi de bercer et d'endormir la petite bestiole récalcitrante et pleurnicheuse...

Avec moi, il se montrait autoritaire pour rire, parfois

grossier, très provocant, je l'envoyais promener, il partait aux champignons avec mon cousin, il nous laissait la maison, la vaisselle, la petite. Quand il revenait, nous étions à notre poste, nous avions fait du net, il semblait heureux de nous retrouver, se félicitait d'un fallacieux bonheur de sultan. Et nous, petites moukères tranquilles, pelotonnées dans un confort de harem, nous étions contentes de son regard approbateur sur le ménage en ordre, sur notre paix, notre tendresse, notre aisance à nous accommoder de ce qu'il nous donnait, sans rien demander d'autre, sans rien compliquer. Deux femmes pour lui seul, et deux femmes qui se suffisaient lorsqu'il n'était pas là, c'était une sorte de rêve, d'idéal que la fortune lui offrait sur un plateau d'argent. Il s'aventura assez vite, je crois, à des plaisanteries orientées, des propositions graveleuses dont le ton désinvolte pouvait laisser penser qu'il ne s'agissait que de boutades. En fait, il humait le vent, sondait la température, évaluait les possibles d'une aventure triangulaire qui eût tenté n'importe quel homme à sa place. L'occasion était trop belle, les circonstances trop favorables : ma sœur se reposait sur nous, tout à son travail, et à l'attention que requérait la scolarité de son aîné. Nous savoir à Vaujany en même temps que Mario et la petite la tranquillisait, lui ôtait tout scrupule. Il y eut même des week-ends où elle ne monta pas du tout nous rejoindre, préférant se reposer chez elle, soignant une otite de son fils, ou accompagnant un départ en colonie de vacances de son comité d'entreprise.

Nous aurions pu nous sentir honorées de sa confiance, aussi bien qu'insultées. Lui prêter des jugements divers : « Ces deux filles-là sont trop bien pour profiter de la situation... » ou « Trop moches, trop insignifiantes pour mettre mon mariage en danger ». Nous aurions pu aussi nous croire reconnues dans notre couple, dans notre sexualité, « elles sont si amoureuses l'une de l'autre, elles n'aiment pas les hommes, je ne risque rien à laisser Mario seul avec elles... ». Nous n'avons rien pensé de tout cela. Quand je dis « nous », j'exagère peut-être, l'honnêteté – une honnêteté dépourvue d'orgueil ou de mépris, je voudrais bien qu'on ne se trompe pas – consisterait plutôt à dire « je ». « Je n'ai rien pensé de tout cela. » Marie, quant à elle, ne pensait que par moi. J'étais le pivot de sa vie, l'axe de ses désirs, le moyeu de ses actes. Ce que je souhaitais, elle le souhaitait aussi, ce que je refusais, elle y renonçait. Avec le recul des années, plus encore qu'au moment où je le constatais, je sais que cet absolu et aveugle mimétisme était sa façon d'aimer, de m'aimer, d'épouser mes rêves, et mon âme entière...

Quand nous nous sommes retrouvées dans le lit de Mario, elle ne s'est posé aucune question superflue. L'essentiel était clair : je n'étais pas jalouse du béguin que Mario avait pour elle, ni du faible par lequel elle y répondait. Avec lui, elle connaîtrait l'initiation que l'hypersensibilité, l'extrême droiture d'Yves lui avaient confisquée. J'avais envie qu'elle fût, autant que moi, avertie des charmes et des mystères de l'homme, de ses limites aussi, de ses défauts, des déceptions et des perplexités qu'il pouvait engendrer. Elle, elle avait si souvent consenti à mes frasques et mes escapades que me voir là, nue au côté d'un homme nu dont elle flanquait, nue, l'autre côté, lui semblait une fête totale dont personne n'était exclu, et dont chaque invité se devait la politesse d'un plaisir partagé.

A aucun moment le fantôme de ma sœur ne vint

rôder aux confins de notre trio. Mario seul devait avoir, à présent je l'espère, quelques remords mais se gardait de les exprimer. Ses précautions à fermer les volets, à voiler la lumière, à chuchoter, nous semblaient vouloir préserver le sommeil du bébé, et notre intimité. Mais nous n'avions pas conscience d'un malaise quelconque, d'un tabou transgressé, d'une appréhension, de sa part, à être découvert ou seulement soupçonné en notre très privée compagnie. En quelle sorte d'animal mon éducation ratée m'avait-elle transformée ? Incapable de fidélité, au sens commun du terme, incapable de jalousie aussi – j'étais trop sûre de l'amour de Marie, trop persuadée que personne, jamais, ne pourrait me détrôner dans son cœur –, j'ai délibérément ignoré la portée de mes actes et que, révélés au grand jour, ils pouvaient faire mal. Longtemps après, la vérité a éclaté (« la vérité a éclaté... » aujourd'hui, j'en parle comme d'un scandale, d'un crime enfin éclairci. Et aujourd'hui, comme jadis, je suis dans l'excès. Le balancier de ma conscience, en cinquante ans, n'a pas cessé de tictaquer du cynisme à la contrition, sans jamais trouver d'équilibre, hormis dans l'exercice de mon métier, ce qui me fut un grand bonheur). La vérité a donc éclaté, à la faveur de circonstances que je narrerai sans doute ultérieurement, au tome 3, 4, 5 ou 6 de la vie de cette gourgandine qui cavale dans ma mémoire. Ma sœur, en apprenant que nous avions couché avec son mari, m'en a beaucoup voulu, chagrinée d'une humiliation rétrospective ainsi énoncée : « Ce que vous avez dû vous foutre de moi ! » Je suis tombée de la lune devant une telle réaction. De ma lune personnelle, cette planète particulière qui n'obéit à aucune des règles de la civilisation humaine. Nous foutre d'elle ? Ça non, alors ! Mais pouvais-je lui avouer – ce qui à mon sens aurait été plus injurieux encore pour elle – que nous ne risquions pas de nous foutre d'elle vu que, pour nous et à ce moment-là, elle n'existait pas ? Son absence délibérée était même plus à nos yeux – à mes yeux – qu'une absence, c'était une permission, une bénédiction soulagée, « je vous laisse Mario, faites-en bon usage, rendez-le heureux si vous pouvez, je me décharge quelque temps sur vous de son bonheur, ça me repose ». De là à penser que nous lui rendions service, le pas est mince, mais comme nous n'étions pas imbues de nos bienfaits, nous n'avons pas envisagé une seconde d'en réclamer de spéciale reconnaissance. Plus tard, à l'heure de la révélation, j'étais assez immature pour m'étonner qu'une rancune offensée fût le salaire tardif de nos bons offices. A présent je rends grâce au bien-fondé, mais aussi à la modération de cette rancune, et au pardon que j'ai, je le souhaite, obtenu, sans jamais l'avoir demandé. L'écrire m'est une sorte de rémission profitable, et fait partie de ma route vers l'âge adulte. Quand cesserai-je de grandir, avec ce retard que j'ai pris petite, ce handicap de mon enfance douloureuse ?... Quand finirai-je par admettre que, de toutes les barrières dressées, certaines étaient nécessaires et, qu'en les brigandant, c'est surtout moi que j'ai blessée ?

Je nous revois au lit tous les trois... Le tableau n'a rien de torride. Une fois de plus, le sexe ne me semblait pas érotique. Mario n'était pas un connaisseur, un curieux, un jouisseur, un « bon coup », comme on dit.

Etonné lui-même d'avoir à sa disposition et la blonde et la brune, de se trouver l'axe de symétrie de leur couple, il n'a guère cherché, autant que je me le rappelle, à profiter des charmes conjugués d'une telle situation. Je l'ai dit, c'est Marie qui le tentait. Sa longue chevelure lisse et dorée, son visage angélique, sa silhouette parfaite, ses silences, sa petite chanson à lèvres closes, à peine un murmure, pour commenter la douceur du moment, son sourire qui acceptait tout. Moi, avec ma coupe de garçon, mon corps plus mastoc, mes rires, mes éclats, mes audaces dont il ignorait qu'elles fussent de pure forme, je l'effrayais plutôt. J'ai compris rétrospectivement qu'il nous avait emmenées au lit ensemble non pour s'offrir le régal d'un fantasme longtemps bercé, mais parce qu'il croyait notre duo indissociable. Il convoitait Marie, il s'imaginait que le seul moyen de l'obtenir était de m'inviter avec elle à la noce. Il avait souvent souligné que nous nous ressemblions lui et moi, me vouait une sorte d'admiration et de tendresse fraternelles, il pensa sans doute que courtiser Marie seule me rendrait jalouse parce qu'il était lui-même d'un tempérament très latin, possessif, ombrageux. Il ne voulait pas me déplaire, me « tromper », selon un code social dont il était tout pénétré. Il supposait aussi que Marie, sans moi, sans l'aval de mon regard sur leurs ébats, la permission de ma présence à leurs côtés, ne consentirait jamais à l'aventure, même brève, dont il avait envie. De mon côté, je le voyais beaucoup plus déluré que ce qu'il n'était, et présumais qu'il désirait s'offrir un souvenir particulièrement savoureux. Désir auquel j'étais toute prête à souscrire, toujours motivée par cette nécessité que je m'étais dictée de compléter à tout prix mon éducation. Nos réels mobiles, pour nous rencontrer, lui et moi, étaient donc loin d'une profonde attirance réciproque, quoique, pour ma part, il me parût assez charmant, et que, pour la sienne, il m'eût quelquefois honorée d'un émoi furtif mais sincère.

Nous voilà donc entre les draps, triangle improbable où personne ne s'exalte. Des éclairs traversent les brumes de mes réminiscences, sans vraiment les illuminer. Mario caressant Marie. Marie offerte, entre recueillement et passivité. Moi appuyée sur un coude, bercée au rythme du sommier qui participe, du son et du roulis, à leur étreinte. Il grince plus que Marie ne gémit. Mario est parti dans un galop solitaire qu'il interrompt brutalement plusieurs fois, puis définitivement. Reddition ? Contention ? Marie promène dans ses boucles noires, sur ses épaules brunes d'athlète bronzé des mains apaisantes, comme elle caresserait un gosse en pleurs ou une bête énervée. Je ne m'ennuie pas, je ne souffre pas, je n'exulte pas. Je pose sur l'instant des yeux calmes, j'analyse, je récapitule, je compare. Mario est le plus adulte, le plus âgé des garçons que j'ai intimement connus jusque-là. Mais pas le plus efficace. Un second Charly, qui connaît ses limites, déplore, à soupirs éloquents, l'inutilité de ses efforts, l'improductivité de son assaut. Marie n'a pas crié, même pas chantonné plus fort. Elle sourit toujours, alors qu'il s'excuse de sa maladresse, de son ignorance : il constate une fois de plus, sans geindre, avec un fatalisme un peu triste, qu'il ne connaît rien aux femmes, promet qu'il va se documenter, lire des livres, interroger des copains, il en a marre de se montrer si piteux... Son discours attendrit Marie qui le cajole de plus belle, et me surprend. Il a donc tant d'échecs derrière lui, déjà ? Tant de femmes dans son catalogue raté ? Tant d'aventures moroses, tant de désillusions ? C'est vrai qu'il est beau mec, mais je ne le croyais pas coureur à ce point... Coureur, lui ? Non, non. Je me trompe. Au contraire, pas coureur, plutôt fidèle. Et ceci explique cela. A demi-mot, j'entends le grief, la frustration du mari peu encouragé, mal éperonné. La semi-confidence m'offusque d'un tardif scrupule, et, pour le bâillonner, je feins un dépit boudeur : « Occupe-toi un peu de moi ! Avec moi, tu n'as même pas essayé... »

Aussitôt il change de monture, avec une détermination dont j'hésite à penser si elle signe sa bonne volonté, sa courtoisie, ou un désir de revanche dont je ferai les frais. En effet, avec moi il prend moins de précautions qu'avec Marie. Piquant des deux, sa course effrénée l'entraîne tout droit (et seul) où il évitait héroïquement de se rendre lorsqu'il la chevauchait. Si, avec elle, il a entrecoupé la promenade de plusieurs haltes rafraîchissantes, avec moi, qui l'intimide pourtant, et qui l'excite peu, il s'emballe comme un cheval fou, m'oublie, se rue, et se cabre à la même minute, exaspéré par une capitulation sans gloire qui lui noue les sourcils, et lui durcit les mâchoires. Puis ce masque méchant fond à toute vitesse, comme son plaisir, il redevient l'adolescent penaud qui s'excuse. Cette fois, il peut. Je ne m'attendais pas à une telle inconséquence de sa part... Charly, au moins, envoyait ses geysers au plafond...

Mario est un des rares hommes que nous ayons vraiment partagés, Marie et moi. Chéri d'une tendresse différente, mais également sincère. L'authenticité de mon récit m'oblige à avouer que je ne sais plus, aujourd'hui, s'il a vraiment été le premier amant de Marie. Je dirais oui, sans le jurer. Preuve que cela n'a eu guère d'importance ni pour elle ni pour moi, qui pourtant tenais, peut-être pour me sentir moins seule dans mes escapades, moins coupable de mes libertés, à ce qu'elle élargisse son horizon amoureux, se forge elle aussi une vision du monde, enfin du monde masculin. J'étais sûre que, de toute façon, elle me préférerait. Aucun garçon ne pouvait rivaliser avec moi, du moins pour ce que je commençais à en connaître. Aucun ne saurait tisser avec elle les liens profonds qui nous unissaient, dont les racines s'ancraient dans notre passé de petites filles meurtries, de collégiennes complices. Aucun ne pouvait manifester mon habileté à la caresser, mon aisance à l'attendrir, ma fantaisie, mes audaces spasmodiques, mon terrible besoin de recevoir de l'amour et d'en donner, aucun pour l'appeler mamy, mamita, devenir son bébé, son tout-petit, aucun pour lui ressembler comme moi, et s'y opposer comme moi jusqu'à ce qu'elle dorlote mes contrastes et mes violences, mes timidités, mon courage... Il aurait fallu, s'il avait existé, que ce garçon-là fût une fille. Et quand bien même, je ne redoutais aucune fille non plus. D'ailleurs Marie n'aimait pas les filles. N'était pas plus lesbienne que moi. Elle m'aimait moi. Et, paradoxe suprême, je crois qu'elle m'aurait aimée même si j'avais été un garçon. Mais un garçon doté de toutes les intuitions, sensibilités, de tous les élans précédemment mentionnés. Avec Mario, on n'en était pas là. Pourtant...

Pourtant il n'est pas sorti si vite de notre vie, le bel

Italien à la fossette moqueuse, aux yeux de velours noir... Je l'ai peut-être rencontré encore une fois ou deux au creux d'un lit prohibé, que l'absence conjugale abandonnait fallacieusement à la liberté. Je crois n'y avoir jamais été seule avec lui. Marie autorisait de son clair regard nos tentatives d'harmonie, toutes vouées à l'échec, parce qu'il se précipitait avec moi comme s'il avait fui devant le péché, comme si, d'expédier la chose, l'importance en eût été diminuée. Toujours plus prévenant avec Marie, plus câlin, il ménageait chez elle ce qui ressemblait à de la fragilité. Je ne lui en voulais pas. Tout le monde s'y trompait...

Avec elle, il a eu ce qui peut s'appeler une liaison. C'est-à-dire que, quelques années après ce fameux mois de juin, il lui a signifié qu'il pensait toujours à elle, et toujours avec émotion. Ils se sont revus comme de vrais amants, ailleurs que dans la maison familiale des vacances, loin de ma présence (mais non à mon insu). Marie l'accompagnait dans certains de ses déplacements commerciaux, car il avait encore changé de métier. Elle revenait de ces rendez-vous plus belle des moments partagés avec lui. Il possédait des moyens que je n'avais pas, lui offrait l'hôtel et le restaurant, du bon vin, des plats typiques. J'étais contente pour elle de tous ces petits luxes dont elle avait profité, j'ajoutais mon cadeau personnel à son bonheur en lui certifiant que je n'en souffrais pas, pas du tout, qu'au contraire j'y trouvais un plaisir double, celui de la voir heureuse, celui de me dire aussi qu'elle ne se confinait plus dans la triste forteresse d'une fidélité que je ne lui demandais pas et que, seule dévergondée de notre couple, j'avais l'air de bafouer. Je ne voulais pas qu'elle eût des remords pour mieux conjurer les miens, et pourtant je savais bien que nos trajectoires et nos motivations différaient totalement. Moi j'étais une gourgandine. Elle, une femme amoureuse.

Aussi, lorsque ma sœur a su, des lustres plus tard, c'est à moi surtout qu'elle en a voulu. A moi la délurée, la forte en gueule, la cynique incestueuse, qui avais dû rire d'elle en débauchant son mari. J'ai assumé la critique sans me confondre en excuses. Il me semblait lui avoir pris assez peu de ce partenaire expéditif qui ne m'avait pas fait jouir. En revanche, pour Marie, à qui il avait donné davantage de son temps, de ses attentions, de son argent, pour qui il avait délibérément organisé le mensonge et installé l'adultère, elle a eu des mots pleins de commisération : « Pauvre Marie !... Comme il a dû la faire souffrir... » Elle aussi était dupe de nos apparences.

Aujourd'hui, aux chemins de mes montagnes, aux revers des talus tapissés de primevères, à l'azur des matins frais, aux flammes des crépuscules incendiés sur les neiges des Rousses, quand m'apparaît le fantôme d'un grand gars bien bâti dans son bleu de travail, l'œil rétréci d'une malice préméditée, les mains chargées d'outils, de paniers, des dons variés de son cher jardin, mon âme tendre proteste tardivement, s'effarouche d'une découverte douloureuse : moi aussi, j'étais amoureuse ! Et de ces trois figures de femmes qui l'aimèrent, l'épouse blessée, la maîtresse innocente et la gourgandine amorale, c'est peut-être bien la dernière qui porte encore son véritable deuil, marquée dans sa mémoire et dans sa route, au-delà de l'avouable, chargée d'un doute et d'un secret, pesants fardeaux qu'un jour il lui faudra poser...

Mario, quatrième sommet du mirage doré, dernier

234

mousquetaire de mon roman de juin... Au carré de ce jeu hasardeux joué dans l'insouciance ensoleillée, tu étais le valet de cœur. Et dix ans plus tard, une crise cardiaque t'emportait. Comme Mickaël m'avait donné l'illumination d'une jouissance partagée, Philippe la révélation du pouvoir des caresses, Jean-Charles celle du pouvoir des mots, tu m'as laissé un héritage. Un visage d'homme dont la beauté tranquille, digne d'un casting hollywoodien, et pourtant terriblement humaine, terriblement accessible et proche, hantera longtemps, toujours, mon souvenir. De loin en loin, je ressors ton portrait, cette photo de mariage où tu poses en nœud papillon aux côtés de ma sœur. Son voisinage et son contraste, car elle est blonde et plus petite que toi, te font plus beau encore. Vous semblez émus, heureux, je ne me lasse pas du spectacle de cet instant, figé par l'appareil, qui vous unit pour jamais. C'est ma façon d'aimer l'homme, à travers toi, à travers vous, et cette image conventionnelle d'un grand ténébreux penchant sur la petite tête blonde sa jolie gueule de protecteur attendri.

Je n'ai jamais, depuis toi, rencontré quelqu'un qui te ressemble. Sauf mon destin. Oui, mon destin a un peu ton visage. Mais il n'est pas temps encore d'en parler.

18.

Philippe sent que je m'éloigne de lui. Il ne me fait aucun reproche, ne manifeste aucune tristesse. Il m'adresse une seule prière : « Je voudrais que nous fassions l'amour une dernière fois sur la plage. » Je caresse sa joue de pêche, ronde et rosée, duveteuse, je plonge un regard sincère dans ses yeux d'ange : « Oui, mon chéri, je te le promets. »

Car juillet approche. Nous retournons à Portiragnes, y emmenons Eric, et avons proposé à la mère de Philippe, qui se désolait de ne pouvoir lui offrir de vacances, de l'emmener aussi. L'idée était de moi, une idée désintéressée : ce n'était pas le jeune amant que je prétendais inviter, mais le petit frère, qui ferait, avec Eric, une paire de compagnons joyeux. Eric ne sait pas trop s'il faut se réjouir, il a envie de passer un mois avec son copain, et pas envie de me voir fricoter avec lui. Il peut se rassurer : au moment où j'ai lancé le projet, je savais déjà que mon histoire avec Philippe était finie. Manquait l'épilogue qu'il m'a demandée comme une faveur : l'amour sur la plage, un ultime soir...

Nous partons le 1er juillet. Il fait un temps radieux, l'Ami 6 est bourrée jusqu'au plafond, la mère de

Philippe a tenu à nous munir de quelques provisions supplémentaires. Les deux compères, à l'arrière, ont les genoux au menton et des sacs dans les côtes, mais ils rient d'aise. Moi je ne ris pas, les voyages m'ont toujours angoissée. Et puis ce mal de ventre sourd et lancinant, ce poids dans mes reins... Je sens que mes règles vont être douloureuses. Trois jours déjà qu'elles me font enrager, à tacher à peine mon linge sans se décider vraiment. L'anxiété me donne mal au cœur, la chaleur aussi, que nous ne tardons pas à trouver sur la route. Nous pique-niquons sur un talus, à l'ombre. Les garçons sont ravis, tout les amuse, ils se livrent à leur jeu favori, se moquer de la tête des gens qui passent. On a le temps de les voir, l'autoroute n'existe pas encore, et la circulation dense se ralentit de plus en plus. A partir de Sète, nous voilà coincés dans un bouchon, à rouler au pas. Derrière, plus de ricanements, ils ont capitulé. Philippe dort, Eric mange ses ongles. Un souci d'abord vague, puis de plus en plus sombre, de plus en plus oppressant, me ronge la tête : c'est bizarre que mes règles ne soient pas venues, pas vraiment... Et si j'étais enceinte ? Marie me sent préoccupée, pose, en conduisant, sa main sur mon genou : « Ça va, mon bébé ? » Non, ça ne va pas. Pas du tout. Je finis par lui lâcher le problème, sur un ton d'urgence et de détresse qu'elle connaît bien, chaque fois qu'une appréhension, une contrariété m'obnubilent, je l'appelle au secours de la même façon. « Dis, mamy, tu crois que je suis enceinte ? Dis-moi que non, mamy, dis-moi que non ! » Elle sourit, tranquille. « Mais non ! Bien sûr que non ! Ne t'inquiète pas !

– Quand même, trois jours de retard !

– C'est la chaleur, l'été... Ça bouleverse les rythmes...

– Oui, et puis j'ai saigné, déjà, un peu.

– Oui, tu as saigné, tu vois bien !

– Oh ! Deux petites gouttes... Mais enfin, si j'étais enceinte, je n'aurais pas saigné. Hein ? Dis, mamy ?

– Mais non, je ne crois pas.

– Ou alors, je me suis coupé mes règles en m'arrosant avec le tuyau d'eau glacée de Mario. Tu crois que c'est possible ?

– Oui, c'est possible... »

En parler, déjà, me soulage... Et cette sérénité de Marie, cette confiance, cette absence de grief... Tiens, il me semble que ça coule dans ma culotte... Je l'oblige à s'arrêter dans une station-service, et je me rue aux cabinets pour vérifier. Fausse joie. Ce n'est pas du sang, mais une sorte de perte blanchâtre... Marie me sourit. « Ça va venir ! Tu y penses trop ! Ça te bloque ! »

Elle a raison. J'essaie de ne plus y penser. Mais essayer de ne plus y penser, c'est encore y penser... Mon cœur est devenu tout petit, tout serré, ma gorge aussi, c'est l'effort pour ne pas y penser, je coupe le circuit, je ne respire plus, mon cerveau non irrigué va me foutre la paix... Et puis je craque, je cède, j'explose sous la poussée du tourment. « Mamy, je suis sûre, sûre, que je suis enceinte ! »

Elle marque le coup d'un petit soupir embêté.

« Allons bon ! Mais puisque c'est l'eau froide qui t'a coupé tes règles. »

Cette fois, elle a l'air moins certaine, son objection ressemble à une question. J'en pleure. « Tu vois, toi aussi tu penses comme moi ! Toi aussi tu crois que c'est possible... »

Elle soupire plus fort, déchirée entre son propre souci et le désir de me réconforter. « Possible, oui. Mais de là à être sûre. On verra. Il faut attendre. Prends patience... »

La patience est une des choses qu'on ne peut absolument pas me demander... Surtout quand il s'agit de situations épineuses comme celle-là. Encore, attendre Noël, attendre la rentrée, attendre le samedi soir, c'est chouette. Ça n'est pas de la patience, c'est du rêve, du projet, du désir. Mais attendre pour boire quand on a soif, pour manger quand on a faim... c'est de la torture. Même attendre exprès le plaisir, le différer, le retarder, quand tout est prêt en vous, tout hurle le SOS des sens survoltés, tout appelle la vague terrible et lénifiante de l'orgasme, je n'en vois pas l'intérêt. Je perds mon excitation à vouloir l'organiser. Je suis, par tempérament, éjaculateur précoce, je ne sais pas lutter, et je ne veux pas, contre la bienheureuse secousse qui, d'ailleurs, ne me demande pas mon avis. Si j'étais un garçon, je ne serais pas un bon coup. Et je ne suis pas non plus un bon coup en tant que femme, c'est drôle à dire, mais j'aime que tout aille vite.

Alors attendre pour souffrir, c'est pire que tout. J'ai peur de la peur, et de la douleur. Petite, j'aurais voulu esquiver la salle d'attente du dentiste. J'y souffrais plus que sur le siège, plus que sous la diabolique roulette. Et lors des jeux de poursuites avec les cousins, la terreur de me faire attraper me poussait à me jeter dans la gueule du loup tout de suite. On me huait, on criait que je gâchais le jeu, que je trichais. Eux s'amusaient comme des fous, surexcités, haletants du suspens bien mené, couraient à perdre haleine, se démenaient pour échapper, parfois de justesse, au loup qui les frôlait. Moi, je me suicidais tout de suite, et on n'en parlait plus. L'histoire de la chèvre de Monsieur Seguin qui avait tenu jusqu'au matin me bouleversait. Je n'aurais pas tenu une minute, j'aurais dit : « Mange-moi tout de suite », pour m'éviter les affres de l'épouvante et de l'espoir. J'étais en fait une petite fille désespérée. Et encore, le terme sonne faux. « Désespérée » signifie que, peut-être un jour, j'ai été dotée de cette fausse vertu, de cette prétendue force qu'est l'espoir, et que je les ai perdues. Pour ma part, je crois ne les avoir jamais possédées. Comment dire alors ? Quel préfixe élire, qui traduirait mon manque, mon handicap, ma carence ? Inespérée ? Une petite fille inespérée... Parlez-en à ma mère ! Inattendue, plutôt. Au double sens du terme. Elle ne s'attendait pas à moi, et elle ne m'a pas attendue. Et moi non plus je ne veux pas attendre un enfant, quoique, à présent, je m'y attende tragiquement... Pour attendre, il faut de la patience. Retour à la case départ. Pour être fixée aussi... Non, mamy, je ne veux pas attendre, je veux savoir immédiatement, j'irai chez le docteur dès demain, non, dès ce soir, dès qu'on arrivera...

On a pris le temps d'installer le bivouac. Une tente pour les garçons, une tente pour nous, et l'emplacement prévu pour la tente de Gigi, notre copine, qui doit venir nous rejoindre avec son mec, délimitent un grand espace central où nous plaçons le coin repas. On serait bien s'il y avait un peu plus d'ombre, mais le camp s'appelle « La Kabylie » et n'a pas usurpé son nom. La canicule et l'angoisse me rendent vite insupportable. Je me montre aigre avec les garçons, les envoie balader au moindre agacement. Eric n'y prête pas trop attention, Philippe me découvre sous un jour nouveau. Pas plus que de coutume il ne manifeste ses sentiments, sa désillusion, et le triste pressentiment que je n'honorerai pas ma promesse d'un adieu romantique au clair de lune et au son des flots.

J'ai consenti péniblement à ne prendre rendez-vous chez le médecin que le surlendemain. En quarante-huit heures, j'ai dû aller aux toilettes cent fois pour scruter le fond de ma culotte, analyser la moindre trace qui l'estampille. Jamais ma condition de femme ne m'a paru plus pénible, plus avilissante. Guetter, appeler de vœux ardents le flot qui jadis m'est advenu sans que j'aie rien demandé, rien senti venir... Ce flot qui m'a ensanglantée pour toujours, meurtrie, emportée brutalement vers l'âge des plus grandes souffrances... Ce flot qui m'a toujours humiliée et déstabilisée, capricieux comme il pouvait être, parfois précoce, et la surprise m'embarrassait, je me sentais m'inonder et je tremblais, en classe, de me tacher, je n'avais rien sur moi pour éponger la sournoise rivière, parfois tardif, et j'avais mal, et j'avais peur... Parfois écarlate comme s'il sortait d'une blessure vive, d'une coupure franche, parfois presque noir, comme vomi par mes entrailles. Ce flot redouté, haï, et qui aujourd'hui se refuse, qui me tourmente plus encore de son absence, du sombre mystère de ses manœuvres clandestines. Je l'imagine qui s'accumule en moi, grossier, immonde magma de caillots et de glaires, et la tumeur enfle, enfle, et, dans quelques mois... La révolte, l'écœurement m'arrachent des gémissements, des haut-le-cœur, je ne veux pas ! Je ne veux pas qu'il se passe en moi des choses incontrôlables, et que mon corps, ce salopard, me réduise en esclavage, se serve de moi, de ma chair, de mon ventre pour venger les tyrans que je n'ai pas écoutés, pour leur donner raison, édifier leurs avertissements ou paroles d'Evangile fatal en malédiction inéluctable ! Je déteste, j'exècre, j'abomine d'avance le cancer qu'il distille, si fort que paradoxalement je finis par me convaincre qu'il ne peut pas exister, c'est comme si on essayait de planter un arbre dans du caillou, je suis un caillou, dur, froid, fermé, stérile, ma mère me le disait : « Tu as un cœur de pierre ! Tu es une tête de caillou », un gros caillou impénétrable, un roc de vindicte et de méchanceté, sales mecs ! sales types ! vous croyez m'avoir eue avec vos projections dégoûtantes, vos venimeuses giclures, mais vous n'avez rien eu du tout, mon ventre n'est pas un jardin, surtout pas un jardin d'enfants, vos coups de pioche ridicules, vos semences foireuses m'ont juste barbouillé l'âme, j'ai si peu joui avec vous, si peu participé à vos ridicules ruades, à vos transes égoïstes, je suis restée sèche à vos arrosages, presque toujours silencieuse à vos soupirs, et toute seule, toute seule, dans vos draps... Ça serait un comble que maintenant je devienne double, que je me multiplie, par l'opération de vos imbéciles et solitaires gesticulations... Non, ça ne se peut pas.

Le docteur est jeune, sérieux, très froid. Il m'écoute sans broncher lui expliquer que je me suis coupé mes règles en m'arrosant avec de l'eau glacée, de l'eau de montagne, que j'ai saigné deux gouttes, et puis plus rien. Il ne m'a pas demandé de me déshabiller, ne veut pas, visiblement, m'examiner. Il reste assis à son bureau, le cou bien droit, les bras croisés comme un ministre.

« Vous avez eu des rapports, ces derniers temps ? »

Des rapports ? Qu'est-ce qu'il entend par-là, le ministre ? Je dois faire une tête idiote, à écarquiller des yeux qui ne voient pas... Rapport... d'expertise ? Rapport d'activité ? Commission d'enquête ? Tout un glossaire administratif me défile dans la cervelle... Des rapports, non, je ne crois pas...

Il émet un petit souffle des narines, qui traduit, je le sens, un début d'agacement. « Vous ne croyez pas ! » Sa nouvelle question, plus exclamative qu'interrogative, souligne l'imbécillité de ma réponse. Il doit me prendre pour une véritable courge. « Voyons, poursuit-il en articulant lentement chaque mot, est-ce que vous pensez qu'il serait possible que vous soyez enceinte ? »

J'ai envie de bondir de ma chaise, de hurler : « Non ! Non ! Stop ! Impossible ! Je ne suis pas venue ici pour entendre ça ! La prophétie mauvaise, l'anathème ne sont pas votre métier. Votre métier, c'est de me guérir, tout de suite, tout de suite ! De conjurer le mauvais sort, de débonder les digues de ce putain de flux menstruel qui s'est coincé je ne sais où, et que vous savez sûrement comment ramener dans son lit, entre mes cuisses, nom de Dieu, je donnerais vingt ans de ma vie pour tremper une serviette hygiénique !... »

Tout ce beau discours résonne à toute vitesse en moi, une panique insensée me fait battre le dedans des oreilles, c'est comme si je m'entendais l'engueuler... Et piteuse, j'assiste à ma défaite bredouillante et penaude, je baisse la tête et je dis : « Oui », tout bas. Oui, je pense qu'il serait possible, oui, je le pense très fort, je le crains, je le redoute, je crève de trouille...

« Bon », fait-il avec une esquisse de sourire. Pour un peu, il ajouterait « à la bonne heure ! ». Il ne ressemble plus à un ministre, mais à un flic, un sale flic qui vient d'obtenir des aveux.

« Alors la première chose à faire... », dit-il en se saisissant d'une feuille et d'un stylo. Ah ! Parce qu'il y a donc quelque chose à faire ? Merci, mon Dieu ! Merci, la médecine ! Je savais que je pouvais compter sur vous ! La joie m'a presque dressée sur ma chaise tandis qu'il écrit, mais je ne moufte pas, je ne veux pas le déranger, le troubler, risquer qu'il se trompe dans le nom ou la posologie du médicament miracle, ma main toute moite se tend pour s'emparer de l'ordonnance qu'il a rédigée.

« La première chose à faire, poursuit-il enfin, c'est un test. Voilà. Allez dans un laboratoire. Après on avisera. Mais n'y allez pas tout de suite. Attendez quelques jours. Le résultat sera plus fiable ! »

Je suis sortie du cabinet complètement sonnée, comme un prévenu après le réquisitoire du procureur. Des mots cauchemardesques rebondissaient encore sur mes tympans effarés : « après », « pas tout de suite », « attendez », et son ordonnance, sa saloperie d'ordonnance pénale, m'est tombée des doigts en même temps que je m'effondrais dans les bras de Marie.

Avec mes nervosités, mes nausées, mes coups de chaud et ma frousse, et ma sombre rancune, l'enfer

n'avait fait que commencer. « Attendre quelques jours »
m'a été un calvaire. Tous mes malaises se précisaient,
se répétaient, s'amplifiaient, à tel point que je ne savais
plus si l'attente elle-même les décuplait, ou s'ils étaient
suffisamment révélateurs pour me dispenser du fameux
test. Marie berçait mes crises de larmes, le soir, m'arrosait dix fois par jour, m'accompagnait aux toilettes où
elle me tenait la porte, parce que j'avais soudain peur
de m'enfermer. J'y venais spasmodiquement, tiraillée
de fausses envies et de faux espoirs, affreusement
constipée, tourmentée de nausées stériles, et toujours
guettant l'improbable écoulement qui m'eût ressus-
citée. Plus rien ne voulait sortir de moi, j'étais un piège
sur moi-même refermé, et, pour saigner, je me serais
ouvert les veines si Marie n'avait pas été là...

Gigi est arrivée avec Claude. Nous nous faisions une
joie de passer un bout d'été ensemble. Tout de suite
les conflits ont éclaté. Nous avions opté pour le prin-
cipe d'une bourse commune, de provisions et de repas
collectifs. Mais nous n'avions pas les mêmes priorités,
les mêmes goûts, ni le même budget. Il y a eu d'abord
des remarques échangées, puis des prises de bec. Un
jour, ils ne sont pas venus à la plage. De retour au
camp, nous avons trouvé leur emplacement désert. Ils
avaient démonté leur tente et étaient partis. Ça nous a
soulagés, tous, et surtout moi qui n'avais pas envie
de me bagarrer pour des conneries, obsédée que j'étais
par la réponse du laboratoire qui m'épouvantait
d'avance, et dont l'expectative me tuait.

Je me souviens d'un après-midi particulièrement
étouffant, nous venions de manger, Marie insistait pour
que je me repose sur un lit de camp, à l'ombre maigre
des arbustes qui jouxtaient notre domaine, mais

l'ombre était aussi chaude que le reste, je suffoquais littéralement sur ma couche, et soudain, j'ai bondi en hurlant « je n'en peux plus », j'ai attrapé le jerricane que Philippe et Eric se chargeaient de remplir quotidiennement, et je me le suis intégralement versé sur la tête, comme pour me noyer. Un instant interdit, Philippe a éclaté d'un rire triomphant et joyeux qui saluait ce qu'il croyait être ma renaissance, la résurrection de ma fantaisie et de ma turbulence, et l'annonce de jours meilleurs, pleins de ma bonne humeur retrouvée. Nous n'étions plus sur la même longueur d'onde.

Le lendemain, Marie m'a emmenée chercher mes résultats au labo. J'ai ouvert l'enveloppe d'une main qui tremblait, je n'arrivais pas à lire. Et puis le mot s'est imposé à moi, flamboyant, merveilleux de réconfort, de bonheur reconquis : « Positif. » « Positif ! Positif, mamy ! Tu entends ? » Oh oui, elle entendait. Elle entendait le verdict mieux que moi, et la tragique méprise qui m'illuminait. « Positif », pour moi, c'était bon, c'était OK, pas de problème, positif, quoi ! « Positif, biquette, ça veut dire que tu es enceinte », a-t-elle murmuré. Qu'est-ce qu'elle me raconte ? Positif, ça serait donc le contraire, ça serait négatif, la négation absolue de tout, de ma liberté, de ma joie de vivre, de la justice du bon Dieu et du bon sens de la nature ?... J'ai demandé à une dame derrière la banque d'accueil : « Pardon, madame, positif, qu'est-ce que ça veut dire ? – De quel test s'agissait-il ? » a-t-elle répondu en tendant la main. Je lui ai montré le papier. Alors elle m'a considérée avec une infinie commisération, les sourcils haut levés dans le constat fataliste de mon drame, et le menton avancé pour dire : « Eh oui, ma fille, c'est foutu ! »

Bizarrement, ça m'a presque soulagée. J'aimais mieux ça que l'attente ignorante, sans cesse bouleversée de fausses espérances, sans cesse déçue. Je suis rentrée à La Kabylie bien ferme sur mes deux pieds, les garçons sont venus à notre rencontre, je souriais. Philippe a demandé :

« Alors ?

– Alors, j'ai le ballon ! » ai-je déclaré avec une insouciance qui m'a moi-même étonnée, une désinvolture digne de mes pires frasques.

Et Philippe est devenu très grave, très sombre. Il a tourné les talons, sans aucun commentaire. Nous n'en avons jamais reparlé ensemble. Et nous n'avons jamais fait l'amour sur la plage.

Je n'espère aucun secours, de personne. Je ne sollicite que la caresse fraîche de la main de Marie sur mon front, ses mots apaisants, ses bras autour de mes épaules que les sanglots convulsent, quand je ne peux pas dormir. La nuit, les jeunes du camp font la java, leurs éclats et leurs hurlements me broient le cœur, me survoltent les nerfs. J'ai l'impression qu'ils m'en veulent, qu'ils se moquent de moi. Un soir, je suis si malade que Marie va leur demander d'être plus silencieux, plus discrets. Je les entends rire à sa requête, mais le ton baisse. Elle fait tout ce qu'elle peut pour moi, mais je la sens elle aussi dépassée par mon souci... Nous sommes deux petites filles, perdues dans un monde bien trop compliqué. J'ai envie de raconter ma détresse à quelqu'un de grand, d'adulte, quelqu'un d'averti et de bienveillant, qui ne jettera pas les hauts cris ni l'anathème sur mon inconséquence. Je me souviens des plaisanteries de ma sœur à propos de siennes connaissances accablées d'un enfant indésiré. « Ils vont l'appeler Pépin si c'est un garçon, Tuile si c'est une fille ! » disait-elle gaiement. Pépin ou Tuile, rien que pour cette boutade, j'ai l'impression qu'elle connaît la vie, qu'elle saura quoi me conseiller. Je décide de leur envoyer une carte postale, à elle et à Mario. Surtout à elle. Je me moque d'impliquer Mario, n'ai pas plus envie qu'il se sente concerné par l'histoire que Philippe ou que Mickaël, ou que Jean-Charles. Cette Tuile, ce Pépin plutôt, car je suis sûre que c'est un garçon, il n'y a qu'un garçon pour s'inviter, s'imposer avec un tel sans-gêne, pousse-toi-que-je-m'y-mette, souffre, chiale, dégueule, éclate que je me fasse ma place, que je te bouffe la tête et le cœur – ce Pépin, je l'ai attrapé toute seule, comme une maladie, je me suis débrouillée pour l'avaler de travers, c'est le pépin de la pomme empoisonnée que cette conne de Blanche-Neige a gobée, pourtant on lui avait dit de faire attention, il m'est tombé dessus à moi, tombé non pas du ciel, comme une providence, mais d'un autre étage où on s'amuse à viser les gourgandines, je l'ai pris sur le coin de la gueule et qu'importe qui l'a jeté, une foudroyée n'intente pas de procès à l'orage, elle n'avait qu'à se couvrir, se protéger, se carapater de devant l'éclair... Je m'en veux exclusivement, je revendique l'unique responsabilité de ce coup de foudre inique qui me brûle les ailes, dévaste mon présent, incendie mon futur, et n'a rien embrasé de mon passé...

Le courrier que j'écris à ma sœur a dû paraître lourd d'inconscience. J'y annonçais sur le mode plaisant que ma rentrée serait sans doute gênée aux entournures pour cause d'embonpoint. Et je signais d'une silhouette bâclée, au ventre démesurément gonflé. Ma sœur a répondu par retour de courrier. Rien qu'à cette précipitation inhabituelle, j'ai compris qu'elle prenait ma confidence très au sérieux. Elle me recommandait de ne pas perdre de temps, de « voir quelqu'un », me laissait entendre qu'elle avait peut-être une adresse, et qu'au pire je pourrais toujours boire les « tisanes du diable » qu'une vieille lui avait recommandées en cas d'embarras. Le malheur, c'était qu'elle ne se rappelait plus ni le nom de la tisane, ni les doses nécessaires, ni les effets secondaires en cas d'échec...

On nageait en plein Moyen Age. Avec un petit goût de déjà-vu et entendu pas si vieux que ça... J'ai revu les conciliabules embêtés, les visites inquiètes de ma tante, les soupirs de ma mère, son accablement. C'était avant la rue des Violettes et le rendez-vous chez le docteur, à la suite duquel on m'avait déclaré, d'un air dramatique, que j'allais avoir un petit frère... Ma mère s'y était rendue pleine d'espoir, était ressortie démolie... Je ne veux pas de ça. Je ne veux pas de l'adresse dont me parle ma sœur, ni courir vers un connard de toubib, aussi rigide et empalé sur son méprisant savoir que celui qui m'a fait l'ordonnance, un merdeux qui, à ma requête, lèvera les bras au ciel, me fera la morale et jouira de me refuser le coup de scalpel libérateur. J'aurais une écharde dans le pied, une esquille dans l'œil, il se ferait un plaisir, un devoir... mais j'ai bon pied, bon œil, mes vingt ans sont assez puérils pour se voir admonestés, et assez solides pour supporter l'ouragan d'une grossesse imprévue, je vomis d'avance toute cette sinistre comédie, moi pleurnichant, l'homme de l'art – tête de lard – réprobateur :

« Mademoiselle... il fallait... » Quant aux tisanes... Très loin, au tréfonds de moi, j'entends quelqu'un crier et se débattre. Je répugne à devenir un bourreau, et pour ce quelqu'un-là, et pour moi-même. J'aimerais me débarrasser du colis, mais sans l'abîmer, sans risquer l'épouvante de la demi-mesure, et du remède à moitié seulement efficient... Que faire si j'entame un processus que la nature ne voudra pas finir ? Quel enfer alors, quel cauchemar, devoir peut-être porter en moi non seulement un parasite, mais un monstre qui me devrait sa monstruosité ? Reste le hasard, sur lequel je ne compte pas trop, un accident possible de mes organes, un rejet naturel, la rémission spontanée, la fausse couche bénie, enfin ce que redoutent tant de candidates à la maternité, au ventre récalcitrant, ce qui navre tant de mes sœurs en mal d'enfant... J'ai entendu dire que ça se décroche si facilement, un œuf de femme ! Il paraît que ça arrive comme ça, on ne fait rien, on n'y pense pas, et soudain, on baigne dans le sang, et c'est le drame... Mon œil s'arrondit sur la vision de cette merveilleuse catastrophe, cette marée rouge, qui me viderait de tous mes tourments...

Dans l'obscurité de la tente, il m'arrive, lorsque je ne pleure pas, de parler à mon ventre, avec colère, avec violence, et de le bourrer de coups de poing. C'est un traître qui ne m'a causé que des emmerdements. Par lui j'ai déjà souffert le supplice de la péritonite et les tortures des ulcères. Même lorsqu'il faisait semblant de me donner du bonheur, il me le gâchait en générant le remords qui suivait toujours la jouissance ; c'est à lui que je dois la honte de mes rétentions de petite fille constipée qu'on tire-bouchonnait à coups de lavement, et cette triste découverte que les règles font encore plus mal quand elles n'arrivent pas. Ce qui se passe en lui en ce moment, et qui m'échappe, c'est un complot contre moi, et l'alchimie aveugle qu'il autorise, une œuvre d'épouvante, une opération à la Frankenstein qui fabriquait de la vie avec des morceaux de cadavre... Je découvre avant la lettre, avec une horreur qui aggrave mes nausées, le mythe de l'Alien, l'Etranger qui nous dévore de l'intérieur, le clandestin immonde d'abord insoupçonné et très vite impérieux, qui pour jaillir au monde fait exploser son nid.

Je vais exploser. De détresse, de révolte, d'angoisse. Mes poings s'abattent à un rythme dément sur mon nombril, à me couper le souffle. Marie supplie : « Arrête, biquette ! » et je cogne toujours, enrouée de rancune, secouée de rage : « Je te hais ! Je te hais ! Je te hais ! »

De retour à Grenoble, ma sœur m'a mis de force l'adresse dans mon sac. « Tu verras ! C'est un vieux, très gentil, très humain. Il a dépanné des tas de copines. Tu lui dis que tu en es juste au début. Que tu as tes études à finir... »

J'ai consenti, parce qu'il est vieux. Allez comprendre. Un jeune, je n'aurais pas pu. Je n'ai pas voulu que Marie m'accompagne. Elle m'a déposée devant l'allée. Nous avons rendez-vous tout à l'heure à la terrasse du glacier, en bas. La salle d'attente (une salle d'attente, chez un obstétricien, ça s'impose) est ancienne et cossue, haute de plafond, tendue de lourds rideaux. Presque déserte. Juste une jeune femme, avec un gros bide, qu'on vient vite chercher. Je reste seule.

Il fait calme. Même en moi. Un drôle de calme. Comme si, déjà, j'étais libre. Ou vide. Et comme si ce vide résonnait de son propre silence. Impressionnant. Machinalement, je passe la main sur mon ventre. On ne sent rien. Ni relief ni mouvement. On dirait qu'il n'y a personne. Pourtant... ma main s'oublie là, à rêver. Ebauche un début de caresse. Sursaute parce que la porte vient de s'ouvrir. On m'introduit dans le bureau du docteur. Il ne me regarde pas, il est penché sur des papiers. Je vois ses cheveux blancs un peu clairsemés. Enfin il relève la tête vers moi, ses yeux me sourient derrière les grosses lunettes. Il a un nœud papillon et de bonnes bajoues ridées, il pose ses vieilles mains sur sa paperasse, bien à plat comme pour mieux m'écouter : « Alors, mon petit, qu'est-ce que je peux faire pour toi ? »

Ce qu'il peut faire, ce Père Noël en nœud papillon, ce papy débonnaire aux yeux doux, aux mains sages ? Mais... il peut le miracle, il peut, d'un mot, enchanter ma journée, sauver ma joie de vivre... Il peut absoudre la gourgandine, apprendre l'espoir à l'inespérée, et changer son futur...

... et c'est exactement ce qu'il a fait.

Aux Éditions Mille et Une Nuits

LOUBARDS MAGNIFIQUES, 1996.

Aux Éditions Vauvenargues

LA PEUR DU NOIR, 1998.

Aux Éditions Le Cercle

ULTIME RETOUCHE, 1999.
MAZARINE, 2000.
SOUVENIRS LAMENTABLES, 2002.
LETTRES À LA NOVICE, 2003.

Aux Éditions Paroles d'Aube

UN ZÉRO ABSOLU, 1998.

Aux Éditions Calmann-Lévy

PLAISIRS D'AMOUR, 1994.
LA JOUISSANCE ET L'EXTASE, 2001.

Aux Éditions IPM

LE CHÂTEAU DES FEMMES, 2001.

Aux Éditions Librio

SORTONS COUVERTS, 1999.

Aux Éditions Nesti Vequen

LES CHEVALIERS SANS NOM, 2001.

Composition réalisée par IGS-CP

Imprimé en France sur Presse Offset par

BRODARD & TAUPIN

GROUPE CPI

La Flèche (Sarthe).
N° d'imprimeur : 32281 – Dépôt légal Éditeur : 64907-11/2005
Édition 01
LIBRAIRIE GÉNÉRALE FRANÇAISE – 31, rue de Fleurus – 75278 Paris cedex 06.
ISBN : 2 - 253 - 11489 - 8